RAPHAEL MIGUEL

PLANETA BRUTAL

editora coerência

RAPHAEL MIGUEL

PLANETA BRUTAL

PLANETA BRUTAL©
RAPHAEL MIGUEL

1ª Edição — Editora Coerência — Brasil

Produção Editorial
Diretora Editorial: LILIAN VACCARO
Revisão: ARIANE ELEUTÉRIO
Capa: DÉCIO GOMES
Ilustrações: RAFAEL DANESIN
Diagramação: CINTIA RODRIGUES

Dados Internacionais de Catalogação da Publicação (CIP)

Miguel, Raphael;
Planeta Brutal - 1a edição — São Paulo — Editora Coerência 2017
ISBN: 978-85-92572-63-1
1. Literatura Brasileira. 2. Distopia I. Título

CDD. 028-5

Editora Coerência
Rua Pinhancó, 12A
Parque São Rafael — SP — Cep . 08320-350
Site: www.editoracoerencia.com.br
E-mail: lilian@editoracoerencia.com.br
Tel.: (11)2011-3113

Texto de acordo com as normas do Novo Acordo Ortográfico da Língua Portuguesa (1990), em vigor desde 1º de Janeiro de 2009.

editora coerência

AGRADECIMENTOS

Novamente, a página de agradecimentos. Planeta Brutal é meu quarto livro publicado e, a cada vez, o nível do desafio aumenta. Primeiro foi a publicação de "O Livro do Destino", que me abriu de vez o caminho para a literatura brasileira contemporânea. Em 2017, já com algum público conquistado, que aceitou muito bem o meu primeiro trabalho solo, contos, poesias e crônicas, decidi arriscar e ousar, lançando o romance urbano "Ácido & Doce: A Rosa Fatal".

De uma publicação a outra, o desafio foi tremendo. Apesar das diferenças entre os dois trabalhos tive a alegria de vê-los sendo bem aceitos pelos leitores.

Ainda em 2017, mais um desafio ao escrever e publicar o livro "5 (Cinco)", afinal, trata-se de um livro curto, com histórias interligadas de suspense sobrenatural, bastante diferente dos modelos anteriores.

Agora o livro "Planeta Brutal" vem para deixar claro o quanto estou empenhado em diversificar o meu repertório. Uma distopia, de muitas páginas, dentro de um universo próprio e complexo.

E é esse o ponto em que quero focar os meus agradecimentos. Eles continuarão sendo genéricos e pontuais, para que eu não corra o risco de cometer injustiças, mas serão sinceros.

Preciso agradecer quem vem acreditando em meu trabalho desde as primeiras publicações. Quem teve a paciência de ler meus contos, se emocionou com minhas poesias, se inspirou em minhas crônicas e se aventurou em meus livros. Quero agradecer quem leu "O Livro do Destino", "Ácido & Doce" e "5 (Cinco)", ou até mesmo todos eles. A cada pessoa que mostrou interesse naquilo em que escrevo e a quem me incentiva a continuar pelo caminho da obstinação.

Costumo dizer que ser lido é a maior honra na vida de um escritor e isto é verdade. A cada palavra de incentivo, interesse, leitura e compartilhamento, a vontade de vencer essa batalha cresce.

Muito obrigado, de coração.

Obviamente, não tenho o controle de todas as pessoas que acompanharam meus trabalhos até aqui, mas há sempre aquelas que estão sempre por perto. Para não cometer injustiça e para que me perdoe por uma eventual falta de memória, quero sugerir uma coisa: você que já leu algum trabalho meu e acredita em meu sonho, escreva seu nome na linha abaixo. Esta foi a forma que encontrei para um agradecimento sincero e representativo.

Esse agradecimento é todo especial a você, por fazer parte de cada conquista que venho alcançando no universo literário.

Também preciso agradecer aos profissionais do mercado editorial que vêm contribuindo para transformar meu sonho em realidade. Um obrigado aos editores, revisores, analistas, capistas, ilustradores, vendedores e diagramadores. Este projeto, inclusive, tenho que compartilhar com todos os profissionais da Editora Coerência, pois nada do que está neste livro seria realidade sem eles. Um obrigado especial à Lilian, editora chefe, e à Ariane, revisora que trabalhou duro no projeto, agradeço pela confiança que depositaram em mim. E, também, ao talentoso ilustrador que abrilhantou as páginas do livro, Rafael. Planeta Brutal também é de cada um de vocês.

Quero deixar meu obrigado aos meus familiares, que sempre me apoiaram e demonstram orgulho, em especial aos meus amores: Camila e Júlia.

Sobretudo, agradeço ao bom Deus, por me permitir e me dar condições de trilhar pelo caminho que sonhei.

Por último, preciso deixar claro e explícito meu agradecimento a um ídolo, o senhor Alice Cooper, lenda do rock, pela inspiração e influência na construção de Planeta Brutal, título que nada mais é do que uma referência ao álbum lançado pelo roqueiro veterano em 2000 (Brutal Planet). Esta foi minha maneira de prestar uma singela homenagem a este grande ícone.

Bem, pessoal, é isso. Espero que desfrutem da leitura.

A estrada é longa e o caminho é pedregoso, porém devemos segui-lo obstinados.

Tenham todos uma boa vida.

SUMÁRIO

ADVERTÊNCIA DO AUTOR

Esta é uma obra de ficção e, os eventos aqui narrados, não possuem qualquer ligação com a realidade.

As opiniões, impressões, gestos, falas e atitudes dos personagens não refletem, de forma alguma, a ideologia do autor.

O material a seguir pode conter cenas inapropriadas para determinados públicos, tais como violência extrema e linguagem ofensiva. Aconselha-se discrição.

INTRODUÇÃO

O fenômeno, que ficou conhecido como Primeiro Dia, obrigou os últimos representantes da raça humana a se adaptarem e repensarem o modo de vida, para que pudessem sobreviver diante de uma nova realidade. Diferente do que muitos acreditavam, não foi o fim dos tempos, mas o início de uma nova e perturbadora era. Uma época vil, feia, visceral e brutal.

Mesmo com todos os encalços de uma inaugural realidade, grande parte dos sobreviventes tentou se reorganizar e estabelecer uma sociedade para reerguer do pó tempos mais áureos. Divididos em pequenos grupos, muitos daqueles que se denominavam clãs reinventavam a tecnologia e, mesmo com os parcos recursos disponíveis, procuravam extrair o melhor da terra. Seus frutos eram bons e as tentativas em resgatar a humanidade eram, visivelmente, proveitosas.

No entanto, apesar da mentalidade coletiva convergir, em sua maioria, para o restabelecimento da raça humana, havia outros povos, estes desinteressados no avanço. Para tais, que se chamavam Bandos da Discórdia, o caos e a destruição eram onde prosperavam. Se alguns clãs tentavam reinventar conceitos antigos, deveriam ser esmagados e subjugados.

Com o passar dos tempos, tendo os Bandos da Discórdia um crescimento vertiginoso, os pequenos clãs, interessados em tentar restabelecer o progresso, eram engolidos e destruídos. Nômades, os integrantes destes bandos, arruinavam qualquer povo que se colocasse em seu caminho. Roubavam, saqueavam, estupravam, matavam, mutilavam e queimavam. Incutiam o terror e a danação por todos os lados, salgavam e amaldiçoavam a terra, até não restar mais nada do lugar por onde passavam.

Logo, os clãs passaram a temer cada vez mais os bandos e seus ataques pontuais, mas pouco podiam fazer. Os habitantes dos clãs eram, em sua maioria, pacíficos e não ofereciam significativa resistência, até porque almejavam uma vida menos violenta. Poucos eram os que se dispunham a lutar.

De tal forma, os representantes dos clãs adotaram uma nova postura e se entregavam assim que um bando invadia suas divisas. Assim, os integrantes dos clãs poderiam sobreviver. Embora fossem obrigados a integrarem um dos sistemas sociais mais brutais já produzidos pela humanidade em toda história.

"Este mundo é pura perfeição.
É como se fosse o Paraíso."

PRELÚDIO

O FIM

Todos devem se lembrar de onde estavam e o que faziam durante os acontecimentos estranhos, que hoje, chamamos de O Primeiro Dia. Sim, eu sei. Eu estava lá e, como todos, lembro-me muito bem, com uma incrível riqueza de detalhes.

Não era um dia comum para minha, nada empolgante, vida. Uma sexta-feira normal, de sol e mormaço, mas com uma interessante premissa. Naquele dia iria me encontrar com um rapaz, por quem estava começando a me interessar, Luccas Girondi.

Nós nos conhecemos em um sistema de relacionamento virtual e jamais havíamos nos visto pessoalmente. Logicamente que eu estava muito entusiasmada em conhecê-lo.

Eu morava em uma pequena cidade, chamada Umurã, com cerca de quatorze mil habitantes, uma dessas cidadezinhas do interior onde todos os moradores se conhecem; ele, por outro lado, era um adolescente da cidade grande, uma metrópole chamada Curumim, conhecida como Capital do Interior Paulista, por causa de seu tamanho e pulsação econômica.

Conversávamos de forma descontraída e sem compromisso, até que descobrimos muitos assuntos em comum, dos quais partilhávamos natural interesse. Com o passar dos meses, a pequena paixão que nutria por Luccas foi aumentando, ao ponto de vê-lo como meu provável namorado. Sonhava com nosso futuro, imaginava nossa vindoura casa, nomeava nossos filhos... coisas de adolescentes. Infelizmente, o destino foi bem mais cruel que isto.

Fui criada em uma família bastante tradicional, como boa interiorana. Meu pai era pastor na, única, igreja protestante da cidade, uma Igreja Batista. Meio que em virtude disto, meu encontro com Luccas seria bastante singelo e modesto. Marcamos de nos encontrar em uma sorveteria, em frete à praça central da cidade, aos pés das cruzes e imagens da igreja católica, que ali tinha sede.

O menino viria de ônibus, para Umurã, somente para me ver. Enfrentaria mais de três horas de viagem, sabendo da possibilidade de sequer haver um beijinho. Ele estava, plenamente, ciente disto e concordou, sem nenhuma oposição, com as minhas exigências. Se aquilo não era amor, ainda que um tanto juvenil, não sabia o que era.

Como me esquecer de Luccas? Estava sentada, na sorveteria, com um lugar reservado ao meu lado, quando percebi um garoto atravessando a rua, de forma despretensiosa. No instante em que o vi, assimilei-o a imagem do sistema de relacionamento virtual. Não havia como estar enganada.

Girondi estava com a mesma camiseta, polo azul listrada, que seu avatar usava no sistema, calça jeans e tênis branco. Seu cabelo, loiro e levemente bagunçado, brilhava à luz solar e evidenciava seus olhos verdes, pelos quais me apaixonei, perdidamente, sem nunca vê-los pessoalmente, até então. Ao me avistar, no caminho pelo qual percorria, emanou um sorriso discreto e meio torto de lado. Sorri de volta, desviei o olhar, fiquei sem ar e, possivelmente, corei.

Também estava vestida com as roupas da foto de meu avatar, algo que combinamos para que não houvesse desencontros. Deixei meu cabelo, castanho-claro, solto, caindo, de forma propositalmente charmosa, por cima de meus ombros em sutis ondulações, maquiagem leve e um vestido solto, cor de caramelo com pequenas rosinhas azuis.

Foi uma tarde bastante agradável, um encontro leve. No começo, um pouco sem jeito e levemente sem graça, mas, depois, fomos nos familiarizando, perdendo um pouco da vergonha e desenvolvendo conversas menos travadas. Quando dei por mim, estava completamente envolvida por meu amigo virtual.

Abandonamos a sorveteria e o levei para conhecer a praça à frente. Admito que não era um dos programas mais interessantes, mas foi a única opção de passeio que tinha para lhe oferecer.

Conversamos sobre o nada, trocamos risinhos, lançamos olhares, gestos gentis, mares de elogios...

Estava me perdendo na imensidão dos olhos, verdes, de Luccas e me sentindo cada vez mais cativada. Não sei explicar, mas naquele momento, era como se seus sonhos me pertencessem. Pensei, de forma extremamente inocente, que, por aquele garoto, poderia abandonar minha pequena cidade. Por ele valeria tentar mudar os ares da minha vida. Foi com tais pensamentos que decidi ceder aos encantos de meu, inesperado, amigo.

Em meio a uma conversa, um tanto quanto despretensiosa, sobre a estranha forma de uma árvore que avistávamos na praça, os olhos de Luccas encontraram os meus. Senti um arrepio na espinha e algo em minha cabeça sussurrou: "Beije-o". Tenho certeza que enrubesci no mesmo instante, pois senti o sangue esquentar. Girondi me lançou um sorriso de lado, acariciou minha face e se aproximou, de forma perigosa, de mim.

Bastava apenas um leve impulso para que meus lábios se encontrassem aos dele, para que acontecesse meu primeiro beijo... Um gesto que jamais aconteceu.

Nos últimos dias havia uma crescente boataria de que o mundo iria acabar. Aqueles, que nisto acreditavam, eram tidos como tolos, fanáticos, ou mesmo loucos. Lembro-me de que uma seita estava alcançando crescente número de seguidores ao propagar, aos quatro cantos, a teoria de que o apocalipse se aproximava, davam a data e o horário para o fim. Até mesmo, mandaram seus integrantes para lugares desertos se abrigarem em bunkers.

Meu pai, como pastor, tinha uma opinião formada sobre este assunto e deixava isso bem claro para todos. Vivia repetindo versículos da Bíblia, o livro perdido, como Marcos 13:32 e Matheus 24:16. Alegava que não nos cabia dizer quando seria o final dos tempos. Obviamente, ele não era o único que assim pensava.

Líderes religiosos tentavam apaziguar os fieis. A maioria das pessoas desacreditava da possibilidade de o mundo acabar, da eminência do apocalipse, ou qualquer forma do fim dos dias. Muitos, incrédulos, chegavam a zombar da especulação.

Quanto a mim, também não acreditava que o fim do mundo estava programado para àquela data. Luccas e eu chegamos até mesmo a conversar sobre o assunto, durante nosso encontro e tínhamos a mesma opinião. Eu não partilhava das impressões do meu pai, mas para mim, era meio estranho que apenas uma, curiosa, seita haveria de estar certa. Era improvável que o evento do fim do mundo se concretizasse, ainda mais naquela data.

Pois, sim. Quem não acreditou estava errado.

Tudo aconteceu ao mesmo tempo.

Não sei explicar com detalhes o que aconteceu, tudo que posso relatar é o que presenciei naquele momento, que ficou e ficará gravado, para sempre, em minha memória.

Estava próxima do primeiro beijo da minha vida quando ouvi um estrondo muito forte que fez meus ouvidos zumbirem, instantaneamente. Agachei como que apostando no instinto. Sem qualquer tipo de aviso, o céu se abriu e, tenho certeza de que de lá, surgiu um som azucrinante.

Raios e relâmpagos, sons estridentes cada vez mais altos. As nuvens, antes brancas, tornaram-se negras de um momento para o outro e rajadas de vento começaram a levantar coisas. Não demorou para que começasse a chover fogo.

Luccas me tomou pelas mãos e tentou dizer algo, mas não pude ouvir. Corremos pela praça para desviarmos do fogo, que descia do céu, mas um terremoto severo rachou o chão por onde pisávamos. Arqueei e caí, após tropeçar nos meus pés.

Ao nosso lado passou uma mulher correndo com o corpo em chamas e gritando, enquanto segurava um bebê; o fogo a consumiu no mesmo instante e vi seus ossos enegrecerem assim que a carne derreteu, o mesmo destino teve a criança. A visão foi horrível e berrei, mesmo sem poder ouvir minha própria lamentação.

Luccas tentou me levantar, mas logo tropeçou e caiu também, tamanha violência com que a terra sacudiu na segunda vez. O chão se abria como se fosse um papel sendo rasgado. Ao longe, vi dezenas de pessoas sendo engolidas pelas fendas. Continuava a chover fogo e estávamos em nítida situação de perigo.

Acostumada com um pai religioso, nunca me permiti perder as esperanças, mas, naquele instante, estava prestes a perder a fé. Senti como se não tivesse ninguém rogando por mim e que aquele seria meu fim. Não sabia se o mundo iria mesmo acabar, mas estava claro que seria o fim da minha vida.

Foi quando estava pensando em desistir que senti Luccas me agarrando, mais uma, vez pelos braços. O rapaz me levantou em um único movimento, como um herói resgatando a mocinha. Apesar de estar com o olhar apavorado pela cena que estávamos presenciando, ele sorriu torto para tentar demonstrar uma falsa segurança.

Puxou-me por entre a praça. Fomos obrigados a desviar das fendas que se abriam no chão e do fogo que descia do céu. Uma árvore caiu em nosso caminho e tivemos que recuar para não sermos esmagados.

Um homem correu em nossa direção apontando para a igreja da praça. Gritou alguma coisa que fez com que Luccas começasse a segui-lo. Foi então que percebi que estávamos indo em direção ao santuário. Deveria ser aquele nosso abrigo.

Contudo, antes mesmo de chegarmos, uma das torres da igreja sucumbiu ao terremoto e desmoronou, em cima do homem que nos indicava a direção. Por pouco que os escombros não nos atingiram. Ficamos encurralados. À frente, uma igreja ruía e se transformava em escombros intransponíveis e atrás, uma enorme fenda se abriu.

Pensei que não poderia ficar pior, mas das fendas se erguiam imensas coluna de fogo em tom azul. Estava muito quente e não tínhamos para onde ir. Por todo lado, presenciava destruição. Pessoas queimadas, sendo engolidas pelas fendas, esmagadas por escombros ou árvores.

Fiquei apavorada e comecei a chorar compulsivamente. Foi quando Luccas me envolveu em seus braços, após tentar enxugar um pouco das minhas lágrimas. Ele parecia querer dizer alguma coisa, mas ficou quieto.

Em um ímpeto e ainda me levando, o pretendente correu pelo pedaço que estávamos encurralados e saltou por sobre as chamas azuis que jorravam da fenda. Não sei dizer o que aconteceu, mas senti como se tivéssemos conseguido voar. Fizemos o que precisávamos fazer para sobreviver àquele fenômeno.

O alívio, do outro lado da fenda, foi imediato. Porém, não estávamos seguros. Continuamos correndo e desviando das condições adversas que se apresentavam.

Girondi apontou para uma pilha de escombros, a alguns metros dali, que formava uma espécie de abertura. Entendi o que ele queria me dizer. Ali, eu ficaria segura, protegida pelos escombros da chuva de fogo e dos tremores severos. No caminho precisei desviar de um poste que quase me atingiu, mas cheguei ao abrigo. Luccas, no entanto, ficou para trás.

Quando procurei preocupada por meu amigo, o avistei voltar para onde estávamos pouco tempo atrás. Corria para um pequeno menino, que chorava assustado com aquilo que acontecia, sua intenção era salvá-lo. Havia nobreza em sua atitude.

Fiquei aflita, no mesmo instante, mas senti um enorme alívio ao perceber que a investida foi frutífera. Luccas apanhou o garotinho e correu, em direção ao abrigo em que eu me refugiava, enquanto o carregava nos braços. Mais uma vez seus olhos, verdes, invadiram os meus e ele me lançou um característico sorriso de lado.

Foi quando uma nova rajada de fogo surgiu do céu e, então, atingiu ao menininho. O fogo se alastrou, rapidamente, propagando-se pelo corpo de Luccas. Foi muito rápido. Comecei a chorar desesperada e a arranhar meu corpo de tanta aflição, pois não podia fazer nada, somente assistir o fogo derreter sua pele e em seguida enegrecer até seus ossos. Um processo que demorou poucos segundos.

Não sei dizer por quanto tempo fiquei enfiada naquele buraco, mas o suficiente para perceber que seria seguro sair. Foram momentos de muita angustia e desespero.

Os estranhos acontecimentos, daquele dia, arruinaram a cidade e, todos que eu conhecia, foram mortos. Perdi todos os meus familiares, meu pai, minha mãe, meus avós, minhas duas irmãs; perdi amigos e meu querido Luccas. Porém, o evento, que chamamos de Primeiro Dia, levou muito mais do que entes queridos e amores perdidos, levou nossa dignidade, nos tirou a humanidade.

O Primeiro Dia foi o apocalipse, a danação final da humanidade. Poucos sobreviveram e, estes, foram obrigados a repensarem na sua existência na Terra. Retrocedemos. Anos de avanços científicos e tecnológicos ficaram dissipados naquela tragédia. Perdemos a nossa essência, a nossa identidade, a nossa fé...

No final das contas, O Primeiro Dia não foi o fim, mas o começo.

O começo de uma era de dor, destruição e desolação.

PRÓLOGO

O REI DOS REIS

O Distrito da Risca Paranaguá – DRP – era um clã que progredia com significativo avanço. Após cinco anos, novos, desde o Primeiro Dia, o Distrito contava com uma população de, quase, quinhentas pessoas e se localizava em um vale intocado pela desolação climática que assolava o restante do território ao redor.

O clã extraia apenas o que necessitava da floresta próxima e um pequeno riacho próximos. Semeavam e colhiam. Os mais velhos tentavam ensinar lições preciosas aos mais novos e todos tentavam viver em harmonia.

Quando alguém criava alguma confusão, Rifer, o líder do clã, era encarregado de resolver a peleja. Para tanto, diversas eram as punições, sendo o exílio a mais grave. Mas, em verdade, poucas ocasiões exigiam uma intervenção mais séria. O clã respondia por si. Era uma sociedade que funcionava, uma flor em meio a um campo de destruição.

Naqueles tempos, havia uma crescente boataria de que o bando de Hazz, um dos mais cruéis dentre os Bandos da Discórdia, aproximava-se de forma perigosa do Distrito. Preocupado, Rifer enviou alguns de seus, mais valiosos, sentinelas em uma viagem para que descobrissem se era verdade. Se Hazz estivesse à espreita, deveriam se preparar. Rifer não deixaria o Distrito da Risca Paranaguá sucumbir. Não era de seu feitio, orgulhoso, ver seu povo ser subjugado ou sucumbir.

O homem chegou cansado, ofegante e ávido por um gole de água. Fora rendido assim que o avistaram nos limites do DRP e logo levado à presença do líder Rifer.

Já avançavam na antiga madrugada quando Rifer foi acordado por um dos sete velhos do clã. O líder se revirou no colchão, afastou o cobertor e beijou a testa da esposa, que ainda repousava abraçada ao filho de dois anos, na contagem velha. Ele vestiu sua, antiga e inseparável, jaqueta vermelha e sua calça, surrada; botas desamarradas nos pés e espada a tira colo; cabelo loiro, bem aparado.

Assim que ele saiu da tenda, que lhe era destinada, observou um homem de má aparência, cabelo comprido que chegava quase aos pés, embaraçados e quebradiços; uma barba rala e irregular que contornava seu rosto; vestia-se com trapos e estava descalço; olhos azuis como o céu um dia havia sido. "Um aquático", Rifer pensou, já constatando.

O homem estava de joelhos, com a cabeça em riste, na finalidade de enxergar o líder do DRP. Dois sentinelas do clã faziam guarda ao lado de Rifer e um dos sete velhos também por ali se apresentava.

— Este indigente surgiu por nossa fronteira leste ainda na primeira hora da antiga madrugada. Balbuciou ansiar por água — o velho tratou de explicar o motivo da visita inesperada.

Rifer analisou o homem que estava de joelhos. Ficou parado por alguns momentos até que teve a iniciativa de se agachar para ficar na mesma altura daquele a quem capturaram, olhando fixamente para seus olhos, azuis, o líder do clã indagou:

— Como pode ter sede sendo um dos aquáticos?

Aquele que estava sob custódia, abriu a boca e mostrou uma cavidade extremamente seca, dentes quebradiços e a língua rachada. As ranhuras eram tão evidentes que Rifer não teve dificuldades para enxergá-las, mesmo com a iluminação precária, oferecida pelos archotes quase apagados.

O sábio se aproximou do líder e tocou-lhe o ombro, informando:

— O indigente não consegue falar mais. É visível que precisa de nossa intervenção.

O loiro ficou em pé novamente e encarou o velho, após, lançou um novo olhar ao aquático e manteve-se em silêncio por algum tempo. Um pensamento o atormentava, seria aquele homem inofensivo ou um inimigo? Em tempos de ameaça, como a de Hazz, não tinha a segurança necessária para receber novos andarilhos.

Por fim, estalou o dedo indicador no polegar e decidiu.

— Deem um copo de água ao infeliz, em seguida, lhe instruam a não mais retornar ao Distrito. Se ele for avistado mais uma vez pelas redondezas, executem-no.

Rifer era o tipo de homem que se endurecia quando as circunstâncias o obrigavam a isto. Na maior parte do tempo, era um homem gentil, de fácil lidar, fala mansa, ponderado e bastante benevolente, mas sabia que como líder deveria ser duro quando necessário.

Acenou com a cabeça para o velho que o acompanhava, tocou seu ombro como forma de cumprimento e deu as costas à cena, ansiando voltar para a cama, improvisada, onde sua esposa e filho o aguardavam.

— Vocês ouviram! Um copo de água ao indigente e instruções claras para que não mais retorne — o velho repetiu aos demais as instruções dadas pelo líder.

Mas, quando Rifer já estava a uma distância considerável, ouviu algo que o fez parar, instantaneamente, no caminho.

— NÃO!

A voz saiu como um gemido de dor, uma espécie de última súplica, pavorosa, de alguém diante de um destino cruel, certo e impiedoso. Rifer já havia ouvido aquela entoação, inúmeras vezes. Era o timbre utilizado por aqueles que não querem morrer, pelos condenados. O som ecoou nos ouvidos do líder e lhe causou um genuíno arrepio.

Imediatamente, girou em torno do próprio corpo e retornou, às pressas, ao local em que tinha sentenciado a sina do estranho andarilho. O sedento permanecia de joelhos, os dois sentinelas continuavam a postos e o velho segurava um copo de água.

— O que houve?

— Receio que o indigente tenha protestado contra a decisão sobre seu exílio, deve ansiar por um lugar entre nós... — o conselheiro tratou de explicar suas impressões sobre o episódio e prosseguiu: — O que seria um absurdo dadas as circunstâncias em que vivemos, devo dizer.

Rifer balançou a cabeça em tom negativo e de forma quase que pesarosa. Mais uma vez, colocou-se na mesma altura do aquático. Olhou nas profundezas daqueles olhos azuis e conseguiu ver agonia. Para o líder, ficou evidente que o forasteiro tinha algo a pedir além do gole de água.

Estendeu a mão ao velho, apossou-se do copo e o ofereceu ao homem de boca rachada. Por sua vez, o forasteiro bebeu, ferozmente, do recipiente, até não sobrar uma gota sequer.

O que se sucedeu era parte de algo inexplicável, mas inerente àqueles que se chamavam de aquáticos. Imediatamente, após beber, a pele do homem se hidratou, assim como seu cabelo e sua boca. A aparência já não era a mesma, seus ânimos foram restaurados e seus olhos brilhavam em um tom de azul mais vívido e cintilante.

— Agora que já bebeu à custa do meu povo, diga logo o que mais você quer? — Rifer engoliu seco antes de endurecer a conversa. — Diga, ou juro que manterei minha decisão com relação ao exílio.

O andarilho fechou o semblante e torceu os lábios como se estivesse desgostoso com algo. Seu grito negativo, uma espécie de última tentativa em se fazer ouvir, denotava que tinha consigo algo de relevante a oferecer ao líder do clã. Enfiou a mão no bolso de sua calça, esfarrapada e tirou de dentro um objeto que cabia na palma de sua mão.

Em seguida, estendeu a mão em direção ao chefe do DRP e revelou o conteúdo, até então incógnito.

Rifer não acreditou naquilo que viu em posse do aquático. Colocou-sede pé, como que em um pulo e seus dedos entornaram o cabo da espada, que trazia junto ao corpo, automaticamente.

— Agradeço ao copo de água de humilde forma — o homem reconheceu a gentileza e, em seguida, tratou de explicar a origem do objeto que trazia na palma da mão. — Junto a um corpo, dilacerado, no alto do vale, foi que encontrei isto.

O velho aproximou-se um pouco mais da cena e conseguiu ver o que o forasteiro tinha nas mãos. Era um broche, com a insígnia do DRP, inerente aos sentinelas.

— Um dos sentinelas que enviamos para nos informar sobre o avanço do bando de Hazz — foi a constatação feita pelo idoso.

Preocupado, Rifer coçou a cabeça de forma irregular. Direcionou olhares a várias direções, estalou os dedos e, por fim, desembainhou a espada, fazendo com que a lâmina se aproximasse do pescoço daquele que se mantinha ajoelhado.

— Como posso saber que não foi você quem matou um dos nossos?

— Porque... dos lacaios de Hazz, fiz parte, por muito tempo. Com meus olhos vi seus sentinelas, quando destroçados foram por homens do rei. Três deles, se enganado não estiver.

— Então você é um espião! — o velho não parecia ter dúvidas de tal afirmação.

— De suas falsas acusações deve me poupar. Da brutalidade de Hazz me cansei e cá estou para uma chance oferecer-lhes.

O velho tocou os ombros de Rifer e balançou a cabeça de forma irregular. De sua boca saiu um resmungo inaudível. Por sua vez, o líder decidiu ouvir o que o aquático tinha para dizer e fez um sinal com a mão para que continuasse.

— Misericórdia é algo que Hazz não tem. Fugir é o que seu clã deve fazer se vivos quiserem continuar.

A advertência deixou Rifer um pouco inquieto. O líder puxou o velho para perto de si e conferenciou em tom baixo:

— Meus instintos estão me alertando sobre este homem. Há algo nele que me diz para ter cuidado e não sei se podemos acreditar em suas palavras.

O ancião acariciou a própria barba e lançou um olhar desconfiado ao homem que permanecia ajoelhado. Não tinham motivo para confiar nele, porém, até então, o homem não havia mentido.

— Pode até não confiar nele, Rifer, mas o que ele diz é verdade. O bando de Hazz não tem misericórdia e, pelo que sabemos, o perigo bate à nossa porta. Ele diz que devemos fugir e, temos que concordar que, não é uma ideia ruim.

— Existe a possibilidade de ser uma armadilha.

— Existe a possibilidade de não ser — o ancião tinha dúvidas acerca das próprias impressões, mas sabia que o mais sensato era sair dali antes de serem alcançados pelo bando. — É questão de tempo, Rifer, e você sabe disso tanto quanto eu.

O líder voltou a olhar o forasteiro. Precisava arrancar mais informações daquele que ali estava. Após um novo estalar de dedos e ranger de dentes, indagou:

— Você disse que fez parte do bando de Hazz e se está aqui, quer dizer que abandonou o grupo, por quê? O que houve para desertar?

O aquático voltou seus olhos ao chão e os revirou. A pergunta lhe causou um desconforto. Após alguns segundos de silêncio, pela madrugada, resolveu quebrá-lo:

—Coisas aconteceram... fato é, que causar o mal e a destruição, não mais anseio, redenção quero obter.

— Redenção? — Rifer duvidou. — Este é o motivo de estar aqui?

Não houve uma resposta, ao invés disso, uma nova advertência:

— A caminho Hazz está...

— Patife! Miserável! — Rifer se irritou e chutou a terra. — Nós não somos covardes! Se aquele maldito vier até mim, terá que lutar! Haverá sangue!

Pela primeira vez, desde que chegou, o aquático fez menção de se colocar de pé. O impulso foi contido por um dos sentinelas que fazia vigia, mas logo Rifer permitiu o gesto.

Já em pé e olhando fixamente nos olhos do líder do DRP, o forasteiro lançou uma nova dica:

— Se lutar é o que quer, preparar-se, é o que fazer deve.

Os dias que se sucederam foram de muito trabalho. Rifer, o obstinado líder do clã Distrito da Risca Paranaguá, estava convicto de que não deixaria o bando de Hazz espalhar mais dor e destruição. Os anos de desolação daquele miserável haviam chegado ao final. Seu orgulho iria prevalecer diante do próprio demônio.

Para tanto, com a ajuda dos sete velhos do clã e de Alin, o aquático, Rifer arquitetou um plano de contenção e retaliação ao, até então, insuperável Hazz.

Prudente, o chefe do clã elaborou uma espécie de plano de escape. Os sete velhos, liderados por sua esposa, conduziriam as mulheres e as crianças por um caminho seguro, longe da possível batalha que ocorreria no vale. Estes não lutariam e poderiam significar a continuidade do clã no caso de uma derrota para o bando. O plano B de Rifer consistia em dar uma segunda chance ao seu povo e oferecer-lhes esperança, algo raro em tempos tumultuados.

Com lágrimas nos olhos, Rifer se despediu da esposa e do filho. Mesmo com alguma resistência, inicial, da mulher, esta acabou cedendo ao plano e partiu, à frente da coluna continuada pelas outras mulheres, crianças e velhos. Seria ela a figura de liderança a conduzir o povo rumo à esperança.

Os demais, homens saudáveis e preparados, esperariam, pacientemente, pelo combate definitivo com Hazz. Aquele clã entraria para a história como o primeiro a derrotar um dos desoladores Bandos da Discórdia.

Quando milhares de guerreiros, ferozes, despontaram dos limites do vale, Rifer e seus homens estremeceram. Estavam esperando uma vantagem numérica de Hazz, mas o número, indicado por Alin, era muito inferior.

— Mentiu para nós! — Rifer segurou o aquático pelo pescoço assim que constatou o quão errados estavam os dados fornecidos. — Disse que o bando de Hazz era constituído por cerca de setecentas pessoas capazes de combater. Estou vendo milhares deles...

Alin sorriu e esbugalhou os olhos, tentando provocar, enquanto era esganado por Rifer.

— Em seus instintos deveria ter confiado. Para fugir avisei.

— Maldito!

A vontade de Rifer era a de sufocar de vez o bandido, mas estava na eminência de receber um ataque, que prometia ser feroz. Seus homens precisavam dele e não poderia perder tempo com o traidor. Decidiu deixar Alin e se posicionar para a batalha.

Foi um verdadeiro massacre. Apesar de lutar sem se entregar, Rifer viu cada um de seus homens morrerem de forma trágica. Aqueles que viviam sob as hedges de Hazz eram extremamente violentos. Corpos mutilados, estraçalhados, membros dilacerados, cabeças decepadas. Este era o presente de Hazz ao Distrito.

O clã não estava preparado para uma batalha como aquela e Rifer viu seu plano fracassar de forma humilhante, testemunhou a danação de sua terra e a destruição de seu sonho. Ali, não era possível alcançar a felicidade de forma plena. No fim das contas, o sonho de ver a prosperidade se tornou cinza.

Ao menos, pôde se sentir satisfeito por ter ordenado que sua esposa e filho abandonassem o vale, junto com o restante do agrupamento. Estes deveriam estar seguros e poderiam seguir seu sonho deter algum lugar ainda desenvolvido em meio a tanta desgraça. Poderiam se reerguer. A esperança era uma dádiva em tempos sombrios.

O líder do DRP foi capturado durante a batalha. Ainda vivo, apesar de já não ter um dos olhos. Ao final do massacre, foi levado à presença do próprio Hazz, o qual passou a se intitular de "O Rei dos Reis".

Acorrentado, mutilado e humilhado, Rifer serviu de chacota até que o rei se fizesse presente. A reputação de Hazz o precedia. Um homem gordo, feio, forte e alto, com mais de 2,50m de altura, cabelo seboso e uma imensa e feroz barba acobreada, salpicada de sangue. Seus braços eram grossos e em seu pescoço havia um colar feito com seis crânios, encolhidos, de inimigos.

Na ocasião, usava um grosso manto encharcado de sangue, armadura rudimentar e duas espadas, uma em cada anca. Uma figura extremamente amedrontadora.

Ao lado do rei, Alin se fazia presente. Já não usava roupas esfarrapadas e seus olhos estavam mais azuis do que nunca.

— Antes do Primeiro Dia, homens como você seriam celebrados pela sociedade. Um homem bravo, teimoso e corajoso. Um homem orgulhoso que não se dobra. Acontece que estamos em um novo mundo agora, uma nova realidade.

— Um planeta brutal! — Alin, o aquático traidor, completou o pensamento do último rei. Parecia orgulhoso ao dizer aquilo, havia divertimento em suas feições.

Rifer sabia que havia sido estúpido. Não precisava ser lembrado disso por Hazz, mas tinha total ciência de que era o momento de o vencedor se regozijar. Entretanto, não iria ficar calado. Não era de seu feitio. Juntou todas as forças que ainda tinha para poder provocar:

— Deve... deve estar muito satisfeito... muito satisfeito por massacrar um vilarejo composto por pessoas boas... Não tínhamos treinamento e estávamos sendo enganados por um de seus homens... — direcionou um olhar corrompido de raiva ao aquático. — Não éramos guerreiros!

— E mesmo assim, você foi burro o suficiente para se erguer contra mim! — o rei gargalhou, de forma irregular e descompassada. Após, cuspiu na face do prisioneiro antes de continuar. — O massacre que testemunhou hoje foi fruto de sua obstinação, uma infeliz característica dos perdedores. Pensou que seria um rei? Vou dizer-lhe que só pode existir um.

— Por culpa de sua decisão, morreram seus homens — Alin também se fazia ouvir.

O rei deu um soco no rosto do líder do clã e, então, decidiu indagar por algo que aguçava a sua curiosidade.

— Apesar de ter sido o culpado pelo massacre dos homens de seu clã, você demonstra alguma paz em seus olhos. Você sabe que irá morrer, não é?

Rifer olhou para os céus e lembrou-se de que, antigamente, os homens costumavam fazer o mesmo gesto para pedir por uma intercessão divina ou apenas para agradecer por algo memorável. Apesar de conseguir ver, apenas, aquele céu avermelhado, que em nada lembrava a cor azul que fora um dia, sabia que ainda havia esperança, foi por isto que fechou o olho olhou para o céu e agradeceu ao Deus que um dia acreditou. Em seguida, desafiou ao último monarca:

— Você massacrou meu clã, hoje irei morrer, mas meu sonho continuará. Existe esperança para a humanidade.

O rei levantou o líder do DRP pela icônica jaqueta vermelha e o agarrou pela cabeça fazendo alguma pressão. Olhou no fundo do olho bom de Rifer e revelou.

— Não existe esperança para a humanidade! Este é um mundo feio, horrível, um Planeta Brutal, como disse Alin. O mesmo Alin que me revelou seus planos. Enquanto alguns de meus homens massacravam os seus aqui, outros encontraram seus remanescentes nas florestas. Uma esposa... um filho pequeno...

A pressão em seu crânio era arrebatadora, Rifer sentia seus ossos se partindo, muita dor e agonia, porém, o que mais lhe causava pavor era a possibilidade de ter perdido a esposa e o filho em meio àquela disputa, era a possibilidade de ter visto seu sonho morrer.

— Minha esposa... meu filho...

— Mortos estão — Alin se intrometeu e revelou antes mesmo do monarca. — Uma morte lenta e dolorosa é o que tiveram.

Naquele momento, Rifer não tinha mais motivos para viver, nem mesmo o fato de ter sido enganado. Ter visto seu clã ser dizimado, seus amigos morrerem, suas casas destruídas, nada lhe doeu mais do que saber da morte da esposa e do filho. Foi ele a causa de tamanha danação, de tanto sofrimento e de ter seu sonho destruído. Não havia esperança para a humanidade.

O líder desistiu de lutar. Não havia motivos para continuar vivo.

As mãos pesadas de Hazz esmagaram o crânio de Rifer e tornaram em ruínas os seus sonhos. O cadáver com cabeça destroçada, daquele corajoso líder, foi deixado jogado ao chão, daquele clã destruído, com a jaqueta vermelha presa ao corpo e a espada que utilizava cravada ao chão, uma forma de chacota.

O Bando da Discórdia de Hazz deixou o vale naquela noite, levando tudo de relevante que encontraram no, então, extinto clã Distrito da Risca Paranaguá e passou o resto no archote. Após, salgaram a terra e se mandaram, prontos para uma nova empreitada de desolação.

CAPÍTULO 1

O HOJE

Sem saber ao certo para onde, continuamos caminhando. Não podemos, não devemos parar, por isso que caminhamos mesmo sem rumo ou direção.

Na verdade, creio que esta sempre foi a sina da humanidade: caminhar sem parar, sem um rumo certo e aparente. A vida se repete incessantemente, um destino cíclico, entediante e sem graça. Corremos na angústia de fugir de nossos problemas, tentando afugentar nossos demônios, ignorar o sofrimento. Corremos para continuarmos vivos.

Não podemos ficar parados! Se pararmos, viramos um alvo fácil, presa passiva. É contra essa condição de vítima que devemos lutar, é para fugir disso que precisamos correr.

Para nós não existe casa fixa, não há abrigo ou um refúgio seguro. Admito ter sido levada a pensar de forma diferente em outras ocasiões, na verdade, em duas, mas não me engano mais. Em um universo cada vez mais duro e rude, não posso ter a inocência de pensar que continuaremos vivos, nem esperar que uma ajuda caia do céu, ou no ato de apoiarmos nossas esperanças em falsas promessas de homens corruptos e corruptíveis ou em falsos corajosos. Devemos fazer o que for preciso para sobrevivermos, se for para matar, matamos; se for para fugir, fugimos. Simples assim, duro, ácido, certeiro.

Os dias passam lentos, as noites parecem ainda mais longas. Frio e calor castigam a pele e varrem os ânimos. A fome e a sede se tornaram constantes e passamos a tê-las como companheiras, daquelas das mais fieis, que sempre estão ao nosso lado. Nós vivemos em um jogo de luta pela sobrevivência, é isto que nos move, que nos faz correr.

Não sei se posso reclamar desta vida, tantas pessoas morreram nos últimos anos, que estar viva ainda é aquilo que costumávamos chamar de dádiva. Muitos se sacrificaram para que chegássemos a este ponto, reclamar é um sacrilégio.

É pensando desta forma que acordo todos os dias, abro os olhos, afasto o sono e me preparo para mais uma luta.

Levanto do chão, duro e poeirento, que me serviu de cama durante a longa e fria noite. Ele ainda dorme o sono dos justos. Sorrio ao vê-lo respirando, sem saber ao certo o que o destino nos reserva. Pode parecer macabro, mas aprendi que todo dia pode ser o nosso último.

Decido deixá-lo um pouco mais absorto em sua inocência, ajeito o cobertor sobre seu corpo e começo a preparar as coisas para nossa partida.

Abandono a fenda que nos abrigou durante a noite e vejo o sol brilhando no horizonte, revelando o tom vermelho sangue do céu da aurora. Os primeiros raios já indicam a constante que se segue em nossos dias: será mais um dia muito quente e seco. Puxo o lenço do pescoço para tampar minha boca e meu nariz, tentando neutralizar os efeitos da secura do ar.

Ouço sons vindo de longe, instintivamente, meus dedos encontram o cabo da espada, que está embainhada em meu cinturão. Não é preciso ter tal cuidado, é o que indica a distância que calculo entre os gritos. Ainda temos tempo para fugir daqui sem sermos encontrados ou incomodados.

Volto para a fenda e vejo que ele ainda dorme. Normalmente, teria dó de acordá-lo, mas não posso me dar ao luxo de deixar seu momentâneo conforto prejudicar nossa sobrevivência. Não podemos ficar aqui.

— Querido... Acorde, meu bem, precisamos sair — tento acordá-lo com um beijo em sua face. O gesto não alcança pronto resultado, ele se remexe, vira de lado e junta um pouco mais o, esfarrapado, cobertor para perto de si. Dou-lhe uma leve cutucada e vejo seus olhos se entreabrirem. — Hora de acordar, o sol já brilha no céu.

Demoramos um pouco mais do que gostaria para sair da fenda que nos abrigou, mas o que importa é que já estamos longe o suficiente daquele lugar. Experiências passadas me ensinaram que ficar por mais de dois dias no mesmo local é pressuposto para uma morte certa.

Não levo nada no estômago, dei o último pedaço de carne de lagarto de ontem para que ele pudesse se alimentar. Uma piada sem graça se comparado ao que seria um verdadeiro café da manhã. Contanto que ele esteja bem e saudável, pouco importa a minha saúde. Melhor assim, o gosto de uma comida tão rala poderia atiçar ainda mais a minha fome.

— Mamãe, por que tivemos que ir embora de nossa casa? — ele me pergunta, entre passinhos apressados, tentando me acompanhar, com a voz preocupada inerente às crianças mais curiosas.

"Nossa casa". O pobrezinho sequer sabe o conceito correto disso. Impossível não ficar com um gosto amargo na boca. Nasceu e cresceu em um mundo distorcido, nunca saberá o que é uma casa de verdade, um lar, um refrigério, um abrigo seguro.

Mesmo assim, não posso deixar de respondê-lo. Apesar de não querer isso para sua vida iniciante, ele precisa saber que estamos em uma realidade muito cruel, ainda mais inóspita. Perco o ritmo e volto minha atenção para trás, fito o pequeno a esperar por minha resposta, com os olhinhos esbugalhados e ávidos por uma posição vinda de sua mãe.

Encosto meus dedos no seu cabelo cacheado e aloirado e lhes causam uma pequena ruína na madeixa, o que faz surgir uma leve careta em suas feições. Ajoelho para que meus olhos possam conversar com os dele e lanço a resposta aguardada.

— Querido, aquele lugar não era nossa casa — assumo com ardor no coração, por não poder lhe dar um lar. — Nós temos que andar, precisamos correr e encontrar outro lugar seguro, antes da noite descer. Não podemos ficar por aí, existem homens maus que podem querer nos matar.

Seus olhos perdem o brilho instantaneamente. Minhas palavras podem ter sido duramente lançadas, mas correspondem à crua e mais sincera verdade. Para tentar amenizar os efeitos em seu, ainda puro, coração, envolvo-o em meus braços e sussurro em seu ouvido.

— Não se preocupe, sempre estarei aqui para proteger você — recebo um sorriso pueril em resposta e sinto o coração amolecer. A clássica cena entre mãe e filho.

Contudo, não posso deixar meus sentimentos deixarem minha guarda fragilizada. Logo me desvencilho do pequeno e volto os olhos ao nosso redor. A visão panorâmica do deserto que nos cerca não é reveladora, mas posso sentir que estamos sendo observados, ainda que de longe, por alguém. Possivelmente e obviamente alguém que quer nos fazer mal.

— Precisamos continuar — lanço um sorriso contaminado por apreensão, tentando parecer segura diante do petiz. Ajusto a alça da mochila em minhas costas e reinicio a marcha, não sem antes colocá-lo à frente. Preciso tê-lo sob constante vigilância.

Avançamos cerca de alguns quilômetros e sinto os pés latejarem, implorando por algum descanso, mas não posso me dar ao luxo de estacionar, ainda tenho o pressentimento sinistro de estar sendo vigiada, tenho a certeza de que estamos sendo seguidos. Deve ser por isso que meus dedos não soltam o cabo da espada, um sinal de alerta.

Sigo, ainda, por mais alguns metros, mas há algo de estranho no ar. Posso sentir. Estamos em um território extremamente hostil, o clima é árido, o ar seco, o calor incessante e um solo pouco fértil.

Estamos na área daqueles que se intitulam "Os Sobreviventes". Na verdade, todos os conhecem por "arenosos", homens que sofreram algum tipo de mutação genética, assim que os efeitos do aquecimento global se tornaram uma constate assustadora. Dizem que os tais arenosos são capazes de sobreviver em locais inóspitos aos demais seres-humanos, podendo passar períodos, consideráveis, sem qualquer gota de água no organismo. Pelo que sei, são pouco amistosos, preferem viver solitários e não possuem respeito algum pelas demais criaturas vivas, matando quem quer que se aproxime de forma perigosa o suficiente.

É por isso que temo por nossa segurança. Se estivermos mesmo em território hostil dominado pelos arenosos, somos vítimas em potencial.

Quando ouço um som característico de alguém se aproximando, os pelos que restam em meu corpo se eriçam. As circunstâncias me treinaram para estar sempre desconfiada e atenta, pouco vacilante e super-protetora. Não é agora que posso baixar a guarda. Em um instinto materno, seguro o pequeno pelo braço e faço com que se agarre ao meu pescoço, como que montado em minhas costas.

— Mamãe... O que...

Não deixo com que termine a frase. Com a mão esquerda tampo sua boquinha e emito um som para que fique em silêncio. Com a mão direita, agarro o cabo da espada, a lâmina modelo katana, revelo o conteúdo do aço, coloco-me em posição de ataque e logo desafio.

— Hora do covarde se apresentar. Estou pronta...

Não posso deixar de assumir que estou com uma pontinha de medo palpitando em meu coração. Por outro lado, estou extremamente satisfeita por poder continuar viva e, assim, proteger meu filho. Seja quem for o miserável que me espreita, escolheu a adversária errada para lutar. Sou mãe.

CAPÍTULO 2

O SOBREVIVENTE

Hoje acordei tarde pra cacete! Odeio quando isto acontece e já vem se tornando uma frequente na minha, desinteressante, vida de merda. Também, pudera, não tenho nada de bom para fazer, pensar ou me distrair.

É apenas um novo dia no inferno e o calor do sol dá mostras de que será daqueles mais secos. Não me importo, é nesse caos que prospero. Cada dia é uma oportunidade para a seleção natural dizer se mereço continuar sendo um dos sobreviventes ou mais um, maldito, idiota pronto para morrer. Mais uma simples baixa. Como dizem do pó ao pó. Se bem que jamais entendi o que querem dizer com isto. Na verdade, não me importa.

Lentamente, como me é de costume pela manhã, caminho, pelo buraco em que vivo, até onde era para ser o banheiro. Abro a torneira somente para constatar o óbvio: não há água. Não sei dizer ao certo quando adquiri esse cacoete desgraçado, possivelmente, ainda antes do Primeiro Dia, algo que nem ao menos me vem à memória.

Dizem que a humanidade já sofria com os efeitos do chamado aquecimento global e que o planeta se aqueceu de forma insana e insuportável. Não demorou para que muitas regiões, antes prósperas, se tornassem desérticas ou quase. O hemisfério sul foi o que mais sofreu com os efeitos devassos e, por consequência, afetou com força o território que conheciam como Brasil.

Como moro em um dos locais que se tornaram desérticos, não é de se espantar o meu costume com a falta do líquido transparente, inodoro e sem sabor. Sei bem que não há água, mas isto não me impede de abrir a torneira em uma espécie de busca, frustrante ou um ritual nauseante.

Olho para o espelho e afasto, com a palma da mão, a poeira que se junta. Vejo o reflexo de um homem que já passou dos trinta anos antigos, sem saber ao certo a idade verdadeira, pois não consegue se lembrar de nada antes do caos. Cabelo desfiado, secos, quebradiços e compridos, emaranhados até a altura do pescoço; pele castigada pelo sol, rachada e ressecada; olhos amarelados, dentes serrilhados e pontiagudos. Hoje estou lindo pra cacete!

Ando pela ruína, que chamo de casa, de forma despretensiosa e com uma ideia fixa em mente: seria bom poder beber um pouco para variar.

Não sou como a maioria dos humanos *fracotes*. Minha espécie é resultado de um tipo de evolução condicionada pelos malditos efeitos caóticos do tal aquecimento global. Sou meio burro e incapaz de explicar de forma científica ou correta, mas os que são da minha espécie podem sobreviver períodos consideráveis sem ingerir um gole de água sequer. Apesar dessa condição privilegiada, não podemos viver assim para sempre.

Porra! Hoje tenho sede.

Visto-me pronto para enfrentar o que me espera. Roupas de mangas compridas e uma couraça quase impenetrável para proteção, óculos ultravioleta, para os olhos não sofrerem com a vermelhidão do céu, um lenço longo para cobrir o nariz e a boca, evitando respirar poeira e enrolo uma esfarrapada bandeira da antiga pátria na cabeça, como uma espécie de turbante improvisado. Apanho a espada de cabo longo e a ajeito nas costas, assim como as facas de punho que deixo repousar no cinturão. Estou pronto para a caçada, pronto para beber.

Após o Primeiro Dia, a maioria dos sobreviventes abandou as cidades, onde até então viviam, começaram a procurar por ambientes mais desgraçados. Pode parecer estranho, mas para os de minha raça, os ambientes menos inóspitos são exatamente as regiões desérticas e quase desérticas que se formaram com o aquecimento global. Por sermos solitários, nos damos muito bem na imensidão que se tornou o solo arenoso em contraste com o céu alaranjado e poeirento.

O único desafio que tínhamos pela frente era encontrar comida e água, esporadicamente. Porém, esse quadro mudou, para nossa sorte.

Os aquáticos, segundo diziam os noticiários, são mais uma das evoluções da raça humana, já os mais místicos dizem que esses são descendentes diretos de uma sociedade há muito tempo perdida, chamada Atlântida. Não sei quem está correto sobre tanta bobagem, mas o fato é que, esses malditos, assim como meu povo, podem viver, por longos períodos, sem água e sem sentir sede.

A explicação para isto se deve ao fato de terem o corpo com uma porcentagem de água 60% maior no organismo em relação a um humano comum.

Por incrível que pareça, os aquáticos vivem em comunidades e se espalharam por tudo que é canto. Inclusive, arriscaram-se a viver nos desertos. Idiotas! Correram para a boca do predador.

Os sobreviventes encontraram um jeito de saciar a sede esporádica. Nós passamos a beber os aquáticos, isso mesmo, bebemos os infelizes. Fazemos tal como os vampiros fazem com os humanos comuns, mas nossa forma chega a ser ainda mais violenta. Hora de caçar.

Logo que saio para fora de casa, sinto um vento forte e quente a balançar minhas roupas. Tenho a certeza de que o bafo cozinharia humanos comuns. Quanto a mim? Posso dizer que gosto disso, tenho até mesmo que assumir, que sinto uma pontinha de prazer em um clima tão filho da puta como este.

Devo dizer que estou bastante satisfeito em sair para caçar hoje. A apreensão de uma boa perseguição, o ato de espreitar, a demonstração gratuita de força e explosões de fúria que culminam em atos de pura e deliciosa violência. Já começo a ficar ansioso por uma boa luta, louco por uma briga. Espero que minha presa ofereça um bom embate.

Diferentemente de nós, os aquáticos costumam viver em bandos, não são sociáveis com outras raças e, por isto, preferem ficar entre os seus. Poderia ser a vantagem numérica que possuem uma perigosa aliada contra minha pretensão, mas não é, sou superior até mesmo a um bando de aquáticos.

Na verdade, quanto mais deles, melhor, mais saciado ficarei quando os beber.

Sei bem por onde começar a caçada, como animais, os desgraçados são extremamente previsíveis e tendem a frequentar as mesmas áreas de sempre. Se um dia encontrei com aquáticos em determinado lugar, é lá que irei encontrá-los novamente.

Uso meus instintos aguçados e minhas experiências anteriores para rastrear por um agrupamento de malditos aquáticos. Não é difícil, posso sentir de longe seus cheiros característicos.

Algumas pegadas ainda frescas, no solo árido, apontam para um rastro recente. Tenho sorte, basta segui-las para poder saciar a minha sede, logo alcançarei meu objetivo.

Estou muito próximo de minhas vítimas em potencial, a análise que faço das pegadas aponta que estou no rastro de duas pessoas, uma mulher e uma criança. Duas presas de pequeno porte, mas não me importo, será o suficiente para o momento. Fodam-se.

CAPÍTULO 3

A PROTEÇÃO

Calada por um tempo considerável, apreensiva, atenta e pronta, escuta o silêncio, a katana continua em riste e as mãos em volta de seu cabo, dedos já esbranquiçados pela força com que seguro a arma. O pequeno continua em minhas costas, mãozinhas juntadas abraçando-me. Ele também está aflito.

Mesmo sem resposta à primeira provocação, não ouso baixara guarda. O mundo cruel em que vivo moldou-me a sua imagem e semelhança. Um instinto que passou a me acompanhar não mente e não estou disposta a deixá-lo de lado, tenho certeza que estamos sendo vigiados.

Dou alguns passos acanhados em recuo, o cansaço que sinto fala alto em um ato de fuga, mas lutar é o mais aconselhável. Seja quem está me espreitando me alcançará com certa facilidade. Por isto que o mais prudente é poupar energia e lutar de uma vez.

Em um movimento rápido, para não ficar com a guarda fragilizada por muito tempo, abaixo o lenço que protege meu nariz e minha boca. Como um animal, tento farejar algo no ar, o gesto, claro, é inútil, não tenho os sentidos aguçados a este ponto.

Recuo um pouquinho mais e continuo com a visão atenta aos cantos. Estou decidida de que não serei pega de surpresa, mas devo admitir que a apreensão está me irritando.

Sinto as mãozinhas dele falseando, deve estar ficando impaciente tanto quanto eu.

— Segure firme em mim — instruo para que não se deixe levar pela chateação. — Isto vai acabar em um instante.

Em resposta, ouço um som breve de consternação. Seria mais fácil desistir e me entregar ao primeiro sinal de ataque? Obviamente. Mas, não o faço exatamente por ele. É por meu filho que eu corro e luto. Preciso protegê-lo.

Mais um ou dois passos para trás e a espada ainda aguarda um ataque do inimigo escondido, é quando ouço um som estranho vindo de um amontoado de pedregulhos atrás de mim.

Rodo em um salto e fico de frente para o monte de pedras. No mesmo instante, ele grita:

— M-A-M-Ã-E!

O grito denota desespero e viro-me de costas mais uma vez, atrás de mim avança um homem bastante magro, sem camisa e pele praticamente grudada aos ossos, castigado pelo clima severo da região; cabelo encaracolado e um peculiar olho azul vivo. Está segurando uma estranha lâmina de duas pontas e grita feito um monstro. Um aquático.

Assustada, levanto a espada e amparo o golpe que me seria destinado, tive tempo suficiente para não virar picadinho. Nossas lâminas se encontram no ar e emitem um grito estridente. Dois novos golpes, dois novos encontros e dois novos sons de aço contra aço.

Sim, tenho a desvantagem de lutar carregando uma criança e um acampamento inteiro nas costas, mas desta condição adversa sei tirar proveito. Projeto o corpo para frente deixando com que o peso sob as costas me dê mais velocidade. É uma questão de equilíbrio para fazer com que o golpe da minha espada seja mais pesado e violento do que os anteriores.

Um... Dois... Três golpes, na quarta tentativa, o aquático não consegue manter sua arma e ela cai ao chão. Aproveito o instante de vantagem e faço com que a minha espada o acerte em mais um golpe fulminante. É a vez de sua mão, desmembrada, alcançar o solo seco.

O aquático se desespera, tenta estancar o ferimento de onde verte sangue compulsivamente, há agonia em seus olhos azuis, quase posso sentir seu tormento, mas não posso ter compaixão. Foi ele quem ameaçou nossa segurança, teve o que mereceu! É a Lei da Sobrevivência.

Não perco muito tempo. Poderia começar a perguntar-lhe os motivos de tal ataque, mas acho que a mesma Lei da Sobrevivência seria a justificativa. Minha lâmina chega a seu pescoço e encontra a traqueia facilmente para determinar o fim de sua existência.

Lamento por meu filho ter que ver essa cena horrível, mas não tenho escolha, este é o mundo que ele herdou. Tudo que posso fazer é descê-lo de minhas costas, não evito que olhe para o cadáver de olhos azuis, mas faço questão de tentar explicar algo que seria inexplicável por natureza:

— Tive que matá-lo, filho. Ele era um homem cruel, que queria nos fazer mal. Você sabe, nossa segurança é o que importa.

Minhas mãos tocam seus pequenos ombros e o incitam a continuarmos o caminho que iniciamos anteriormente. Chega de perdermos tempo, precisamos continuar andando.

Estranho, desde que ele viu o aquático morrer, durante aquele insano ataque, sequer disse alguma coisa. Espero que a cena não o tenha deixado em estado de choque. O pobrezinho deve estar se perguntando o motivo de tanta violência, o motivo de termos que matar para sobreviver. Seria melhor deixá-lo absorto com a própria consciência infantil? Gostaria de dizer que sim, de poder acalantá-lo, mas isto não seria apropriado para a realidade em que estamos inseridos.

Caminhamos um pouco mais, ainda sem qualquer direção. Ouço um barulho peculiar no alto do céu, a cabecinha dele acompanha o som, seu dedinho vai em riste e logo identifica aquilo que vê.

— Um pássaro! – diz.

Acompanho seu dedo indicador e consigo vê-lo, em todo seu esplendor, no alto de um céu laranja. As cores de suas penas, em um tom branco, contrastam com o cenário. É um pássaro grande, com uma envergadura de asas considerável e um voo elegante, não sei identificar sua espécie ou suas características, tudo o que sei é que, com o passar dos anos, tornou-se raridade ver um pássaro. Eles devem ter desistido de ficar por aqui e se debandaram para algum lugar mais seguro. Algo que também anseio.

Fico feliz com o fato de ele conseguir identificar o animal exuberante em meio a um caos. Permito que um sorriso invada meus lábios rachados, é a satisfação por saber que, dentro de seu pequeno corpinho, ainda existe a pureza inerente às crianças.

No mesmo instante, não me contenho e o abraço bem forte, abaixo o lenço do meu rosto e beijo a sua face, apertando meus olhos.

Aquele pássaro é um sinal? Alheio às lutas que devastam a superfície, o animal plana no céu. É um sinal de que ainda existe liberdade, de que há esperanças?

Não sei dizer ao certo o motivo, mas o que sei é que a visão daquele pássaro no céu é como uma mensagem de que não devo, jamais, deixar que a brutalidade deste mundo em que vivemos corrompa o coraçãozinho do meu filho.

Se um dia fiz a promessa de protegê-lo, devo renová-la. Não apenas defendê-lo dos perigos físicos e do risco de perdê-lo, mas principalmente das maldades deste mundo. No que depender de mim, ele jamais será corrompido pela crueldade.

CAPÍTULO 4

O RASTRO

O desgraçado teve a mão decepada, um golpe violento o desmembrou e outro, preciso, na garganta fez com que ele sangrasse até a morte.

Esteve prestes a definhar bem antes de ser morto, é o que indica a magreza esquelética de seu corpo. Os olhos estão quase enegrecidos, em um tom azul bastante escuro, mas ainda dá para identificar o cadáver como sendo de um aquático.

O maldito sangrou até a morte e, ainda por estar tão desnutrido, nada me sobrou. Prefiro a emoção das caçadas, mas não me recusaria a bebê-lo se, por acaso, estivesse agonizando cheio de água para me servir.

Este miserável é um completo inútil, é o que concluo, com raiva, chuto seu cadáver.

Estranho é perceber que este aquático estava subnutrido, com pouca água no organismo. E ainda... Sozinho. Não é de seu povo viver solitariamente, isto é característica da minha gente, não da dele. Este era um aquático peculiar, diferente dos outros. Não sei dizer o motivo, também não me interessa, o que posso constatar é que teve uma morte rápida e violenta.

Cheguei até o infeliz seguindo o rastro de duas pessoas, possivelmente uma mulher e uma criança. Rio da provável situação, seria este burro uma vítima?

Seja lá quem lutou, não teve chances, foi uma luta sem qualquer emoção. O imbecil não era um adversário à altura de quem o matou. A pessoa que fez isto tinha alguma habilidade e uma poderosa lâmina em mãos.

Um pouco adiante, vejo uma estranha arma de duas pontas jogadas ao chão. Apanho o objeto e analiso seu aço, é um instrumento bastante rudimentar, tosco, feito sem boa técnica. Não me servirá. Decido fincá-lo no corpo morto como em sinal de desdém por aquele que jaz. Não vou mais perder tempo com um aquático esturricado.

Sigo um pouco adiante e logo retomo o rastro da mulher com a criança. Nego-me a acreditar que o aquático foi assassinado por uma garota com um bebê. A situação é hilária. É verdade que o adversário não era grande coisa, mas ser vítima de uma mulher? Ridículo.

Estou um pouco confuso, estaria mesmo no rastro de dois aquáticos? Se sim, porque estes matariam um de sua espécie? A Lei da Sobrevivência? Estou meio perdido, mas com uma pontinha de curiosidade e satisfação.

E se eu estava ávido por uma boa caçada, fiquei ainda mais animado com a possibilidade de encontrar uma adversária que oferecerá alguma resistência ao meu ataque, mesmo sendo uma mulher.

Animado, percebo que o rastro permanece fresco, não estou muito longe do meu alvo, continuo a jornada pelo deserto sem fim, chego a salivar. Hoje beberei!

Avanço por mais alguns metros, sempre me esgueirando, como que à moda dos predadores que já andaram pela terra, tal como uma cobra. Não demora muito para avistá-los. Só podem ser eles.

Avisto de longe, a mulher abraçada ao pequeno garotinho, não sei o motivo do abraço, mas esta demonstração de afeto, desnecessária, custará suas vidas.

CAPÍTULO 5

O CONFRONTO

— Vamos, meu filho, não temos mais tempo a perder.

— Para onde vamos, mamãe? — Ele quer saber e me fita com os olhinhos esbugalhados, cheios de dúvidas e curiosidades.

Olho para o céu, o pássaro que avistamos está longe, quase onde a vista já não alcança. Permito-me, como há tempos não fazia, traçar um rumo. Não um rumo certo, mas pelo menos uma direção. Aponto para o caminho feito pelo belo animal e indico nosso destino:

— Seguiremos o pássaro.

Assim que digo que iremos acompanhar o pássaro, o pequeno sorri com os olhos, consigo distinguir um intenso brilho infantil em sua íris, sinal claro de que adorou a proposta.

Está decidido, a partir de agora, teremos um novo objetivo: tentar seguir um pássaro pela imensidão do céu empoeirado. Obviamente, é uma grande bobagem, jamais conseguiremos acompanhar o ritmo de uma criatura alada, mas, para ele, será uma atividade bastante prazerosa. Dei algum sentido em nossa andança, dei-lhe um objetivo, uma perspectiva. Ainda que de forma distorcida, ofereci-lhe esperança, um sentimento que não é muito comum.

Os pés encontram o chão para o início de uma nova marcha, talvez, possamos encontrar algo de bom nesta jornada inesperada. Não sei dizer o que o destino nos reserva, mas quase posso sentir, também, uma pontinha de esperança. Estranho pensar de tal forma, mas seguir o pássaro pelo céu sem limites, também fez com que a fé renascesse em meu coração.

Vamos seguir o rastro de uma criatura que tem o poder de voar para longe, para onde quiser. Se este ato não ressuscitar em mima expectativa por algo bom, quer dizer que estou realmente morta, como aqueles, estranhos, condenados que vagam pelo mundo.

A tarde se adensa e sei que é o momento de encontrarmos algo para comer, estamos sem suprimentos e sem um lugar para ficar durante a noite, é hora de tentarmos remediar isto. Não é prudente deixar de comer, assim como não é aconselhável deixar a noite cair sem termos um buraco para nos enfiarmos.

Tomo a postura de caçadora, precisamos encontrar alguma coisa, qualquer coisa. O pequeno percebe a mudança súbita no ritmo e questiona:

— Mamãe, porque estamos parados? Não vamos seguir o pássaro?

— Precisamos comer alguma coisa, depois retomamos nosso caminho. Fique tranquilo.

Ele não retruca, não se mostra insatisfeito, nem sugere outra postura. É um garoto bastante obediente. Pobrezinho, um menino tão bom que será moldado por circunstâncias tão cruéis.

Levanto-o do chão e faço com que repouse em minhas costas. As andanças pelo deserto me ensinaram que por baixo de pedras sempre podemos encontrar alguma surpresa. Se estiver com sorte, posso encontrar um coelho das areias, com alguma carne para saborear, ou mais um lagarto, ou até uma cobra suculenta. Na pior das hipóteses, as pedras podem abrigar escorpiões, aracnídeos sem muita carne, mas nutritivos.

Com cuidado para não ser surpreendida por uma investida de algum animal peçonhento, chego a um pedregulho, escolho uma pedra mediana, não muito grande a ponto de não conseguir levantar, nem muito pequena a ponto de nenhuma surpresa abrigar. Imponho um pouco de força e levanto a rocha com as duas mãos. Não há nada. Emito um som de insatisfação e amaldiçoo, em pensamento, o lagarto que esteve aqui pouco tempo atrás, a julgar pelos vestígios deixados.

Se aqui não tive sorte em uma das pedras, não terei melhor resultado nas demais aglomeradas. Se houve algum animal por debaixo das rochas próximas a que levantei, já fugiu tentando se preservar.

A sorte é que este conjunto de pedras não é o único disposto no terreno em que estacionei.

Logo avisto mais um aglomerado de pedras. Espero ter mais sorte desta vez. Aproximo-me bem lentamente e apreensiva, novamente, escolho uma rocha não muito pesada e nada insignificante. Duas mãos e força para levantar.

Sim, tive muita sorte desta vez! O réptil me ameaça mostrando os dentes, levanta o pescoço e já sei que está pronto para lançar o bote, eu encaro seus olhos amarelados. Teremos um confronto de vida ou morte.

Preparo-me para apanhar o animal, mas algo faz com que perca a atenção, seus bracinhos enroscam em meu pescoço e quase me esganam, sinto seu corpinho se arquear e logo o grito de pavor invade meus ouvidos:

— M-A-M-Ã-E!

No mesmo instante, instintivamente, apanho a cobra, sem pensar direito em possíveis consequências. Com um rápido movimento, arremesso-a por sobre minhas costas e rodopio em um só pé, desembainhando a espada da cintura, ao mesmo tempo. Quase uma dança coreografada.

O inimigo tem a cobra sobre si, ela morde sua face protegida por um óculos e panos. Há apreensão, ele, um homem, tem na mão uma espada pesada de longo alcance, cheia de serras.

Não posso perder tempo, enquanto o adversário se atrapalha com a cobra que tenta mordê-lo, avanço com minha lâmina, ele recua dois passos e levanta sua arma para amparar meu ataque. Aço encosta-se em aço.

Apesar de estar em desvantagem, o homem avança sobre mim com golpes violentos, a cobra ainda mordendo seu rosto, parece ser apenas um desconforto em sua postura de luta.

Dois golpes fortes vindos de uma investida agressiva são suficientes para que eu me afaste. Contra este adversário terei que manter certa distância, não é prudente lutar corpo a corpo com alguém com uma arma de longo alcance, maior e mais forte que eu.

Ele aproveita meu recuo para apanhar o réptil que investe contra seu rosto, com um gesto rude, faz com que o corpo da cobra se arrebente em dois pedaços, estourando suas tripas, em seguida, arranca o turbante improvisado e abaixa o lenço que protege o seu nariz e a sua boca. Seu rosto é repugnante, todo rachado, seco, carcomido pela aridez. Posso ver seus dentes serrilhados, fiapos de barba, cabelo seco e quebradiço, levemente alongado até a altura dos ombros. É meu adversário.

O inimigo emite um silvo estranho e investe contra mim novamente. Ele não é como o aquático que me atacou antes. Este é bem mais agressivo e parece estar determinado a me oferecer uma luta razoável.

Com todas as minhas forças, recebo seu golpe violento tentando manter a espada firme em minhas mãos, o esforço é grande, ele é muito forte e sua arma bem mais poderosa do que a minha. Mais uma investida e, desta vez, nossas lâminas se enroscam. O inimigo aproxima seu rosto do meu e lança uma constatação que, para mim, parece óbvia demais:

— Você não é uma aquática!

Não tenho a mínima intenção de continuar a conversa, tudo que me compete é manter a mim e ao meu filho vivos e em segurança. Este homem é uma ameaça à nossa sobrevida e, por isto, deve morrer.

Uso a mesma técnica de quando lutei com o aquático, deixo com que o peso em minhas costas me ajude a um ataque mais incisivo, forte e violento. Giro a espada direcionando a força do corpo para os braços, ele a desvia com imensa facilidade.

Tento mais uma vez a mesma investida, apreensiva pelo resultado, sei que se eu vacilar será a minha arma a cair ao chão. O golpe sai com a força com que me proponho, mas não é suficiente para causar-lhe qualquer desconforto. Novamente, ele consegue se desvencilhar do ataque e contra-ataca com um empurrão corpo a corpo.

A força de seu golpe faz com que eu recue um pouco, mas não estou preparada para mais um corte no ar, vindo de sua espada, assusto-me com sua investida e a lâmina quase acerta meu corpo, deve ter passado perto por milímetros. Contra este adversário não posso vacilar.

Ele ri, gargalha de forma irregular e, em seguida, provoca:

— Pensa mesmo que tem algum tipo de chance contra mim, vadia?

Insolente! Está me subestimando. Em um ímpeto movido pela raiva, corro em sua direção, próxima de um ataque, salto e invisto a espada ainda no ar, meu adversário não estava esperando por um golpe aéreo, então consigo surpreendê-lo, mas erro um golpe que seria fatal, a lâmina, apenas, encosta em sua bochecha esquerda. Um pouco mais para o lado e eu conseguiria um resultado bem mais efetivo.

O fio da katana faz escorrer sangue, ele testa o ferimento com os dedos e percebe o líquido viscoso vertendo de forma moderada, tira os óculos, arremessa o objeto ao chão e me encara com os olhos amarelados. Após, irrita-se:

— Maldita! Vadia!

Apesar disso, vejo que está um tanto satisfeito com o resultado, parece estranho, mas há divertimento em suas feições. A exemplo do que fiz, a pouco, avança contra mim e desfere golpes violentos, movidos pela ira.

Seguro minha espada com ainda mais força e tento resistir à sua, ele avança, eu recuo, não consigo uma brecha sequer para contra-atacar. Eu estou com medo, mas não posso me dar por vencida.

Novos golpes, ainda mais fortes, um urro de raiva e recebo um chute direto no estômago, com a força do impacto recuo, mas não consigo me equilibrar e caio no chão poeirento.

O pequeno sofre com a queda e se desvencilha de mim, fico apavorada ao perceber as botas do meu adversário se aproximando de meu filho.

— Afaste-se dele! — ordeno, ficando em pé, imediatamente, avanço sobre meu inimigo e lanço diversos golpes, todos eles amparados pela pesada espada e pela perícia do portador da arma.

— Não tenho interesse nesse seu moleque! O que me interessa é matá-la.

Isto ele não precisava me dizer, obviamente que sou seu alvo. Muito bem, estou nessa para matar ou morrer, se ele quer um duelo até a morte, é o que terá.

Livro-me das bagagens em minhas costas e as deixo próximas ao pequeno, ajusto meus dedos ao cabo da espada e me preparo para continuar nosso confronto.

CAPÍTULO 6

A EMBOSCADA

Devo admitir que a vagabunda é ousada, inteligente e uma adversária à minha altura, não sei ao certo como me sentir em relação a isto. Estava ávido por uma boa peleja, por uma bela luta, mas lutar com uma mulher? Embora não seja uma mulher qualquer, ainda é um ser inferior a mim.

A única explicação lógica por ser tão habilidosa é que pertencemos à mesma espécie, não consegui ver sua face até agora, por conta do lenço que cobre seu nariz e sua boca, mas só pode ser uma sobrevivente.

Agora, a mulher se livrou do moleque, irritante, que segurava nas costas dela, assim como de toda a bagagem que carregava, está mais leve e pode me render uma luta ainda melhor que a de instantes atrás. Estou pronto para provar o seu melhor.

Apanho duas facas que repousavam, posicionadas estrategicamente, no meu cinturão, rodo-as no ar, arremessando uma delas contra minha adversária.

Garota esperta, com um movimento rápido e levemente gracioso, esquiva-se do objeto que eu atirei. Quanta habilidade! Não tem outro jeito de encarar a disputa se não uma peleja pessoal, essa maldita me irrita profundamente, suas habilidades, sua garra e sua força são como ofensas para mim.

Após desviar da faca arremessada, corre em minha direção com a espada em riste e sobrancelhas arqueadas, ódio é o que ela sente. Já investiu contra mim desta forma, ocasião em que fez um fino fio de sangue escorrer por minha bochecha, mas não acontecerá novamente, se ela gosta de surpreender, vai ficar chocada quando perceber o que tenho preparado.

Deixo a mulher se aproximar um pouco mais e disparo a segunda faca, não há tempo para ela desviar, a ponta da arma encontra uma de suas coxas e faz com que diminua o ritmo e coxeie. Minha vez de investir.

O ataque é violento, iguais aos que sempre utilizo para dar fim a homens mais fortes e maiores do que eu, com as duas mãos segurando o cabo da espada, invisto todo meu peso para os ombros e faço o aço deslizar rápido e pesado por cima da garota, como eu disse, um golpe que uso para estraçalhar meus adversários, imagine o que pode fazer contra uma menina.

Entretanto, para minha consternação, minha inimiga consegue reter a força do meu ataque, arqueia pelo esforço que tem que utilizar, mas consegue conter a violência da empreitada, nossas armas se enroscam, aço contra aço, a mulher me encara e posso ver, no fundo dos seus olhos, uma ira impressionante. Ela sabe que esta luta é questão de vida ou morte, um de nós não sairá vivo do confronto.

Para me desvencilhar da armadilha que é a pressão de nossas espadas, puxo meu aço para trás e invisto uma segunda vez, cortando o ar. Repito o gesto mais duas vezes e a inimiga consegue se desvencilhar de forma incrível, como não posso continuar neste embate, eternamente, recuo, não deveria, mas recuo.

Filha de uma puta! Esta maldita mulher está se mostrando obstinada demais, preciso tomar o controle da situação, antes que lhe sirva de chacota pelo resto do dia, ou pior, antes que ela consiga uma brecha em minhas defesas.

Preciso arranjar forças, algum motivo para atacar de forma ainda mais intensa, então, o cadáver daquele, maldito, aquático me vem à minha mente. A miserável é o motivo da morte do infeliz, se não fosse por ela, eu estaria com a sede saciada, agarro-me a este pequeno detalhe para retirar de mim forças ocultas.

— MALDITA!

O insulto soa como um grito de guerra e ecoa por toda extensão desértica do cenário, invisto contra minha adversária girando a espada e cortando o ar, duas vezes, antes de atingi-la. Por seu turno, ela consegue segurar o golpe mais uma vez e deixa o corpo cair para o lado, inteligente, a biscate sabe que utilizei toda a força dos meus braços no ataque.

No mesmo instante que invisto, minha lâmina escorrega pela katana dela e encontra o chão, a força do ataque é tamanha que não consigo me controlar, desequilibrado, vou ao solo.

O sol laranja quase cega meus olhos e machuca minha retina, tudo que vejo é sua silhueta acima de mim, um de seus pés impede que eu consiga alcançar minha espada no chão, a lâmina da dela encosta em minha garganta, posso sentir o gelado do aço na pele.

Perdi esta luta? Seria algo muito humilhante a se assumir. No mesmo instante, a mulher abaixa o lenço que cobre o seu rosto, posso ver que sua pele, castigada pelo clima, ainda é graciosa, não há os traços inerentes aos sobreviventes, ela não é da minha espécie, deve ser uma humana comum. A derrota, agora, é mais amarga.

— Eu não sei de onde você veio e com que direito nos ameaçou, mas sei reconhecer quando enfrento alguém habilidoso e forte, essa é a Lei da Sobrevivência, onde quem não mata, morre. Sei que entende e sabe que isso não é nada pessoal.

Ao mesmo tempo em que discursa, ergue a espada ao alto, o brilho do sol reflete pela extensão do fio da arma, é uma cena bonita de se ver, talvez a última que terei.

Preciso escapar dessa emboscada em que me meti, este não pode ser meu fim, posso utilizar de algum tipo de persuasão, apostando em suas ambições femininas. É a única chance que tenho.

— Não costumo implorar, mas você precisa poupar minha vida, vejo que tem um filho... — assim que menciono a palavra "filho", ela hesita em baixar a lâmina contra meu pescoço de vez, estou no caminho certo. — Também tenho um moleque — minto. — Um pequeno garotinho, um pouco mais velho do que o seu.

— Isto não é da minha conta — ela se impõe.

— Não, isto não é da sua conta, mas... Por favor, eu imploro para que veja minha condição, aquele homem que você matou a alguns quilômetros, aquele aquático, eu estava em seu rastro, iria bebê-lo, levá-lo para casa e oferecê-lo ao meu pequeno.

— Bebê-lo? Como assim?

— Sou um sobrevivente, dona.

— Arenoso.

Ela me corrige, tenta descer por minha goela abaixo uma nomenclatura que eles, os humanos ordinários, encontraram para o meu povo. Não estou em condição de entrar em uma conversa sem sentido sobre definições, então, continuo o jogo mental a que me propus:

— Enfim, já deve ter ouvido falar que meu povo possui a habilidade de beber os aquáticos, isto é verdade, não é uma lenda, quando vi aquele homem morto, fiquei louco de raiva e ingressei em uma jornada para me vingar de quem o matou, você. Não é nada pessoal, dona, mas estava cumprindo meu papel neste mundo caótico, devo dizer que você foi uma adversária incrível e que, se tiver misericórdia de mim, jamais voltarei a importuná-la.

O tom da conversa mexeu com a mulher, a espada continua no alto, há hesitação em suas feições, apesar de ter vencido a luta e não ter nenhuma obrigação de me dar qualquer satisfação, ela está em uma emboscada.

— E você? — ela quebra o silêncio com uma questão. — Teria misericórdia de mim?

A resposta para a pergunta é certeira, se eu fosse sincero, não pensaria duas vezes em responder que "não", certamente, não teria qualquer misericórdia desta vadia, possivelmente, sequer teria piedade de seu filho imundo. Seriam os dois passados no fio da minha espada e sei que ficaria satisfeito com o resultado, porém, eu seria um idiota se dissesse essa verdade. Melhor ignorar o questionamento e utilizar outra técnica:

— Se não for por mim, que seja pelo pobre do meu filho.

A apelação surte o efeito desejado, a mulher baixa a guarda e ordena com um tom ríspido de voz:

— Levante-se e não tente alcançar a espada.

Obedeço, como um cão, sem questionar e, lentamente, levanto do chão sujo e mantenho as mãos erguidas, como em um sinal de rendição, abaixo a cabeça, mostrando uma falsa subordinação.

— Comece a caminhar e não olhe para trás — a moça instrui. — Se um dia voltarmos a nos ver, não haverá misericórdia para você. Suma! Desapareça!

Não começo a caminhar como sugerido, faço-me de agradecido e me aproximo de forma sutil, ainda com a cabeça baixa, posso ver que ela mantém a espada junto ao corpo, não está preparada para o que virá.

— Não tenho palavras para expressar o quanto estou grato por sua misericórdia.

— Pois não agradeça, apenas obedeça e tome seu rumo, siga seu destino.

— Meu rumo, dona... meu destino é matá-la! — revelo minhas reais intenções ao mesmo tempo em que invisto contra minha adversária.

O soco que preparei vai direto a seu rosto, forte, violento e desesperado. Com o recuo, vou para cima e consigo puxar o braço da espada, mordo seus punhos com meus dentes serrilhados, ela urra de dor e seus dedos falseiam. É o momento que tenho para apanhar sua lâmina.

— MAMÃE! — O filho chora agonizado.

Direciono o olhar para o pequeno e sorrio enquanto empurro sua mãe de forma bruta contra o chão duro, ela falseia e tenta manter-se em pé, mas meu joelho acerta-lhe a face, fazendo com que o tombo seja ainda mais violento.

Tenho a maldita sob controle, a situação se inverteu.

— Corra, Diel! Corra para longe! Siga o caminho do pássaro branco!

A mulher começa a instruir seu filho para que se afaste do cenário onde perderá sua vida, é prudente, não seria nada bom para uma criança ver a mãe morrer de forma tão violenta. A situação é tão hilária que começo a gargalhar antes de provocar:

— Corra, seu moleque fedorento! Corra, porque você será o próximo!

A mulher se desespera e tenta ficar em pé é a sola da minha bota que se encarrega de mantê-la ainda no chão. Sabendo que caiu em minha emboscada, em um último gesto aflito, a vítima reúne todas as forças que ainda tem para gritar:

— CORRA!

O garotinho obedece, apanha uma das mochilas, a menor, encara pela derradeira vez a cena e começa a correr pela imensidão do deserto. É como se fosse um morto correndo, pois a morte o alcançará em breve.

Lanço um último olhar para a mulher indefesa aos meus pés e quase consigo ver sua beleza feminina, mas não me deixo encantar, a lâmina de sua própria espada desce de forma violenta para garantir uma morte certa.

CAPÍTULO 7

A INVESTIDA

Uma série de erros. Simples assim. O que me trouxe a este instante adverso foi uma sucessão de gestos equivocados. Sou madura o suficiente para admitir que sou a única e derradeira culpada pela situação em que me encontro.

Falhei em minha missão, falhei em proteger meu filho e, agora, irei pagar com minha vida por essas falhas ridículas. Pode-se dizer que sou merecedora daquilo que me aguarda, mas ele? O pobrezinho não tem culpa pelos pecados da mãe. Agora, por minha falha, por meus erros, o pequeno irá crescer sem alguém para protegê-lo.

Ao menos, ao mandá-lo para longe, pude lhe oferecer um pedacinho de esperança, sei que é pedir demais, mas existe a possibilidade, ainda que mínima, de que ele sobreviva. É o que espero.

Sinto uma agonia invadir meu peito, em tempos antigos, iria chorar freneticamente, poderia tentar implorar ao meu executor, negar o fato de que irei morrer, mas esta realidade me forjou de forma diferente, não sou uma garotinha chorona, não sou um verme que implora pela vida, vou encarar a morte de peito aberto, com coragem e com o queixo erguido.

Tenho certeza de que durei demais neste mundo, superei muitos desafios, passei por muitas situações degradantes, presenciei o fim do mundo, testemunhei a morte de todos que eu conhecia, tentei me erguer das cinzas e consegui. Perdi o que chamei de lar, meu amor e meus novos amigos, caí no fundo do poço da existência humana, lutei contra inimigos implacáveis, tive meu filho e consegui mantê-lo a salvo até agora. Sim, eu sobrevivi, como muitos não sobreviveram, mantive a dignidade até hoje.

Já chega dessa realidade miserável, pelo menos não terei mais que lidar com o sofrimento de acordar dia após dia em um universo hostil, em um planeta brutal. Pode parecer egoísta da minha parte, mas se não me agarrar a este alívio que, em tese, irei sentir, não conseguirei lidar com o fato de que perdi o meu pequeno.

Não é hora de sentir remorso por todas as coisas erradas que fiz e decisões equivocadas que tomei, é hora de aceitar a verdade e encarar a morte, certa, nas mãos deste adversário implacável e ardiloso.

A última humilhação: serei morta por minha própria espada, a enigmática katana que me serviu pelos últimos meses.

O arenoso não hesita, desce a espada com um golpe extremamente violento e rápido, certeiro e mortal. Consigo ver a expressão de estranha fascinação em seu rosto, um gesto ácido e doce.

No momento final, fecho os olhos.

Tudo acontece tão rapidamente, que chego a ficar confusa com a situação. No mesmo instante em que cerro os olhos, ouço um assovio cortando o ar, um som estranho e característico. Logo em seguida, escuto o arenoso resmungar e praguejar:

— Maldito!

Quando abro os olhos, vejo algo inacreditável, há uma flecha fincada no braço que segurava a espada, escorre sangue do ferimento e ele não consegue manter a mão firme. Uso o momento de distração a meu favor e balanço o corpo de forma irregular, para me desvencilhar de seu pé, que me espreme contra o chão.

Livre, consigo chutar o braço alvejado pela flecha e a espada cai ao solo imediatamente. Coloco-me em pé e retribuo o soco que me deu na face, instantes atrás. Vejo mais uma flecha cortando o ar e o dardo acaba passando reto, ele ainda está sob ataque.

Com um novo golpe, acerto a boca do estômago do meu inimigo, fazendo com que ele recue desta vez, invisto contra seu corpo e consigo derrubá-lo, com o arenoso no chão, desfiro uma série de chutes contra seu tórax.

Estamos longe das espadas caídas, mas com a raiva que sinto, não seria exagero dizer que poderia matá-lo na base da pancada. Quando estou preparada para mais uma série de golpes, ele estende a mão para minha retaguarda e lança uma pergunta estranha:

— São seus amigos?

Instantaneamente, olho para trás e avisto cinco silhuetas masculinas em pé, sob uma duna de areia, um deles possui arco e flechas. De longe, só consigo identificar os olhos azuis reluzentes. Balanço a cabeça em negativa, como resposta ao arenoso, enquanto observo os homens se aproximando e um deles gritar:

— Ora, ora, ora... Vejam só o que encontramos aqui: o miserável Judah, aquele que gosta de ser chamado de "O Sobrevivente".

Ao mesmo tempo, é o arenoso quem se manifesta, como que querendo me apresentar aquele que se aproxima:

— É Rorl, um aquático que jurou me matar tempos atrás.

Preciso avaliar a situação. Rorl, mesmo que de forma indireta, acabou me ajudando. Estava prestes a ser morta pelo arenoso quando uma flecha atrapalhou seus planos. Admito que gostaria muito de matar esse a quem chamam de Judah, mas essa atitude pode perturbar o tal Rorl.

Chego a uma conclusão, um tanto quanto racional, não vou me meter nessa rixa entre os aquáticos e o arenoso, tenho mais o que fazer, em vez de tomar partido em uma luta que não é minha, por mim, podem se matar. O melhor agora a fazer é eu retomar meu rumo e encontrar meu filho.

Ergo as mãos aos céus, indicando que não irei opor qualquer resistência, começo a recuar devagar enquanto informo o que farei àqueles que se aproximam.

— Vocês querem o Judah, não me oponho a isto... Estou indo embora.

Quando estou próxima às espadas caídas e penso estar segura, recebo uma flechada na coxa, bem próximo ao ferimento causado pela facada, recebida tempos atrás.

— Não vai a lugar algum! Matou um dos nossos e faremos justiça!

Aquele aquático que matei. Os problemas consequentes desse encontro jamais irão acabar? Primeiro, o arenoso; agora, esses outros aquáticos vingativos.

Com raiva, apanho minha espada do chão, avanço um pouco e fico com a de Judah também. Preparo-me para enfrentar os adversários que estão em maior número, mas antes, tento me justificar:

— Seu amigo tentou me matar, a Lei da Sobrevivência me absolve de seu assassinato.

Agora, os aquáticos já estão próximos o suficiente para que eu consiga ver melhor seus olhos azuis, perturbadores e brilhantes.

— Assim como a Lei da Sede absolve Judah de matar meus iguais e bebê-los. Isto não me importa, garota! O que importa é que farei justiça por aqueles que vocês mataram.

— Pois saiba que não irei me entregar facilmente — desafio e aperto os dedos contra o cabo de minha katana.

Dois dos cinco aquáticos começam a correr em minha direção, um deles tem uma espada de curto alcance, o outro traz um machado de duas lâminas, o arqueiro permanece com uma flecha pronta, ao lado do possível líder, aquele que deve ser Rorl, ambos se mantêm à distância, imóveis.

O quinto aquático avança contra um Judah, que permanece caído e desarmado, leva consigo uma espécie de bastão improvisado.

Gostaria de deixar com que Judah fosse pego pelos inimigos, mas sei bem que tenho menos chances contra os cinco, sozinha, do que se tentar forjar algum tipo de parceria, inusitada, com o arenoso.

Em vez de esperar o ataque daqueles que investem contra mim, vou em direção ao homem que tentou me matar pouco tempo atrás.

— Vamos — indico a arma que repousa em minha cintura —, pegue sua espada e lute!

O arenoso obedece prontamente e apanha a espada, de longo alcance e cheia de serras, que lhe pertence. Ficamos costas a costas, preparados para receber nossos adversários.

Aqueles que se aproximam de mim estão salivando de raiva. Primeiro, enrosco minha lâmina na espada de um deles e giro o corpo, minha tática dá incrivelmente certo, ao girar o corpo, troco de posição com o aquático espadachim. O que vem atrás, com um machado, golpeia o ar tão violentamente que não tem tempo para barrar a investida, a lâmina de sua arma atinge a coluna do colega e o parte ao meio. Um já foi.

Olho para o lado e vejo que Judah está tentando bloquear os ataques do homem que luta com um bastão. O aquático que ataca o arenoso é bem maior e mais forte, seus golpes são pesados e bem executados, Judah já está baqueado pela luta que lhe ofereci, neste momento, temo por sua vida.

Porém, não deixo que o fato me distraia mais do que o necessário, tenho um aquático louco com um machado em meu encalço.

Enquanto o sujeito corta o ar com golpes descompassados e imprevisíveis, recuo tentando adivinhar, com a espada, a trajetória imposta de sua lâmina. Recuo uma, duas, três, quatro vezes, na quinta, minha perna machucada fraqueja e me desequilibro. Graças a este empecilho, não sou cortada ao meio, um golpe, certeiro, iria me atingir se eu não tivesse desequilibrado.

Aproveito a situação, um tanto quanto inusitada, para investir de forma não premeditada contra o inimigo. A ponta de minha espada encontra seu joelho e atravessa o osso, causando-lhe uma dor, que parece insuportável.

Tento puxar a arma de volta, mas o aço ficou preso ao osso. Preciso soltá-la, rapidamente, para não ser alvejada por um golpe, forte, do machado, que por milímetros, quase me atingiu.

Sem raciocinar direito e sem calcular o movimento, soco o rosto do aquático e, em seguida, seguro um dos braços que balança o machado, meu joelho encontra seu queixo, ele falseia para trás e larga a arma. Rodopio o corpo no ar e atravesso seu crânio, com um golpe bem no meio da cabeça, seu sangue escorre aos litros e banha o chão quente. Dois.

Puxo a espada, com toda minha força, do joelho do cadáver e consigo um bom resultado. Poderia pegar o machado para continuar lutando, mas seria má ideia, uma arma tão pesada me atrapalharia.

Alguns metros ao meu lado, Judah continua lutando com seu adversário, começo a caminhar em sua direção para ajudá-lo, quando ouço um silvo ao ar e percebo uma flecha parar próxima ao meu calcanhar.

À distância, o homem que tinha um arco já está armado com algumas lanças. Sei que sou seu alvo, volto alguns passos para trás e, com um golpe certeiro, decepo a cabeça do inimigo, que se municiava com o machado. Seu crânio rachado me servirá como escudo. Dois.

Começo a correr em direção ao que carrega as lanças e uso a cabeça decepada, de seu colega, para me proteger de suas investidas, nenhum disparo me acerta e ele tentou cinco investidas, por fim, minha espada encontra seu peito assim que consigo me aproximar de forma perigosa. Três.

Não tenho tempo para mais nada, assim que finco a lâmina no peito do sujeito, sinto algo puxando meu cabelo com muita força, sou levantada do chão e arremessada contra uma pedra, minhas costas encontram a quina de uma rocha e sinto uma dor insuportável.

Logo em seguida, a sola de uma bota chuta minha cabeça, de forma violenta, mais um chute, tento me proteger com o braço, mas a força do impacto é tão grande, que não consigo amparar a investida.

Atordoada, sou levantada pelo cabelo mais uma vez, um olho, azul cintilante, encara-me. Posso ver suas feições, seria um homem belo se não estivesse com a pele tão ressecada, cabelo negro, bem cortado, barba feita e queixo retangular. Ele sorri e mostra uma dentição podre.

— Você dá trabalho, garota, mas nunca será um desafio à minha altura.

Sou arremessada ao chão, mais uma vez, com força e vejo Judah sendo trazido para perto de mim pelo aquático que lutava com um bastão. O arenoso não foi páreo para o adversário, está desacordado e visivelmente ferido, seu corpo moribundo é colocado ao meu lado e ouço uma ordem vinda daquele que me agarrava pelo cabelo.

— Amarre os dois.

Aquele que lutava com um bastão se aproxima de mim com uma corda e me aprisiona ao corpo de Judah. A última coisa que ouço, antes de perder os sentidos, é a confirmação da obediência da ordem:

— Sim, senhor Rorl — ele investe com o bastão contra minha testa, com o impacto, apago instantaneamente.

CAPÍTULO 8

A ALIANÇA

Com os passinhos apressados, vejo o garotinho se mover pelo terreno castigado pela seca. Ele sorri ao ver o que está lhe aguardando: uma poça de água. Faz meses que não chove e o menino tem sede, obviamente, não é o único. Um buraco cheio de água barrenta pode muito bem ser confundido com a mais límpida fonte.

Assim que chega ao destino tão desejado, apoia um joelho no chão e, de cócoras, começa a beber incessantemente. Está recuperando o tempo perdido, reavendo suas forças. Ah, o maldito está se deliciando!

Espero até que esteja plenamente satisfeito, se ele aproveitou o buraco, com tão pouca água, como se fosse o último reduto líquido da face da Terra, agora será minha vez de me deliciar.

Aproximo-me de forma sutil, como sempre faço, o garoto ainda está de costas, não sabe o que o aguarda. Talvez, seja melhor assim.

Com um golpe mais que certeiro, minha espada corta o corpo do pobre desgraçadinho em dois. Não sinto qualquer remorso, é assim que me mantenho sendo implacável, é assim que continuo um sobrevivente.

É minha vez de beber, saciarei minha sede com esse pequeno filho da puta. Quase posso sentir o gosto de sua essência saciando a vontade que me corrói os ânimos, mas, por outro lado, sei que é apenas a lembrança de uma passagem da minha vida. Sei muito bem que isto é um sonho.

Meus olhos começam a se abrir, estou recobrando a consciência aos poucos, embora, devo admitir que não me recorde do que aconteceu antes de adormecer.

Meu corpo todo dói, arde em chamas, abro os olhos lentamente e tento me localizar, não reconheço o lugar, parece que estou trancafiado ou algo assim, dentro de uma espécie de jaula.

— Até que em fim acordou — uma voz feminina se faz presente.

Olho para os lados e logo avisto aquela que me faz companhia, a moça senta-se no chão, do canto esquerdo, desta jaula estranha em que estamos. Ela me fita com os olhos curiosos, como se estivesse conjecturando por algum motivo.

Gostaria muito de saber o que houve, mas a única lembrança que me vem à mente é uma disputa com os aquáticos do bando de Rorl. Não consigo recordar mais nada.

Observo o ambiente em que estamos, trancafiados em um cômodo todo escuro, iluminado por dois archotes, um em cada parede, dentro deste cômodo há uma espécie de jaula, onde estou trancafiado com esta mulher e do lado de fora, uma cadeira. O quarto está fechado e a jaula também, fica claro, para mim, que perdi a luta e estou sendo mantido prisioneiro pelos inimigos.

— Sei tanto quanto você. Também apaguei antes de ser trazida para cá — a mulher tenta avisar que não tem as respostas para minhas perguntas, como se pudesse prevê-las.

Fico em pé, imediatamente, e caminho em direção às barras que nos mantêm trancafiados, testo, usando as forças que me restam, a resistência do ferro que constitui a jaula. Maldição!

— Preciso sair daqui — penso alto.

— Não me diga — a mulher ironiza.

Volto meus olhos para a garota, encaro-a com raiva, não gosto do fato de estar preso com a mulher que significou um desafio e me derrotou. Sua presença me insulta, sua vida me insulta, o fato de respirar o mesmo ar que eu me insulta. Deveria matá-la e acabar com isso de uma vez por todas.

A mulher não se intimida com minha atitude desafiadora e me encara de volta, posso sentir que ela também tem raiva de mim, também odeia o fato de eu estar vivo. Somos inimigos naturais.

O tempo passa sem que troquemos uma palavra sequer, o ambiente na jaula é hostil, ameaçador e tenso. Tento pensar em maneiras de sair deste lugar em que estamos sendo mantidos cativos, mas não encontro qualquer solução.

Penso que, talvez, seja melhor deixar as diferenças com a garota de lado, possivelmente, juntos, possamos pensar em uma maneira de nos livrarmos do revés em comum.

Respiro fundo, engulo o orgulho que ainda me resta e volto minhas atenções àquela que me acompanha. A moça está com os olhos fixos no nada e sentada no chão, introspectiva, absorta em seus incógnitos pensamentos. Aproximo-me e tento saber se há alguma chance de nos ajudarmos.

— Algum plano para sairmos daqui? Sabe, podemos unir nossas forças.

Por alguns momentos, fico sem qualquer resposta, ela continua a fitar o vazio, como se estivesse com o pensamento longe daqui, então, de repente, ela me encara e o silêncio é quebrado:

— Você e ele têm história. O tal Rorl.

Sim, ela tem razão, porém, a história pode ser longa demais para ser contada ou, talvez, irrelevante demais para ser perpetuada. Decido dar de ombros e tentar uma evasiva:

— É uma longa história.

— Bem - pela primeira vez ela sorri e mostra uma dentição muito bonita -, não vou a lugar algum.

— Esse é o problema, dona. Não vamos a lugar algum e ficar de papo não vai nos tirar daqui — continuo a observar se há alguma brecha nesta maldita prisão, como se este ato, por si só, fosse significante.

Já percebi que não posso contar com a ajuda da mulher, mais uma vez, como é comum em minha vida, estou sozinho. Não tenho porque reclamar, sei lidar melhor com meus próprios demônios internos do que com os outros. Nunca dependi de ninguém e não será agora que começarei a tomar uma atitude inerente aos vermes.

Talvez, quando conseguir fugir daqui, ainda sobre um pouco de ânimo para assassinar a maldita vadia que sequer se dignou a cogitar me ajudar. Isto será uma verdadeira vitória, símbolo máximo de minha supremacia.

Testo pela milésima vez a resistência da grade miserável que me encarcera, sem chance de conseguir algum resultado. A frustração é tamanha que bato com a cabeça contra o ferro e berro de raiva.

O gesto, que revela certo desespero de minha parte, arranca uma risadinha de deboche vindo da vadia. É claro que me irrito no mesmo instante.

— O que foi? Achou isso engraçado, vagabunda?

Minha companhia de cárcere balança a cabeça de forma negativa, mas ainda sinto o tom de escárnio em suas feições.

Alheia ao meu sentimento de raiva, a moça levanta até mim seu olhar e externa suas impressões:

— Seu amigo, Rorl, não o queria morto, pelo menos não quando nos abateu, teve a chance de mandá-lo direto para o inferno, mas preferiu fazê-lo prisioneiro. Quer dizer que vocês têm algo, significante o suficiente, para que ele o mantenha vivo.

— O que aconteceu não é da sua conta, isto é entre mim e ele.

É então que a garota se coloca em pé, pela primeira vez desde que despertei, caminha, lentamente, até mim e me encara, consigo ver o fundo de seus olhos caramelados.

— Sua resposta ríspida entrega que houve algo entre vocês. Somente alguém que esteja com muita raiva é capaz de aprisionar o inimigo ao invés de matá-lo, quando tem a chance. Além disso, seu desespero em estar aqui, denuncia que está com medo.

Ela tenta desvendar o mistério, faz suposições quase certas e isto me incomoda bastante, devo admitir.

— Com medo? Eu? — utilizo de sarcasmo e dissimulação.

— Você tem medo, Judah, pois sabe que está no covil de Rorl — a moça diz, com firmeza, enquanto imita meu gesto anterior e também testa a resistência da barra de ferro que nos aprisiona. — Seu amiguinho deve estar preparando alguma coisa terrível, algo que lhe cause mais dor que a própria morte.

Com a mão, seguro seu rosto e faço com que me encare, fito seus olhos caramelados e disparo de forma rude:

— Não tenho medo de ninguém!

Com um gesto ríspido, a mulher se desvencilha de mim e lança uma jura de morte:

— Se colocar as mãos em mim mais uma vez, juro que mato você! Mato aqui mesmo.

Ameaço dar-lhe uma tapa na cara, mas suspendo o golpe ainda no ar. Tenho vontade de espancar a maldita, destruir seu rosto bonito e mostrar o quanto posso ser violento, porém, não sou idiota o suficiente a ponto de ignorar que uma possível união entre nós possa ser mais vantajosa do que uma desavença.

Novamente, tento uma trégua e proponho uma aliança:

— Vai me ajudar a sair daqui ou não?

— Conte-me seu lance com esse tal Rorl — a condição para nossa aliança surge como uma resposta relâmpago.

— Vá se foder! — a indignação acompanha um dedo médio em riste.

No mesmo instante, ouço o som seco de uma tranca de metal rangendo, logo, a porta do cômodo se abre e um feixe de luz invade o local. Finalmente olharei nos olhos dos meus raptores.

Dois homens, armados com bastões, aproximam-se, eles usam uma espécie de armadura de borracha e capuzes que lhes cobrem o rosto, com exceção dos olhos azuis. Um deles remexe em um molho de chaves e começa a destrancar a cela.

Com o olhar, dou a dica para minha companheira, ela assente com a cabeça, acho que é a nossa forma de formalizar a aliança.

No mesmo instante em que o portão do cárcere é aberto, a garota parte para cima daquele que tem o molho de chaves, ela é rápida e ágil, em um movimento gracioso e preciso, sobe por cima do aquático e golpeia suas costas. O inimigo se choca contra as grades.

Por meu turno, invisto contra o outro, mas não dou tanta sorte, assim que me aproximo, sou recebido com um forte golpe contra o tórax, recuo alguns centímetros, mas sou atingido no rosto, o que me faz arquear. Uma nova estocada, desta vez pelas costas, é o suficiente para me fazer cair ao chão.

Ergo o olhar e vejo que a garota arremessa, com violência, a cabeça, daquele que tinha as chaves, contra a grade que nos aprisiona, o sangue escorre em um rio vermelho por todo o cômodo. O homem que me golpeou avança contra a mulher, desta vez, ela também apanha, o suficiente para que não tente nada contra ele, semi-inconsciente, é jogada para dentro da cela e trancada. O homem ainda testa alguma reação do aquático atacado, mas parece que não obtém a resposta desejada.

Quando se aproxima de mim, levanta-me pelos braços e me arrasta para fora do cômodo.

Subimos por uma escada de ferro até a superfície, o cômodo, onde somos mantidos prisioneiros, fica embaixo da terra. Logo identifico que se trata de um abrigo, deve ter sido construído por um dos fanáticos que temiam pelo apocalipse, antes do Primeiro Dia.

Engraçado o que aconteceu com esses fanáticos, a maioria dos que construíram bunkers, em locais afastados, temendo pelo fim dos tempos, sobreviveu ao Primeiro Dia, só que foram mortos por outros sobreviventes que reivindicaram suas bases solidificadas. Sobreviveram ao apocalipse, mas não à danação final da humanidade. Ironia.

Fora do abrigo, sou arrastado por entre uma espécie de vilarejo. Durante os tempos em que cacei os infames aquáticos, sempre ouvi menções sobre um clã que se situava escondido no deserto. Uma espécie de clã secreto dos aquáticos, chamavam-no de Poça do Deserto. Bem, acho que os encontrei.

Por onde eu passo sou recebido com muita hostilidade, os miseráveis gritam palavras grosseiras em tom rude. Não me importo.

O sujeito que me arrasta me leva até uma espécie de galpão mal construído, o local é fechado, escuro e sujo. Várias pessoas estão dentro, mas há destaque para um em especial. Rorl se senta em uma cadeira grande feita de ossos e sorri ao me ver tão machucado.

O aquático que me carrega, joga-me ao chão e me rola em direção ao seu líder, Rorl desce de sua cadeira e ri alto ao constatar:

— O temido Judah está domado!

Com um gesto rápido, ele me ergue pelo cabelo quebradiço e faz com que meus olhos fitem os seus, azuis. Sou tomado por um frio na espinha, ao mesmo tempo em que ele revela suas pretensões:

— A morte não seria um castigo apropriado para você, por anos, você caçou meu povo, dizimou meus semelhantes, espalhou o caos e a destruição por onde passou, matou muitos dos meus, inclusive meu próprio irmão.

É então que ele começa uma sessão de espancamento, com as unhas, arranha todo meu rosto, fecha as mãos e dispara dezenas de golpes sucessivos contra mim, sinto o gosto de sangue explodir na boca.

O homem que me carregou até o galpão me segura, deixando-me imóvel, enquanto Rorl se aproxima com uma faca encurvada e bastante afiada. Sem qualquer cerimônia ou explicação, a ponta da faca começa a abrir meu punho e revela a carne por debaixo da pele.

A dor é insuportável, contorço-me e outros aquáticos surgem para ajudar a me imobilizar. Tenho vontade de gritar, urrar, mas preciso aguentar, não vou mais demonstrar fraqueza diante deste infeliz.

A faca afiada do aquático penetra minha pele, por instantes intermináveis e, logo, toda a carne de meu braço esquerdo, da altura do punho até o ombro, está exposta. Rorl me esfola e sorri, satisfeito, ao contemplar o próprio trabalho.

— Agora, você é minha propriedade, não descansará, não terá paz ou alento enquanto estiver sob minha custódia — tento olhar para outro lado, mas ele me força a encará-lo enquanto grita. — Você não terá permissão para morrer enquanto eu não vingar cada um dos meus que foram mortos por sua espada.

Sou amparado pelo mesmo aquático que me trouxe até a presença de Rorl. Enquanto sou levado de volta ao calabouço, ouço as instruções do líder ao seu lacaio.

— Traga-me a garota.

Tudo que penso é: “A garota não”.

CAPÍTULO 9

O SEXTO

Foi por pouco, quase consegui me livrar da prisão em que me enfiei, mas isso parece ter se tornado um pedido muito improvável. Fracassei na tentativa de fuga, mas não sem dar o nítido recado de que não estou para brincadeira, o aquático que golpeei até a morte é a prova irrefutável disso e, agora, jaz ao meu lado para me lembrar de não me dar por vencida.

Espancada e subjugada, mas ainda obstinada. Não sou de desistir de meus ideais, tenho dois motivos muito nobres para continuar viva, para continuar lutando e um deles é meu filho.

Perdi meu pequeno, sei o quanto esta situação pode ser perigosa, ainda mais se relembrar sua parca idade e o fato de que está andando sem rumo em um deserto implacável, com tantos perigos possíveis à espreita, porém, não posso me desesperar.

Se pensar de modo racional, chegarei à conclusão mais óbvia, meu filho deve ter encontrado uma morte certa, se não cruel, por isso, preciso me agarrar ao improvável. Em homenagem a ele e ao sentimento quase esquecido de esperança, devo manter-me firme e forte, agarrar-me à fé e sair deste calabouço custe o que custar.

Vim parar aqui por culpa de Judah. O arenoso me colocou dentro de seu mundo absurdo e fui capturada ao esgotar todas as minhas forças ao lutar contra diversos inimigos que não são meus. Não há como deixar de amaldiçoar o momento em que nossos caminhos se cruzaram em meio ao deserto sem fim.

Caso meu encontro com Judah não tivesse acontecido, tudo estaria bem, é isto que me deixa indignada, estou trancada e privada de ficar com meu filho, por causa do arenoso e ele sequer dignou-se a me dizer o motivo de seu impasse com o tal Rorl. É evidente que eles têm uma história, alguma rixa antiga, se não era da minha conta, tornou-se assim que me meti no meio da confusão.

Agora, Judah foi levado da cela e não sei se voltará, Rorl parece ser do tipo cruel, que adora ter o controle da situação, o arenoso é o tipo que tira a paciência dos inimigos. Uma combinação certamente fatal. Um anseia desesperadamente pela morte do outro.

O problema é que sou a próxima da lista, não posso me enganar, melhor encarar a verdade, tornei-me inimiga do aquático assim que matei um dos seus. É questão de tempo até que alguém venha me buscar, quando isto acontecer, vou precisar estar preparada para matar ou morrer.

Como prisioneira, perdi a noção do tempo, é como se fizesse anos que Judah fora levado. É quando começo a conjecturar sobre a possibilidade de nunca mais vê-lo, que sou surpreendida pelo som, seco, da porta do cômodo sendo destrancada.

A silhueta de um homem se faz presente, com a iluminação do archote, consigo ver que traz o arenoso moribundo debruçado em seus ombros largos. Em seguida, outros dois homens se apresentam fazendo-lhe companhia, cada um possui um machado de longo alcance, devem estar preparados para um possível confronto comigo.

— Rapaz, esta mulherzinha fez isto com Ouil? — um deles indaga ao outro, observando o corpo com a cabeça arrebentada junto às barras de ferro.

— Se eu dissesse que quase aconteceu o mesmo comigo, você acreditaria? — aquele que carrega o corpo de Judah remete uma pergunta retórica.

O outro, aquele que puxou o assunto, assovia, como que incrédulo ao que se sucedeu. Em seguida, lança uma nova observação:

— É... já tinha escutado as histórias que contaram sobre essa daí e ainda não tinha acreditado... até ver o cabeção do pobre Ouil estourado.

O homem, que até agora se manteve em silêncio, revela um molho de chaves e investe em um dos modelos contra a tranca da cela, o que esteve impressionado com o destino daquele que morreu, grita comigo.

— Vá para o outro canto! Tenho uma arma que não vou hesitar em usar.

Obedeço, mais por prudência do que por submissão. Tem três homens de altura razoável, fortes e com armas pesadas, na cela, o arenoso agonizando e eu ainda estou meio zonza pelas lutas anteriores, então é melhor não tentar nada.

O corpo de Judah é arremessado para dentro da cela, como se fosse um saco de alguma coisa sem importância. Posso ver que seu braço está muito machucado, ele agoniza. Devo dizer que sinto uma pontinha de compaixão pelo homem, apesar de ainda tê-lo como rival.

— Olha, nós vamos levar você daqui, é melhor cooperar — o aquático, que se impressionou com a morte de Ouil, aproxima-se de mim com cautela. Ele traz uma corrente junto ao corpo e com ela prende meus pulsos. — Não amachucaremos a menos que você ofereça alguma resistência.

Não tenho alternativa, considerando a situação, minha melhor escolha é manter-me mansa até um momento mais propício, vou fingir ser doce até poder disparar minha acidez. Tudo que posso fazer é torcer para não receber o mesmo tratamento que foi dado ao meu inusitado aliado.

Deixo o interior da cela e as barras são trancadas novamente, abandonando Judah esquecido pelas sombras.

— Se... se vocês a machucarem...

O arenoso tenta falar alguma coisa, chamando a atenção daquele que o trouxe até a prisão novamente. Este se vira para o encarcerado e desafia.

— O que está dizendo, otário?

— Se vocês a machucarem... se a machucarem, juro que mato todos!

O disparate de Judah arranca sonoras gargalhadas dos três aquáticos que me escoltam. Tudo que faço é dar uma olhadela para trás e mostrar força diante da situação:

— Não preciso de sua proteção ou solidariedade.

Novas gargalhadas e sou levada para fora do cômodo.

A prisão fica abaixo da terra, como que um abrigo preparado pelos que estavam esperando o fim do mundo antes do Primeiro Dia.

Caminho por entre casebres, tendas e pequenas barracas, há pessoas, a maioria de olhos azuis, transitando pelas vielas. Crianças, mulheres, velhos...

cada um deles está cuidando de suas respectivas vidas, uma comunidade. Sim, estamos em um clã, disto não tenho dúvidas.

Estranhamente, sinto empatia por aqueles que aqui vivem. Observando a roda da vida girar, entro em uma espécie de transe e sou transportada.

Quase posso sentir o cheiro de carne assando, ouvir o som das pessoas conversando e se divertindo, a brisa leve e suave soprando o meu cabelo. Em meio a tantas desgraças e danações, encho meu peito de alegria. Sim, nós éramos felizes. Um dia, apesar dos encalços, fui feliz.

O Primeiro Dia revelou o pior da raça humana, mas também nos obrigou a viver da terra, como há muito não fazíamos, a dependermos um dos outros, a enxergar beleza mesmo em um mundo de imundice. Principalmente, o Primeiro Dia, nos fez enxergar como as pessoas ao nosso lado poderiam ser especiais.

Ele era especial, um homem apaixonante e, mais do que isto, um homem forte que não pensava duas vezes em se doar em prol da coletividade. Um homem honrado, trabalhador, fiel e companheiro, um líder nato capaz de se sacrificar pelo mais humilde de seus companheiros.

Já cheguei a pensar que me apaixonei por seu sorriso meio de lado, mas hoje percebo que foi por sua honestidade em ter esperança na humanidade. Rifer era o tipo de homem que não existe mais, ele tinha fé. Ainda me lembro de seus olhos me encarando com amor e ternura. Sim, um dia já fui feliz.

Sou levada de volta à realidade assim que uma porta enorme de ferro é aberta à minha frente e revela um imenso e obscuro galpão.

Um dos três homens, que me escoltam, solta as correntes que me prendem. A porta de ferro é fechada atrás de mim e sou deixada sozinha no galpão.

Ao menos, é o que eu penso até ouvir uma voz, já conhecida, dissipar-se no ambiente:

— Próximo ao batente da porta atrás de você estão duas espadas. Pegue-as.

Olho para trás e vejo que ele diz a verdade, minha espada katana e a serrilhada de Judah estão expostas na parede. Aproximo-me e apanho-as, deixo-as junto ao meu corpo e mantenho a mão sob o cabo da minha arma.

Ouço passos se aproximando e, da penumbra, surge Rorl. Queixo retangular, pele ressecada, olhos azuis perturbadores, cabelo negro curto e nenhum pelo na face.

— Devo admitir que você é dura na queda. Quantos dos meus você matou? Tem controle dessa soma?

Decido não responder, pode ser uma espécie de cilada, uma pergunta que pode ser transformada em desafio assim que respondida.

Recuo alguns passos à medida que ele se aproxima. Não sei se quero um confronto direto contra Rorl, não sei se estou em condições físicas de oferecer uma luta digna.

— Três homens, quando lutamos, mais outro, agora pouco no calabouço, quatro — ele sorri, dentes podres à mostra. — Na verdade, cinco. Você matou um dos meus, em meio ao deserto, antes de nos encontrarmos. Cinco aquáticos mortos pelo fio de sua espada e por sua astúcia. Tudo em um curto espaço de tempo.

O líder está a uma distância pouco segura de mim, apreensiva, puxo minha espada e revelo parte da lâmina, Rorl repara no gesto e seus olhos quase derretem o metal com a frieza.

— Deve estar ansiosa por aumentar sua soma, não?

— Não chegue perto — deixo bem claro que não quero aproximação.

— E vai fazer o que? Enfiar esta espada em minha barriga? Derramar minhas entranhas no chão de meu próprio terreno? Pouco honroso, garota.

Rorl se aproxima e me puxa pelo cabelo, seu rosto chega bem próximo ao meu e sinto o cheiro de um hálito fétido, a língua rachada surge de dentro de sua boca para um beijo inadequado.

Não penso duas vezes e o empurro para trás, minha lâmina se faz presente e entra, rapidamente, pelo abdome do aquático, saindo pelas costas e fazendo jorrar um sangue amarronzado e viscoso. Faço a arma se retorcer dentro de seu corpo antes de puxá-la.

O líder do clã leva as mãos ao ferimento, a abertura escancarada dos olhos faz presumir que não acredita no que acabou de lhe acontecer. Quando começa a gemer de dor, dou a ele minha misericórdia e passo o fio da katana em sua garganta, para uma morte mais rápida assim que o resto do sangue escorre.

Satisfeita com o resultado, sorrio e digo de forma mórbida:

— Seis.

Agora, preciso sair daqui, rápido, não quero derramar mais sangue, tudo que desejo é encontrar meu filho.

CAPÍTULO 10

A ROSA

— Deve conhecer os boatos, pequena, ali, seguindo a linha pelo sudeste, há uma verdadeira vastidão desértica, dizem ser um solo infértil, território onde poucos se arriscam a desbravar.

A diminuta coloca a mãozinha aberta com as palmas de modo a proteger os olhos, esverdeados, da luz do sol e aperta a visão, como que tentando enxergar ao longe. Quer observar pelo ponto distante em que acabei de apontar. Obviamente, uma tentativa hercúlea, haja vista a poeira que de lá emana.

Percebo que existe uma pontinha de dúvida em suas, infantis, feições. Kilin não é como as outras crianças nascidas em meio a este caos sem fim, a garota é gentil, amável e doce. Acho graça nos sutis trejeitos de curiosidade e rio, logo em seguida, provoco:

— Gostaria de saber o que se passa nesta cabecinha minúscula, daria muitas moedinhas por cada um de seus pensamentos — meus dedos enroscam no cabelo, fino e dourado, dela.

Os olhos de Kilin deslizam do horizonte para minha face, posso notar o brilho de sua inocência infantil, um sorriso de dúvida surge em sua boca delineada e sinto que lhe devo alguma resposta para uma pergunta ainda não formulada.

Talvez, a pequena precise de mais um empurrãozinho para externar de vez o que atormenta a sua mente. Então, forço suas palavras:

— Diga-me o que está pensando, doce criança.

Um leve balançar de cabeça acompanha a pergunta que se desenha em seus lábios infantes:

— Ninguém vive lá?

Apesar de ser uma pergunta simples e de fácil formulação, há um ponto filosófico na dúvida, o que acaba por torná-la única e profunda. Talvez, uma pergunta que não tenha uma resposta simples ao ponto de ser compreendida por uma criança, mas Kilin não é uma garota qualquer.

O deserto que se formou antes mesmo da destruição do mundo é a demonstração mais significante da danação causada pelo próprio homem, uma variação brutal dos nefastos efeitos do que antes chamávamos de aquecimento global.

Obviamente, não me lembro, mas é dito que esta vastidão desértica que nos avizinha era um parque tropical, cerca de décadas atrás. Essas impressões antigas remontam ao tempo de minha própria infância.

Hoje, nada mais que um implacável deserto.

A dúvida que emana da mente pueril da pequena é pertinente, estava dizendo-lhe que na linha sudeste há uma verdadeira vastidão desértica. O próprio nome "deserto", bem como o conceito que o envolve, pressupõe que ninguém vive por lá, mas isto não é bem verdade. Até gostaria que fosse.

Estranho como um único evento de magnitude global pôde alterar substancialmente toda a vida no Planeta Terra. Nós, os humanos sobreviventes ao apocalipse, tivemos que nos moldar de forma a continuar vivendo em meio à destruição, fomos obrigados a nos adaptar e a prosseguir sem olhar para trás, tivemos que fazer coisas abomináveis em nome da sobrevivência.

Como tutor da pequena Ki, procuro me esforçar ao máximo para poupá-la dos detalhes sórdidos do mundo em que vivemos, da danação que nos acompanha, mas nem sempre isto será possível. Um dia, Kilin deverá conhecer o Planeta como ele realmente é. Feio, hostil, brutal...

Fito o sudeste e enxergo apenas a densa poeira que emana do deserto sem fim. Um deserto? Receio que não. Ki fez uma pergunta e merece resposta.

— Sabe, pequena criança, para além daquele espaço, poeirento, há povos bárbaros, homens maus, que vivem à espreita aguardando o momento adequado para um bote certeiro.

De fato, não queria causar-lhe esse tipo de pavor em seus anseios, mas Ki deve saber, ou pelo menos ter uma leve ideia, da crueldade que a cerca.

Sim, além do deserto que nos rodeia, há perigos constantes e intermináveis. Os chamados arenosos ou, como gostam de se proclamar, sobreviventes. Solitários por natureza, a antiga ciência descobriu que estes podem sobreviver por muito tempo sem uma gota de água no organismo, tornando possível que eles se acostumem ao clima árido. Esta característica, por si só, não faz deles perigosos, o que os tornam uma ameaça constante é a violência com que tratam as outras criaturas vivas.

Os arenosos possuem uma única filosofia de vida, quaisquer outras criaturas que respirem são consideradas suas inimigas e, portanto, devem perecer. Gostam de se intitular de sobreviventes não apenas por continuar vivos, mas também por matar quem quer que apareça em seu caminho.

Além dos arenosos, outros que causam preocupação são os aquáticos. Segundo a antiga ciência estes possuem uma quantidade extraordinária de água no organismo, muito mais do que os humanos comuns, uma característica que lhes permite viver em ambientes inóspitos. Os aquáticos, ao contrário dos arenosos, costumam se organizar em grupos.

Arenosos e aquáticos vivem em rota de colisão. Os sobreviventes insistem em caçar os aquáticos e estes tentam prosseguir vivos, retaliando os agressores. É a problemática causada pelas chamadas Lei da Sede e Lei da Sobrevivência.

Ora, a situação ameaça nossa própria estabilidade.

Ao contrário desses selvagens, conseguimos construir, ainda que com muito esforço, uma sociedade organizada, costumeiramente chamada de clã.

Nosso clã prospera aos olhos de quem quiser ver e, até mesmo por isto, nós o nomeamos de Rosa do Deserto, afinal, somos uma vista bem-vinda em meio ao caos. Foi construído com base em uma lenda chamada Kanaã, um lugar à leste em que não foi tocado pela destruição do apocalipse.

Como nosso povo é pacífico, tememos, naturalmente, a possibilidade de sermos atacados pelos arenosos ou pelos aquáticos, é por isto que mantemos a linha rígida, nossas defesas sempre em alerta. Não temos escolha.

Por fim, há bandos que vagueiam pela Terra em busca de terrenos férteis e nada impede que estes monstros batam à nossa porta, os tais Bandos da Discórdia.

A resposta, pouco completa, mas ainda preocupante, causa receio latente à garota.

— Estes... estes homens malvados vão nos matar?

Nunca me acostumei com a possibilidade de uma criança conhecer o conceito de algo tão apavorante quanto "a morte". Vivi em uma época diferente, de muita violência, mas ainda não tão colérica quanto esta em que sobrevivo. As crianças já tinham contato com uma exacerbada maldade, mas nos dias atuais a coisa se complicou.

Kilin é tão inocente que despertar nela o alarme da sobrevivência pode ser pura crueldade, porém, não posso alterar a ordem natural das coisas. Se há algo de certo na vida é que todos os homens devem morrer.

Baixo minha cabeça em silêncio e em tom pesaroso, encaro a menina no fundo de seus olhos esverdeados e, por fim, respondo:

— Os homens cruéis podem querer nos matar, mas jamais significarão um perigo real, doce criança. Estamos protegidos e salvos de qualquer tipo de ataque.

Reflito um pouco na resposta que arquitetei, existe algo de verdade naquilo que mencionei, mas isto não faz com que deixe de ser mentira.

Realmente os homens rudes que vivem no deserto podem querer nos matar, isto não é mentira, até que gostaria de omitir este detalhe, mas Ki deve saber o que nos rodeia. Por outro lado, a afirmação de que não significarão um real perigo não é de todo verdadeira.

Estamos nos esforçando para manter os povos do deserto longe de nosso clã, mas existe a possibilidade de um ataque mais incisivo e, neste caso, não há como afirmar que estaremos seguros.

— Mas, então, por que enviamos nossos amigos para lá?

Kilin é muito esperta e já reparou que mandamos homens regularmente para expedições no sudeste. As intenções são simples: não queremos correr o risco de sermos surpreendidos por alguma incursão daqueles que nos rodeiam, então, é natural que continuemos observando, ainda que longe, qualquer tipo de ameaça.

Não consigo me conter e rio da situação. Quem diria que a pequena conseguiria desconsertar um velho como eu?

Reprovando meu sorriso e emanando uma expressão brava, Kilin tenta recobrar o tom sisudo do diálogo:

— Nossos amigos sempre vão para lá, Mervil.

Balanço a cabeça de forma negativa, não irei mais tentar contornar a situação. Ki é a verdadeira rosa do deserto e merece um pouco mais de atenção.

— Nunca se sabe o que o destino nos reserva, doce criança. Nunca se sabe...

CAPÍTULO 11

A RONDA

Mais uma vez fui designado para essa missão, não posso dizer que goste disso, sou um dos homens mais bem treinados e competentes em combate do nosso clã e mereço um pouco mais de prestígio. Meu talento está sendo desperdiçado nessas rondas sem graça, disso tenho certeza.

Não desprezo a importância das incursões, afinal, existem muitos perigos que podem se esconder no deserto e é bom estarmos sempre preparados para uma investida. Um cálculo errado, um passo em falso e seremos arremessados para a boca de possíveis inimigos. Então, melhor enviar rondas, regularmente, para nos certificarmos de que os adversários não irão nos incomodar.

Sim, estas rondas são necessárias, mas o que me atormenta é o desperdício que significa minha missão, quase que diária, nas investidas. Garanto que seria muito melhor ter a mim dentro das imediações do clã no caso de sermos atacados, eu poderia ser muito mais útil defendendo os meus amigos em vez de morrer em uma empreitada preventiva. Não sou do tipo que previne, sou do tipo que remedia.

Talvez, se meu irmão e eu nos entendêssemos um pouco melhor, ele me respeitaria mais e não me enviaria para esse deserto insuportável dia após dia. Mas, o que posso fazer?

Jix é o líder, ele quem dá as ordens e eu as executo. Se meu irmão quer me enviar para as rondas no deserto, compete a mim apenas concordar e acatar.

É por isso que pulei cedo da cama e tratei de me preparar para a missão da melhor forma possível. Para isto, bastou uma série de exercícios rápidos e um breve café, com um pouco do que nossa horta pode oferecer de melhor. Preparei minhas armas, minhas vestimentas e me juntei aos outros no pátio principal, de nosso território, para que pudéssemos partir.

Como sempre, saímos em duplas. Quatorze bons homens divididos em sete duplas, cada uma com um destino diferente.

Novamente me uni ao jovem Ber como parceiro, nossa cumplicidade já está se tornando corriqueira, sinto como se estivéssemos nos tornando íntimos, quase que parentes. Aliás, acho que esse lance de se sentir do mesmo sangue faz com que cuidemos melhor um do outro e isto nos fortalece como unidade.

Jix costuma dizer que a união de nosso clã é um diferencial que deve ser mantido. O Primeiro Dia deixou uma ferida aberta na humanidade e fez com que o comportamento violento se tornasse padrão. Em um mundo caótico como o que vivemos, a união pode ser a grande diferença para manter a sanidade intacta.

Com Ber ao meu lado, sinto que tenho um bom aliado e que corremos pelos mesmos motivos e objetivos, o que alivia um pouco o peso da missão. Fico à vontade com o rapaz.

— Sabe o que eu acho foda? — Ber me encara. Engraçado como posso imaginar a expressão que contorna seu rosto apesar de estar encoberto pela proteção dos panos e dos óculos.

— Foda no bom ou no mau sentido? — tento usar do humor enquanto continuamos a caminhar.

O rapaz fica em silêncio por alguns passos, olha para o céu e em seguida revela a continuidade da conversa iniciada.

— Nós sempre tentamos imaginar o fim do mundo, reparou? Quer dizer, inventamos filmes, séries, livros, jogos... uma porção de coisas, ficções que tentavam criar um final dos tempos.

Ber fala de tempos perdidos da humanidade, tempos que pertencem ao passado, de épocas remotas que se perderam. É algo tão distante que, simplesmente, parece pertencer à outra vida. Tento externar minha impressão sobre isto.

— Isso tudo ficou no passado, Ber, esquecido.

— Sei disso — o troco surge rápido, quase que automaticamente. — Mas não podemos nos esquecer daquilo que um dia já fomos.

Direciono meu olhar, encoberto pelos óculos, ao amigo, paro um pouco e replico.

— Já penso diferente de você, não adianta de nada olhar para trás. O que aconteceu antes do Primeiro Dia não importa na realidade em que estamos, então, é melhor deixar o passado para trás.

Meio que acompanhando meu ritmo, Ber também para. Eleva o braço esquerdo ao ombro direito, massageando-o como se estivesse incomodado e prossegue seu pensamento:

— Seja como for, Ike, o que quero dizer é que nós sempre tentamos adivinhar como seria o final dos tempos, mas nunca estivemos, de fato, preparados para o que aconteceria. Isto é muito foda.

Reluto em concordar com a insistência de Ber em recordar as frivolidades da humanidade dos dias anteriores ao apocalipse, mas ele tem razão, apesar de nossa obsessão por descrever o final dos tempos, nunca nos preparamos de fato para o que viria a acontecer.

Não sei se quero continuar a pensar nisto, por isso, reinicio nossa marcha a lugar algum. Ber não parece satisfeito com o final súbito do diálogo e provoca, colocando-se a caminhar ao meu lado:

— Você mesmo, estava preparado para o fim?

— Não acho que devemos perder tempo com essas bobagens, Ber — tento interromper a interação. Talvez, o passado não deva ser revirado.

Continuamos a caminhada por algum tempo até meu parceiro ficar entediado o suficiente para retomar a conversa:

— Se você parar para pensar, um pouco, irá lembrar-se de que todos os sinais do que viria a acontecer estavam nos rodeando. Você se lembra daqueles lunáticos religiosos que diziam que o fim estava próximo? E o que dizer dos malucos que se enfiavam em bunkers para se proteger, dos que guardavam mantimentos e armas em buracos? Lembra-se dos animais que entraram em extinção? Da diminuição da camada de ozônio? O colapso da economia global, aumento da mortalidade infantil, novas doenças e infestações? Isso sem mencionar os textos do livro perdido.

Não preciso de muito esforço para entender o que Ber quer dizer, qualquer um que vivesse às vésperas do Primeiro Dia podia presenciar tudo a que o rapaz se refere, mas isto não indicava em nada o que se sucederia.

— Isso não tem nada a ver com o que aconteceu.

— Como não? — Ber parece indignado, abaixa o lenço que encobre seu nariz e faz um grande esforço para puxar uma boa quantidade de ar. — Nós estamos onde começou o fim do mundo, Ike, lembra-se do aquecimento global? Nós vivemos o auge do fenômeno que transformou o lugar onde estamos em um imenso deserto. Mervil diz que havia uma floresta tropical, onde agora é um deserto! Dá para acreditar que isto aqui foi uma floresta tropical?

A situação é hilária, tanto que começo a rir ao comparar Ber com os tipos ambientalistas que viviam pela Terra antigamente.

Aos poucos, minha crise de riso vai se transformando em conscientização, passo a raciocinar e a pesar as palavras do meu companheiro. Ber tem razão, os sinais estavam presentes e poucos puderam ver com clareza. Talvez, se nós tivéssemos prestado mais atenção...

Fico um pouco sem graça de demonstrar que estou sendo conscientizado por um rapaz mais novo do que eu e tento amenizar o fato:

— Você fala em sinais, mas percebê-los não iria evitar a danação do Primeiro Dia. Vamos continuar a caminhar.

Ber não obedece minhas ordens, em vez de continuar a caminhada, permanece parado, com o lenço abaixado e me acompanha com o olhar, enquanto me afasto. Tenho vontade de ficar parado e aguardá-lo, mas continuo. Em determinado momento, Ber irá apressar os passos para me alcançar.

Quando já estou a uma distância considerável, ouço o rapaz entoar um tom mais alto para se fazer ouvir:

— Esse é o tipo de pensamento que destruiu a humanidade.

No exato instante em que recebo a acusação, fico imóvel, volto minha atenção para trás e fito o jovem ultrapassado, fico com raiva por suas palavras e caminho em sua direção.

— O que disse? — Provoco em tom sisudo.

O rapaz retira o lenço que cobre sua cabeça e arremessa os óculos na areia, está com a cabeça nua enquanto explica a acusação que acabou de fazer.

— Os sinais de que algo ruim estava para acontecer batiam em nossa cara, dia após dia, e o que nós pensávamos? Que nada poderia ser feito para reverter o processo. Você e muitos outros preferem não olhar para o passado e não questionar, mas a verdade é que não tivemos a capacidade para impedir o fim do mundo por pura conveniência e comodidade.

— Está dizendo loucuras! — grito e, em seguida, provoco — como barrar uma catástrofe natural?

Ber ri, mas de nervosismo. Não permanece calado e faz conhecer o pensamento que lhe ocorreu.

— O Primeiro Dia nem de longe pode ser classificado como uma catástrofe natural, nós destruímos o Planeta por séculos e a natureza se revoltou, mas isso foi antes do fim. O que aconteceu no Primeiro Dia foi uma espécie de castigo.

Bufo em indignação. Gosto de Ber, mas não estou conseguindo me manter concentrado na missão em meio a uma conversa tão desmedida. Não quero me aborrecer mais e sugiro pararmos por aqui.

— Acho que a conversa acabou, vamos continuar a ronda para que possamos voltar logo ao clã.

O rapaz apanha as peças que jogou ao chão, mas não recompõe o visual. Caminha ao meu lado mais alguns metros, mas não consegue se conter, Ber parece sentir uma necessidade incontrolável de continuar a falar suas impressões.

— Pense comigo, Ike, perceba que o que estou falando faz algum sentido. Se a humanidade prestasse mais atenção à própria destruição, poderia parar a tempo e rogar por um melhor destino.

— O que está dizendo?

— Tudo que precisávamos era de um ato de fé.

— Fé? — minha indagação carrega um ar de sarcasmo e ironia. — Está falando de Deus, não é? Queria que implorássemos para que esse Deus salvasse a humanidade? Vou dizer uma coisa, Ber, já ouvi esta história muitas vezes e muitos pensam como você, que o Primeiro Dia foi uma espécie de castigo divino contra os atos cruéis da humanidade, sabe o que eu acho? Que esse seu Deus é um bocado perverso se submeteu bilhões de pessoas ao inferno que aconteceu naquele dia e, além disso, um sádico maldito ao deixar os poucos sobreviventes viver neste planeta brutal. É isso que eu penso.

Meu parceiro encara o horizonte poeirento, fecha os olhos por alguns segundos, coloca os óculos e rebate meu pensamento com uma frase:

— Tudo que ainda precisamos é de um ato de fé.

CAPÍTULO 12

A TEMPESTADE

Além dos perigos constantes que espreitam a cada passo, uma das maiores dificuldades que se pode enfrentar ao transpassar o deserto sem fim é justamente a ocorrência das tempestades de areia.

De um instante para outro, o céu vermelho é pigmentado em um tom ainda mais escuro, tanto que chega a parecer que estamos na mais densa noite. O bordô é quase negro.

Logo após a súbita escuridão, os ventos começam a soprar forte e a sensação mais palpável é a de que surgem de todas as direções possíveis. Não é exagero dizer que chegam a formar pequenos tornados.

Essas tempestades sempre nos pegam de surpresa e, dificilmente, somos capazes de nos proteger ou encontrar algum abrigo seguro. Os grãos de areia somados à velocidade dos ventos chegam a rasgar parte dos tecidos de nossas roupas e proteções. Alguém com a pele nua poderia ficar bastante machucado.

Como todas as outras vezes, fomos surpreendidos com uma tempestade que surgiu sem qualquer aviso.

O vento empurra meu corpo e os grãos de areia batem em meus óculos ofuscando a visão do que virá pela frente. Estou a uma distância segura e razoável de Ber. Não conversamos mais durante a missão desde o momento em que nossas opiniões divergiram, mas ainda assim nos mantivemos próximos. Só que, agora, sequer consigo vê-lo.

Grito seu nome para testar se o rapaz está junto a mim.

— Ber!

O som sai muito abafado, parte por culpa dos lenços que utilizo para proteger nariz e boca, outra parte por causa da intensidade da tempestade. Com as mãos sob os olhos, tento avistá-lo, mas é em vão.

Não posso ficar parado durante a tempestade, isso é óbvio, posso ser levado pelo vento ou me desequilibrar e cair, sendo enterrado vivo na sequência pela areia que se acumularia com rapidez.

Continuo a caminhar sem um devido rumo e ainda tento enxergar meu parceiro em meio ao caos, fracasso nas duas ambições. Não consigo avançar muitos metros e não posso identificar Ber no meio do nada.

O melhor seria encontrar algum abrigo, um tipo de proteção, alguma forma de me esconder até que a tempestade termine. O grande problema é encontrar tal refrigério quando a visão está totalmente prejudicada.

Não consigo enxergar um palmo à frente, minhas pernas estão cansadas pelo esforço que significa caminhar pelo solo rígido e coberto de areia. O corpo arqueia para trás, tentando se entregar à pressão causada pela ventania. Sei que não posso me dar por vencido, preciso prosseguir.

O caminho está bastante dificultoso e estou exausto, uma das minhas pernas falseia e o vento me derruba ao chão. É um momento crítico, arqueio por poucos segundos e já sou coberto de poeira. Quando fico em pé, sou empurrado por uma rajada violenta de ar que atira meus óculos longe. Fico em pânico, sem óculos, a areia pode me cegar. Fecho os olhos automaticamente e puxo um pouco do lenço que me cobre o rosto para a altura da visão. Mais uma rajada de vento, um novo desequilíbrio, perco um pouco o jeito em me firmar, a situação me atrapalha e encontro o solo uma segunda vez.

O impacto é forte, minha cabeça encontra uma rocha ou algo do tipo e ainda consigo ouvir um som angustiante que retumba em minha mente antes de perder a consciência por completo.

CAPÍTULO 13

O RESGATE

Com os olhos semicerrados, Jix me encara. Sinto-me invadido com a reprovação que significa sua atenção. Tento fugir de sua acusação e fito outra direção para interromper o contato visual que está me derretendo.

— Olhe para mim, Ike! — ele ordena com um tom sério de voz.

Desobedeço, não quero esse contato visual, em vez de fazer aquilo que me ordenou, volto meu olhar para o chão e tento encontrar alguma desculpa razoável.

— Essas tempestades de areia são cruéis, irmão. Há momentos em que não conseguimos nos manter...

— Você vive me cobrando uma posição de mais destaque dentro do clã — sou interrompido de súbito. — Reclama e alega que é uma das pessoas mais bem preparadas para lidar com adversidades.

A acusação do líder me atinge como um golpe. Não sou um homem de levar desaforo e revido, encaro seus olhos julgadores e rebato com rispidez.

— Eu sou um dos mais preparados do clã e você sabe disso, sou treinado em combate tático, em armas e em diversas modalidades de luta.

Jix fica impaciente, anda de um lado para o outro sem nunca tirar os olhos de mim, mãos entrelaçadas nas costas e semblante furioso. Quando para a minha frente, dispara.

— Como você pode dizer isso, Ike? Como pode continuar afirmando que é um homem indispensável ao clã? Toda vez que o mando para as rondas no deserto, você fica com raiva e me repreende alegando que seu lugar é nos protegendo.

— Você sabe disso, Jix. Sabe que minha real missão é proteger o clã.

Meu irmão mais velho parece furioso ao me apanhar pelos ombros e forçar que o encare no fundo dos olhos, suas feições, levemente belas, transformam-se em uma ruína estética moldada pela ira.

— Presunçoso! Jamais conseguirá defender nosso clã se nem ao menos pôde proteger seu melhor amigo.

No mesmo instante, sou empurrado por Jix, quando preparo um soco para desferir em sua face, sou interrompido por dois homens dos nossos, que carregam algo nos braços.

Eles adentram ao cômodo e depositam o que trazem ao chão, vejo que está coberto por um lençol todo ensanguentado e sujo. Jix se aproxima da encomenda e levanta o lençol.

Uma figura horrenda e desfigurada é apresentada, um homem jovem, com um corpo rígido e cheio de hematomas, todo esfolado, ensanguentado e picotado. Em sua mão esquerda tem um anel dourado no dedo anelar, uma aliança grossa que eu reconheceria em qualquer lugar.

Imediatamente, meus joelhos se enfraquecem e caio ao chão dobrando--os, minhas unhas rasgam minha face e choro compulsivamente, chamando por seu nome.

— BER!

Meus olhos abrem, automaticamente, e não consigo reconhecer o ambiente, parece que estou em uma espécie de caixa escura, onde apenas alguns pontos de luz se fazem presente. Ainda com a visão embaçada, consigo distinguir um rosto jovial e familiar se apresentando.

— Ber? Ber, é você?

— Calma, Ike, claro que sou eu.

O rapaz me oferece meu próprio cantil, um objeto bastante antigo que remonta à minha infância com os escoteiros, apanho e logo sorvo do líquido ali presente, uma mistura que Mervil ministrou.

— Encontrei-o desacordado no meio do deserto, a tempestade pegou você, meu amigo — Ber tenta explicar o fato de eu ter acordado em outro lugar.

Tento organizar minhas memórias e me recordar do que houve. Um processo que demora um pouco mais do que gostaria, mas nada que não se resolva em pouco tempo.

Estava caminhando pelo deserto quando fui surpreendido por uma das tempestades de areia mais violentas que já presenciei. Devo ter perdido a consciência e fui resgatado por Ber. Engraçado, cheguei a sonhar que ele estava morto e arruinado pela tempestade, mas foi quase que o contrário.

Começo a rir da situação e sinto a cabeça doer, imediatamente testo o local dolorido com a ponta dos dedos, há pontos e pouco cabelo.

— Tive que dar uns pontos na tampa da sua cabeça e, para isso, tive que raspar parte do seu cabelão, fiz com a lâmina de uma faca mesmo, mas até que ficou bonitinho.

O rapaz está zombando da situação em que me enfiei. Por um breve momento, fico chateado por ter perdido parte do cabelo, mas logo isto se esvai quando percebo que o pobre Ber cuidou de mim.

— Obrigado.

— É para isso que servem os amigos, não é?

Tento ficar em pé, mas o resultado é um pouco desastroso, sento-me onde estava ainda a pouco, no chão.

— A tempestade acabou já faz um tempo, já deve estar seguro lá fora. Acho que é bom interrompermos a missão e levá-lo para o clã. Mervil deve...

— Me levar para o clã? — interrompo — Onde estamos?

Ber, que até então estava sentado à minha frente, coloca-se de pé e apanha alguns de seus equipamentos, como se estivesse se aprontando para sair. É quando me responde.

— Estamos em um bunker abandonado que encontrei, se não fosse por este esconderijo inesperado, poderíamos ter morrido na tempestade, meu caro. Foda, não é?

— Foda — concordo. — Mervil vivia em um desses antes de ser encontrado e recrutado por Jix, é um bom modo de se manter vivo, caso opte por uma vida solitária.

Enquanto se prepara para sair e enfrentar o deserto, meu parceiro dedilha a aliança em seu dedo anelar da mão esquerda e externa sua impressão sobre o que acabei de dizer.

— Ninguém pode viver uma vida solitária, nem no mundo anterior, nem neste mundo.

Em outras de nossas rondas em dupla, Ber me contou partes de sua vida antes da destruição causada pelo Primeiro Dia. Sou do tipo que não gosta de visitar o passado, para mim, o que ocorreu antes não tem tanta importância e se lamentar pelo que foi perdido demonstra fraqueza diante de uma realidade tão mordaz.

Obviamente, meu parceiro não partilha das mesmas impressões.

Ber era o tipo de bom homem que surgia raramente na sociedade. Um rapaz honesto, decente e cheio de sonhos. Apesar da idade jovial, namorava a mesma garota por dez anos e estava prestes a se casar.

Ber, que antes do novo batismo, chamava-se Rubens, havia ficado noivo na mesma semana dos eventos que assolaram o mundo. A noiva não sobreviveu e, como forma de honrá-la, o rapaz mudou a aliança de dedo.

Talvez, ele tenha razão, vários casos de companheiros que chegaram ao clã mostram que a vida solitária, em meio ao caos, é perigosa demais.

Quando meu parceiro já está pronto, sou amparado e levado para fora do bunker. Apesar da vergonha em não conseguir me locomover sem ajuda, não tento me manter sozinho e me apoio em seu dorso para prosseguir.

A julgar pelo tempo em que estamos caminhando, a direção por qual seguimos e a paisagem, tenho quase certeza de que já estamos próximos do clã.

É quando o pio de uma criatura chama nossa atenção.

Imediatamente e sincronizados, Ber e eu olhamos para o céu e avistamos um pássaro deslizando pelo ar. O contraste de sua coloração esbranquiçada em relação ao tom vermelho do céu é uma visão extraordinária, devo admitir.

— Um pássaro! — meu parceiro se mostra empolgado com a visão. — Há quanto tempo que não vejo uma criatura tão linda...

Acompanho a trajetória da ave, que parece nos contornar por alguns momentos, quando menos espero, o pássaro mergulha do céu e começa a baixar a altura até pousar, por completo, no chão árido e cheio de areia.

Há algo de estranho no pouso do animal, não sei como me sentir em relação a isso, mas pareceu que ele está um pouco ansioso com nossa presença e ávido por nos mostrar algo.

Aperto um pouco a visão e consigo enxergar alguma coisa em contrate com os tons do solo em que o pássaro pousou, o animal está nos indicando algo.

— Ber... Ber, o pássaro pousou próximo à alguma coisa — informo meu parceiro sobre minhas impressões. — Ele quer nos mostrar algo.

A cabeça de Ber gira acompanhando o animal, o rapaz retira os óculos, ampara a visão com a palma das mãos e aperta os olhos, logo em seguida, afirma em tom de euforia.

— Não é algo, é alguém.

CAPÍTULO 14

O PEQUENO PRÍNCIPE

Pouquíssimos foram os que restaram, na verdade, creio ser bem possível que haja algum aglomerado, algum lugar onde eles se acumulam com mais facilidade, mas esse lugar não é aqui. Definitivamente. Talvez em Kanaã.

Talvez, esses tempos sombrios e a bestialidade que nos salta à pele signifiquem tantos contrastes em relação ao conhecimento culto que ocupar-se ou preocupar-se com eles seja encarado como puro desperdício de tempo. Entendo este tipo de pensamento e, de certo modo, até concordo com ele.

Porém, ignorar e perder o conhecimento obtido por milênios pode ser muito prejudicial à raça humana. O saber é o que nos difere dos animais e das imundices que nos cercavam, ao abandonar a sabedoria, abandonamos a humanidade e nos tornamos feras mortais que agem por instinto, matam os semelhantes e destroem a Terra.

Com esse pensamento pesaroso, apanho uma de nossas únicas preciosidades e a amparo junto ao peito, antes, um gesto até comum; hoje, uma demonstração de pura nostalgia. Suspiro longamente, dedilho sua capa gasta e, por fim, folheio suas páginas amareladas, quebradiças e judiadas pelo tempo. É tão bom ter um livro em mãos! Trata-se de um clássico.

Nosso território não é muito grande, uma área de aproximadamente sete hectares, que rodeamos com uma muralha ainda que rudimentar feita de argila, dentro de nossos muros, construímos casas, hortas e casas de recuperação, mas falta uma escola. Obviamente, não temos livros, logo, não temos escolas.

Essa é minha maior dor.

Fracassamos na missão de formarmos crianças melhores, falhamos na possibilidade de criar pessoas com saber, tudo que interessa é sobreviver e, nisso, perdemos a essência da humanidade.

Não sei ao certo a quantidade, mas estimo que contamos com mais de vinte crianças, que estariam em idade escolar, caso ainda estivéssemos vivendo em um ambiente humanizado.

Infelizmente, dispomos de uma infraestrutura bastante primitiva, temos poucos livros e ficaria impossível de ensinar todas as crianças da comunidade. Gostaria muito de poder passar conhecimento aos pequenos, mas isso acabaria me esgotando mais do que agraciando. Sei disso, não posso ser hipócrita ao ponto de subestimar essa impressão.

Além do mais, a sabedoria que adquiri antes do Primeiro Dia e ao longo de uma vida de contados setenta anos antigos me graduou como um dos homens mais influentes do clã, o segundo mais importante, o ancião da Rosa do Deserto, conselheiro do líder.

Nesta importante designação, ocupo meu tempo por demais e não poderia ministrar as tão sonhadas aulas aos pequenos.

Se ao menos tivéssemos mais livros!

Pelo menos, uma das crianças se desenvolve bem e disso não posso me queixar. Tenho a honra de ser o tutor de Kilin, filha de Jix, isso garante que a garotinha tenha uma educação mais nobre que os demais e me proporciona uma experiência que somente havia experimentado com meu netinho, hoje um homem crescido e falecido durante o apocalipse.

É para ela, para Ki, que irei levar esse encadernado.

Atravesso quase toda a extensão de nosso perímetro com o livro debaixo do braço, por onde passo recebo olhares curiosos daqueles que me interceptam.

Posso imaginar que alguns, sequer, sonhavam em ver outro exemplar publicado, perambulando, em meio a esse mundo hostil. O conhecimento é nobre demais para essa realidade.

Tenho vontade de parar em cada um daqueles que me fitam, mostrar o conteúdo que trago comigo e anunciar a notícia de que eles devem buscar conhecimento para não se tornarem animais bestiais, mas tenho um objetivo. Decidi que esse volume não é para qualquer um, é um presente destinado à verdadeira rosa do deserto.

Ninguém dispõe de luxo em nosso clã, decidimos que todas as casas, casebres e cabanas deveriam ser iguais para evitar que a inveja corrompesse nossa comunidade de dentro para fora. Equivale dizer que a tenda de Jix não tem nada de diferente da tenda de qualquer outro habitante do lugarejo, exceto pelos homens que se revezam na segurança do lado de fora.

Aproximo-me com cuidado e tento prestar atenção no silêncio do lugar. Não quero ser inconveniente, a julgar pela quietude, pode ser que nem Jix nem Ki estejam aqui. De qualquer forma, anuncio minha pretensão ao homem que está na segurança.

— A pequena Kilin está na tenda? Trouxe algo para ela.

Apesar de não termos tantas pessoas em nosso clã, admito que não consigo me lembrar dos nomes de todos os nossos membros. O rapaz que está na guarda da tenda de Jix é um dos quais não consigo, jamais, lembrar da graça.

Ele me encara com um tom de curiosidade, principalmente após repousar os olhos, esbugalhados, em meu livro, mas não demora muito a responder.

— O chefe saiu, meio que às pressas, há algum tempo, mas a princesa ainda está em casa.

Antecipo-me e tenho o interior da estrutura revelado pelo guarda que abre passagem.

A tenda que abriga Jix e sua filha deve ter cerca de quinze metros quadrados, é pequena. No canto esquerdo tem uma espécie de cama improvisada onde a filha do líder repousa. Posso ver seu pulmão funcionando, sua respiração levantando o peito, sua boquinha entreaberta e os olhos fechados sutilmente. Sorrio ao contemplar a visão.

Aproximo-me bem devagar, não quero atrapalhar o sono da garota, quanto mais tempo ela puder viver longe dessa realidade macabra, melhor. Com cuidado, deixo o livro perto da jovenzinha, próximo ao travesseiro improvisado que ampara sua cabecinha. Beijo sua testa e já me preparo para deixar a tenda.

Próximo a deixar o local, uma voz pueril me chama pelo nome.

— Mervil?

Volto-me para ela, sorrio e faço uma despedida.

— Volte a dormir, doce criança.

— Você que trouxe isto? — ela apanha o encadernado velho e o observa com cuidado.

Para Kilin, a visão de um livro pode ser bastante inovadora. A pobrezinha nasceu após o Primeiro Dia e jamais deve ter tido contato com algo assim, é por isso que meu presente possui um significado ainda mais sentimental.

Desisto da minha pretensão em deixá-la e volto para sua cama, sento-me na beirada, apanho o livro e explico-lhe o que ele pode fazer por ela.

— Isto, pequena, é um livro, através dele, podemos nos transportar para outros mundos, outras épocas e podemos viver várias histórias — enxergo nela uma espécie de admiração pelo presente. Ki gostou da possibilidade. — A partir de amanhã, irei ensiná-la a ler e poderá conhecer a linda história do Pequeno Príncipe.

— Pequeno Príncipe? — ela estranha o título.

— "Tu te tornas eternamente responsável por aquilo que cativas." — cito uma das frases mais famosas da obra de Antoine de Saint-Exupéry, esquecida pelo tempo.

Sorrio, afago seu cabelo e já me preparo para deixar a menina mais uma vez quando, de supetão, um adolescente com o rosto cheio de espinhas adentra à tenda sem ao menos se apresentar. Ofegante, o garoto dispara uma série de palavras.

— Senhor Mervil, estava procurando pelo líder Jix, mas não o encontrei, então vim atrás do senhor...

— O que houve, menino?

— Precisamos do senhor nos portões principais da muralha, senhor Mervil. Uma de nossas patrulhas retornou do deserto... Ike, o irmão do líder Jix, trouxe um garoto.

CAPÍTULO 15

O CAOS

Seria muito idiota, da minha parte, eu achar que poderia sair com vida da armadilha em que me meti. Deixei-me levar por meus instintos mais sombrios e ceifei a vida de Rorl, sem pensar duas vezes e sem raciocinar direito nas consequências do impulso. O líder do clã morreu aos meus pés, agonizou diante de mim e viajou até o inferno tendo somente a mim como testemunha. O miserável mereceu e ouso afirmar que foi fácil.

Porém, o confronto se deu em ocasião inapropriada. Não sei ao certo o que Rorl queria comigo, se era apenas uma demonstração gratuita de poder, se almejava uma espécie de luta, se iria me torturar, se queria me estuprar ou se apenas me assustar. A verdade é que eu estava sob o poder dele, quando me confrontou, trancada, sem ter para onde ir.

O cadáver de Rorl à minha frente e eu sem saber bem o que fazer.

A absoluta certeza de que há alguém o aguardando do lado de fora do galpão me consome. O que farão quando descobrirem que o líder morreu? Eu poderia dar conta de um ou de outro aquático, mas de um clã? Improvável.

Preciso pensar logo no que fazer, não tenho todo tempo do mundo, os outros devem estar aguardando pela saída do líder e se este não se apresentar logo, corro o risco de virem até mim e descobrirem o que fiz.

Arrasto o corpo sem vida para o interior do galpão, deixando-o na penumbra, do cadáver de Rorl, apanho sua espada. Agora, conto com três armas: a minha katana, a de Judah e a do líder do clã.

Testo, com as palmas, as paredes do galpão, trata-se de uma estrutura forte de metal, sem frestas, sem outras entradas a não ser pelo portão principal pelo qual entrei, praticamente impossível escapar daqui.

Faço o mais absoluto silêncio e tento ouvir qualquer pista de como estão as coisas lá fora, mas não consigo, a estrutura do galpão é grossa exatamente para abafar sons.

Sem ter escapatória, a única coisa que posso fazer é aguardar. Esperarei pacientemente até que alguém abra os portões e, neste momento, poderei surpreendê-lo com um ataque imprevisto. É isso! Minha técnica será ficar espreitando nas sombras.

Com algum esforço, consigo escalar uma das colunas que sustentam o galpão. No alto, consigo ter uma boa noção de quem irá entrar pelos portões e quando irá entrar.

Assim que encontro uma boa posição nas penumbras, ouço o som de metal rangendo,fico atenta e um pouco descrente, acreditava que iria demorar mais para ser surpreendida, mas já está acontecendo.

Escondida, vejo um aquático se apresentar, apressado e apavorado, outro, um pouco maior, segurando um perigoso machado de duas lâminas, apresenta-se logo atrás.

— Chefe... Chefe... Estamos sob ataque! — o primeiro aquático mostra um tom desesperado na voz.

Ambos irrompem a entrada assim que reparam que Rorl não está à vista, logo em seguida, começam a direcionar olhares pesquisadores por todos os cantos.

Espero somente mais alguns segundos para ter certeza de que os dois não estão sendo acompanhados, salto do esconderijo assim que o aquático mais forte olha para cima, mergulho sobre o homem e minha lâmina logo atinge seu ombro, adentrando a carne e cortando-o internamente.

Com um movimento rápido, voo pelo ar do ombro do gigante, que cai sem vida, para o corpo do outro infeliz, que está apavorado, derrubo o aquático ao chão e encosto a lâmina da katana em sua garganta, fazendo um fino fio de sangue vermelho verter lentamente.

— Quem está sob ataque? — Indago com firmeza.

— Não me mate, por favor... — O rapaz implora pela vida.

Olho bem para o rosto daquele a quem ameaço, deve ser um jovem com uns vinte anos antigos, olhos bem azuis e pele manchada. Quase posso sentir seu pavor.

Firmo a lâmina de minha arma um pouco mais em sua garganta e entoo a questão uma segunda vez.

— Diga o que está acontecendo!

— Preciso falar com Rorl.

— Rorl está morto — revelo e encaro o escuro, para onde levei o cadáver do rival de Judah.

A expressão que toma conta do rosto do rapaz é de pura consternação e disso consigo tirar divertimento. De certa forma, seu medo me alivia.

— Você... você está do lado deles?

Fico tão irritada com as tentativas evasivas do aquático que pressiono a arma contra sua garganta de forma derradeira, mas, no mesmo instante, ouço um barulho de explosão que me alerta de que algo grave está acontecendo. Hesito e deixo com que a curiosidade dê mais uma chance ao rapaz.

— Fale o que está acontecendo ou faço com que acompanhe seu líder até o inferno.

A resposta surge, ainda que a contragosto.

— Nosso clã está sendo atacado, sua vagabunda! Um bando nos encontrou e está destruindo tudo, nossas casas, nossos fortes, nossas hortas... Estamos arruinados e precisamos de ajuda, precisamos de... ahhh arg arg — minha espada corta a garganta do miserável e o vejo engasgar com o próprio sangue até a morte.

Os bandos, um dos maiores perigos desta realidade catastrófica.

Sem dó nem piedade, os bandos tomam de assalto quem quer que encontrem em sua frente, destroem cidades e clãs inteiros, matam quem se opuser, roubam, saqueiam, esfolam, estupram, passam tudo no archote e salgam a terra.

Posso estar sendo cruel, mas esse mundo é cruel, fico feliz com a danação do clã.

Se o clã de Rorl está sob o ataque de um bando, poucos irão sobreviver e menos ainda irão se colocar em meu caminho. Tudo que tenho que fazer é continuar viva e escapar para poder encontrar meu filho, tudo que tenho que fazer é participar do massacre.

Minha lâmina ainda está banhada com o sangue do último aquático que matei e posso ver beleza no contraste que significa o amarronzado do líquido em contato com o prateado do fio da espada. Desembainho a arma de Judah e sinto um arrepio da espinha ao sentir o cheiro de morte me rodeando. Circulo meu pescoço e ouço estalar algumas articulações.

Caminho, destemida, até os portões abertos do galpão, pronta para enfrentar a claridade vermelha do dia e participar da carnificina.

Deixe vir a mim o caos.

CAPÍTULO 16

O MASSACRE

Um aquático coxeia em minha direção com o rosto coberto de sangue e com os olhos azuis esbugalhados, é um velho com a perna ferida, em seus braços há uma sacola que julgo estar cheia de mantimentos e de outras coisas que conseguiu salvar. Vejo a expressão de pavor, que toma conta de sua face, tornar-se um pedido de clemência assim que se dirige a mim.

— Ajude-me! Eles mataram todos no vilarejo!

Quando o velho está próximo o suficiente de mim, faço com que a espada de Judah entre por seu peito e desponte sem qualquer dificuldade pelas costas, o idoso já viveu demais, não precisará estender sua jornada por mais dias. Talvez, olhando por esse ângulo, consiga me perdoar por fazer o que estou fazendo.

O aquático pediu por ajuda mencionando que o bando matou todos que estão no vilarejo, deve ser o lugar por onde passei, onde há várias casas e tendas, vejo que há resquícios de fumaça ao longe, certamente, é para lá que não devo ir.

Em um ímpeto, decido tomar o caminho oposto do galpão, para tentar evitar encontros problemáticos, seja com moradores do clã ou seguidores do bando.

Contorno o galpão por fora e corro em direção contrária à entrada, ansiando por me perder no deserto para escapar. É então que sinto um empurrão contra minhas costas, quase me desequilibro, mas continuo de pé.

Logo em seguida, mais uma pancada, esta atinge minha costela esquerda, dói, mas a raiva por estar sendo atacada é maior que qualquer outro sentimento. Giro nos meus próprios calcanhares e deixo com que minha espada corte o ar de forma bela, suave, mas mortal. Sem ao menos tomar ciência do atacante, corto sua cabeça ao meio e posso ver seu crânio partido em dois, como se fosse uma fruta.

Não tenho tempo para contemplar a visão grotesca de minha empreitada defensiva, um coro de vozes masculinas se faz ouvir, berram contra mim, consigo contar quatro homens, de feições rústicas e armas em punho, correndo em minha direção, sei que não tenho como fugir, terei que encará-los.

Desembainho a lâmina que pertenceu a Judah e aguardo o grupo se aproximar. Para minha sorte, estes bárbaros são burros e estão mais concentrados na destruição do que na estratégia. Um grupo mais estratégico tentaria me cercar em um círculo, mas estes tendem a ser mais impulsivos e correm desordenadamente.

Espero o primeiro chegar, um homem alto, mas magro, que segura uma espécie de bastão comprido, com a espada de Judah, desenho um círculo no ar e faço a arma do adversário girar em seu próprio eixo, torcendo sua mão, com a outra espada, abro um buraco mortal em seu peito. Foi fácil demais.

O segundo e o terceiro membro do bando se aproximam juntos, um é gordo, forte, barbudo e levemente desajeitado, segura uma maça com correntes compridas, mas parece não saber manejar bem o instrumento; o outro é encorpado também, mas não tão forte quanto o primeiro, traz um porrete metálico na mão esquerda.

Quando o homem com o porrete se aproxima, começo a circulá-lo ao mesmo tempo em que percebo que o que manuseia a maça gira o instrumento no ar. Minha estratégia é simples: irei deixar com que um golpeie o outro e me encarregarei daquele que sobrar na sequência.

Enquanto danço com os dois adversários e os estudo, percebo que o quarto homem baixou a guarda e apenas observa meus movimentos guardando distância.

Ele fica me olhando com um ar estranho nas feições carcomidas por alguma doença grotesca. Não posso perder tempo com ele, tenho que focar nos outros dois.

Recebo a investida daquele que luta com um porrete e amparo seu golpe usando a espada do arenoso, no mesmo instante em que bloqueio o ataque, recebo um avanço inesperado do gordo, a arma do bárbaro atinge meu ombro esquerdo e falseio.

O porrete do inimigo atinge meu abdome, encurvo-me e sinto um chute beliscar meu joelho direito, fazendo-me perder o apoio. Seguidamente, um novo golpe, um que acerta minhas costas, a força do impacto é tão grande que não consigo conter meu corpo, que vai ao chão, duro e cuspo sangue.

Quando dou por mim, o pé do gordo pisoteia meus seios, causando uma dor incrível, o outro, que segurava o porrete metálico, começa a chutar minha face com força.

Tento levantar, mas o esforço é em vão. Penso em meu filho para conseguir forças extras, mas estou sob um ataque tão violento quanto irresistível. A arma de Judah vai ao chão, mas mantenho minha katana sob custódia até que o quarto inimigo se aproxima e morde minha mão sem qualquer cerimônia.

Grito de dor e pavor ao ver um pedaço de minha pele ser mastigada pelo infeliz. Pela primeira vez, consigo entender o motivo dele estar com feições tão estranhas anteriormente.

O quarto inimigo é um canibal, humano que come carne de seus semelhantes, um perigo a se considerar nesse universo cruel. Crentes de que a carne humana é nutritiva e guarda poderes místicos, os canibais devoram seus adversários sem ao menos cozinhá-los.

É com o terror invadindo minha alma que sinto uma nova mordida, o canibal morde minhas costelas enquanto os outros dois adversários me seguram pelas pernas e braços, minha carne está em seus dentes pontiagudos, vejo meu sangue e não consigo sentir mais nada a não ser repulsa e ódio.

Sua cabeça avança em minha direção pela terceira vez e abocanha mais uma parte da pele que reveste a costela, a dor é tanta que quase perco os sentidos, mas não posso me dar por vencida, tenho um filho perdido em meio ao deserto, um garotinho que precisa de mim, não será um canibal maldito que irá me separar dele.

Com as últimas forças que me restam, começo a me contorcer, tento me desvencilhar dos dois que me seguram, mas falho na missão, assim que recebo mais golpes dos inimigos. Eles batem com força na minha cabeça enquanto o canibal morde minha barriga.

Contorço-me mais uma vez e uma lágrima se forma em meus olhos quando penso em me entregar à dor.

É então que sou tomada de assalto por um estranho delírio, no horizonte, vejo meu filho forte, crescido e em paz, sei que é uma alucinação, mas também sei que existe um significado como que me avisando para não desistir.

Quando o canibal se aproxima para mais uma mordida, consigo desvencilhar minha mão do inimigo que me agarra e puxo a espada de Rorl que mantinha junto à cintura.

Tudo acontece ao mesmo tempo, consigo ferir o olho do canibal e belisco a barriga do gordo que segura minha mão, mais um golpe, agora mortal, da lâmina é direcionado à garganta do outro que segura meus pés.

Livre, giro no ar e deixo com que o intestino do gordo se esparrame no chão através da abertura que faço acima de sua virilha.

Agora, tenho o inimigo canibal só para minha diversão.

O maldito se contorce de dor, levando as mãos aos olhos, caminho com certa dificuldade por causa dos ferimentos, mas consigo me aproximar, permito-me deliciar, por alguns instantes, com a dor do meu adversário, vejo-o gritar e chorar pelo corte no olho, observo a tudo com um sorriso no rosto.

Apanho o infeliz pelo cabelo curto e começo a surrar seu rosto, ele não oferece resistência, enfio meus dedos no outro olho bom que lhe sobrou e certifico-me de extrair seu globo ocular, ele grita e arremesso o órgão para dentro de sua boca, fazendo com que engula sua própria carne.

Finco a espada de Rorl no peito do canibal, cego e o empurro contra o chão, ferido e arruinado, ele resmunga implorando para morrer, mas não quero dar-lhe este gostinho, antes disso, vou deixar com que prove seu próprio sabor mais algumas vezes.

A espada do líder do clã aquático, apesar da aparência tediosa e tosca, é bem afiada, é o que indica a facilidade com que consigo decepar cada um dos dedos do canibal. Vinte dedos prontos para serem devorados.

Enfio cada um dos dedos do canibal por sua garganta abaixo, ele quase sufoca por diversas ocasiões, mas certifico-me de que comeu tudo. Quando já está terminada a sessão, decido que o infeliz já comeu demais e arranco seus dentes à força com a ajuda do porrete de ferro que o amigo carregava.

A figura final do canibal é pitoresca, mas há algo dentro de mim que se satisfaz com o massacre, apesar de estar ferida, estou viva e tenho ótimos motivos para continuar minha jornada, tenho objetivos nobres a cumprir.

CAPÍTULO 17

O TERCEIRO NOME

Chega a ser cômico o modo com que estou lidando com essa situação, qualquer miserável que ouse ficar em meu caminho, morre. Não há como ser de outra forma, matar ou morrer, puro instinto, pura sobrevivência.

Estou suja, cansada, fedida e machucada, mas isto não pode me parar. A única coisa que preciso é sair desse ataque com vida para poder reaver meu pequeno, o único objetivo que me mantém de pé.

As investidas dos bandos são sempre sanguinárias, com a intenção bem clara de destruir, estes maníacos pretendem apenas causar dor e miséria, mas, ao mesmo tempo em que sinto repulsa pelo modo com que agem, fico extremamente agradecida.

Após matar Rorl, líder dos aquáticos que me sequestraram, não havia muitas perspectivas de fuga com vida, foi a intervenção deste bando, imundo, que restaurou as possibilidades de uma sobrevida. Armadilhas do destino, acaso, intervenção sádica de algum tipo de entidade? Não sei dizer ao certo, tudo que sei é que não tenho amigos aqui.

Por outro lado, onde, neste mundo caótico posso encontrar amigos? Os únicos que já tive foram brutalmente assassinados, mortos por bandos como este, que destrói os limites do clã aquático.

São muitas questões, muitas reviravoltas, muitas enganações.

Já estou quase fora dos limites do território que abrigou o clã. De onde estou posso até mesmo avistar a aldeia destroçada, vejo casas queimando, fumaça, pedaços de sonhos atirados ao nada. A danação impera e sequer consigo mensurar quantos dos aldeões foram mortos pelo bando, quantos jazem moribundos no chão, quantos se renderam e foram escravizados. Os números podem ser assustadores.

Por alguns instantes, algo em meu coração tenta resgatar sentimentos há muito esquecidos, que pertencem a um passado remoto da humanidade, que remonta aos tempos em que ainda tínhamos algo de humano em nosso ser, sinto pesar pelos mortos.

Observo a fumaça cinzenta que se mistura à atmosfera avermelhada e sinto uma pontada angustiante no coração, meus joelhos se dobram automaticamente, tenho vontade de gritar, espernear e chorar pela alma de pessoas que jamais conheci. Experimento, como há muito tempo não experimentava a compaixão.

Talvez, não seja bem uma compaixão pelos que ali verteram sangue, a verdade é que a situação pela qual os aquáticos passaram se assemelha muito com a que eu mesma experimentei anos atrás.

O Primeiro Dia veio para dizimar a humanidade e reduziu severamente a população da Terra, além de alterar drasticamente o clima e a geografia do planeta.

De um momento para o outro, tivemos que reconstruir do pó tudo que levamos milênios para conquistarmos, não era uma tarefa das mais fáceis e muitos perderam a fé. Estávamos sozinhos, cada um por si.

Eu mesma caminhei sem rumo dia após dia, desesperada por ter perdido todos que um dia conheci. Perdi a esperança em um futuro, para mim, estava claro que iria morrer mais cedo ou mais tarde e cheguei a pensar em encurtar o caminho até o fim. Foi em uma noite fria que fui resgatada.

Com mãos firmes e braços fortes, Rifer me apanhou pelos dedos e me mostrou que ainda havia esperança, indo na contramão de tudo que eu já havia presenciado sobre a brutalidade que impregnava o Planeta, fui apresentada ao Distrito da Risca Paranaguá, um clã que prosperava e se preocupava em resgatar sentimentos antigos e manter viva a humanidade.

Aos poucos, fui caindo cada vez mais nas graças de Rifer, o carismático líder do clã. Com aquele homem, aprendi a manter a chama da esperança acessa, reaprendi a respeitar os mais velhos, a cuidar das crianças e a enxergar sempre o melhor, até mesmo nas situações mais adversas. Rifer me ensinou a lutar, para que pudesse me proteger em sua ausência, ensinou-me a caçar, plantar e colher. Ele me explicou suas teorias de que todos nós fazemos parte de um plano maior, de um plano de redenção. Ele acreditava na humanidade, no amor, na paz e na solidariedade. Como poucos, Rifer tinha fé em Deus.

Nosso amor cresceu naturalmente, como as hortaliças nas dependências do DRP, apesar do ambiente hostil e do solo pouco fértil. Quando dei por mim, estava perdidamente apaixonada pelo líder, a recíproca era verdadeira.

Honestamente, acreditava que jamais iria me apaixonar após o que houve no Primeiro Dia. O apocalipse aconteceu bem na tarde em que havia conhecido minha paixão de adolescência, meu pretendente foi desintegrado por uma bola de fogo, que caiu do céu, enquanto tentava socorrer uma criança em perigo.

Depois daquele evento traumatizante e com tudo que passei, duvidava que viveria outra experiência amorosa, mas Rifer provou que eu estava errada quanto a isso também.

Não foi difícil amá-lo, difícil seria não amá-lo. Como não amar um homem altruísta, líder nato, inteligente, solícito, forte e confiante? Como deixar de se apaixonar por alguém que tinha como maior objetivo salvar os outros e manter a chama da esperança viva?

Consequência lógica deste amor avassalador, tornei-me a esposa do líder do clã, ocupando lugar de destaque na cúpula de liderança e resistência e dei um filho ao honroso Rifer.

Sim, vivíamos uma vida impar, éramos como diamantes em meio ao lixo.

Porém, creio que já estávamos esquecendo que vivíamos em outra realidade e dos perigos que no rodeavam e baixamos a guarda. O ataque do maldito e nefasto Bando da Discórdia de Hazz fora fulminante.

O clã Distrito da Risca Paranaguá foi devastado por um dos mais sanguinários bandos, Rifer morreu com honra no campo de batalha, protegendo aquilo que acreditava. Meu marido, aquele homem lindo de coração e alma, foi brutalmente assassinado, teve a cabeça estourada. Não houve compaixão para nosso clã, não teve misericórdia para nosso amado líder. Naquele ataque, Hazz não apenas matou o último homem honrado do planeta, como também a esperança.

Todas as minhas escolhas atuais são reflexos do ataque daquele bando.

Admito que perdi grande parte daquilo que um dia já acreditei, do que um dia já fui, perdi parte da minha essência. O Primeiro Dia me roubou vários sentimentos, mas Hazz destruiu qualquer humanidade que ainda me restava.

O ato do novo batismo é simbólico, mostra a este planeta brutal que já não somos os mesmos de antes do Primeiro Dia, é como um ritual para assumir que o antigo "eu" morreu durante o apocalipse e surgiu uma nova pessoa, reformulada e adaptada. Muitos fazem questão de esquecer o nome anterior e ressaltar o novo batismo, outros lembram o antigo nome com um paralelo projetando o novo batismo, para mim, não foi apenas o Primeiro Dia que me transformou no que sou, o ataque de Hazz também. Seria justo assim ter um segundo novo batismo? Um terceiro nome? Penso que sim.

Não preciso de muito esforço para lembrar meu nome original. Chamava-me Ester, uma homenagem do meu pai, pastor, a uma das mulheres mais marcantes do livro perdido. Após o Primeiro Dia, com o novo batismo, tornei-me Kaiara. Ainda consigo me lembrar de Rifer me chamando assim com ternura. E quanto ao terceiro nome?

Bem, foi Hazz quem me tirou tudo que lutei para readquirir, que destruiu os últimos sentimentos positivos que me restavam, destruiu meu clã e matou o homem que amei. Hazz, aquele que se intitula "O Rei dos Reis".

Já que Hazz foi o responsável pela minha danação, eu serei a responsável pela dele. Sou "A Rainha da Destruição". Meu terceiro nome é ZZah, para me lembrar de não deixar jamais que um bando imprima o terror como aquele que sofri.

Ao contemplar a destruição do clã de Rorl, sinto compaixão, algo que Rifer me ensinou a resgatar. Lembrar-me de Rifer, por sua vez, faz-me recordar de tempos melhores, quando tinha alguém para amar, um homem maravilhoso que foi morto por Hazz, um inescrupuloso crápula que matava e destruía por prazer, na liderança de um bando sanguinário, como este que está destroçando o clã dos aquáticos.

Preciso honrar a origem do meu terceiro nome, preciso honrar a memória de Rifer.

CAPÍTULO 18

A LIBERTAÇÃO

Admito que minha decisão em voltar ao caos propagado por este bando sob o vilarejo é uma grande loucura.

Já estava quase fora dos limites do território do clã quando tive uma epifania. De um momento para o outro, fiquei envolta a um turbilhão de sentimentos e recordei memórias que tentava esquecer para não sofrer, a imagem de Rifer invadiu minha mente e tudo que pude pensar foi em como ele agiria em meu lugar.

Não, o Rifer que conheci não fugiria da luta por motivos egoístas, se necessário, morreria como um herói anônimo, mas não deixaria com que pessoas inocentes sucumbissem diante de uma ação nefasta de um Bando da Discórdia.

É verdade que fui aprisionada por Rorl e seus comparsas, por isso, não tenho qualquer dívida com os malditos habitantes do clã, mas, por outro lado, esses moradores não têm nada a ver com minhas rixas pessoais, são inocentes, homens, mulheres, crianças e idosos que apenas estão tentando driblar os empecilhos de se viver após o apocalipse.

Eu mesma já fui como estes aquáticos, já tentei ter uma vida plena, constituí família, casei, tive um filho, era a esposa de um verdadeiro rei. Nosso povo prosperava aos olhos de quem pudesse ver, mas tivemos o progresso interrompido pelo ataque brutal vindo de um bando, um dos mais cruéis, o Bando da Discórdia.

É justo que inocentes sofram o mesmo que eu, apenas porque o líder deles pretendia me torturar ou matar?

Quer dizer, por que eu deveria fugir daqui sem, ao menos, tentar ajudá-los? Tenho um filho para resgatar, mas, até onde sei, talvez jamais o recupere, o deserto é um ambiente hostil, cheio de perigos e armadilhas. Quais são as chances de um garotinho sobreviver sozinho?

A dor pela percepção, clareando minha mente, é imensurável, mas tenho que fazer aquilo que me parece o mais certo, é o que Rifer faria e é, também, o que prometi fazer ao ser batizada pela terceira vez.

Tornar-me Zzah não é uma simples maneira de externar minha rivalidade com aquele que se intitula "O Rei dos Reis", mas também a forma que encontrei de lembrar-me que devo me opor às atitudes abusivas dos bandos.

Esses bandos levaram tudo o que consegui após o Primeiro Dia, não irei deixar com que continuem fazendo isto com outras pessoas.

Caminho por entre casas, tendas e casebres queimados, tudo está destruído, destroçado, arruinado, vejo cadáveres ao chão, mutilados, violados, abusados. Todos mortos.

O ataque do bando que massacrou o clã foi cruel, não pouparam ninguém, nem mesmo crianças. É impossível contar quantas vidas foram ceifadas no dia de hoje e consigo perceber, meio que pelas vestimentas, que quase não há cadáveres dos que lutavam pelo bando. Os mortos pertencem ao clã.

Sangue inocente corre no chão arenoso e castigado, a ruína que presencio é aterrorizante, tudo que consigo enxergar é uma terra arrasada. Cheguei tarde demais, já não há mais ninguém para salvar.

Não irei me martirizar pela morte dos aquáticos, queria ter feito alguma diferença, tive a oportunidade para fazer algo de relevante, mas agi tarde demais. Porém, não vou deixar com que isto me abale, eu só não pude salvá-los. Simples assim.

Volto a caminhar na direção oposta ao terror propagado pela destruição, tenho um rumo a seguir e um objetivo a cumprir.

Como não há motivos para empunhar as espadas que seguro, volto a embainhá-las na cintura, o gesto faz com que eu me lembre que ainda tenho a espada de Judah. Lembrar-me dele atiça minha curiosidade.

O que houve com o arenoso?

Pelo que pude perceber do cenário, quando fui levada até Rorl, calculo que estou próxima ao bunker que nos servia de prisão, não perderei muito do meu tempo para ir até lá verificar o que houve com o meu aliado inusitado.

Abro a pesada porta, chumbada ao chão, que dá acesso ao bunker e desço as escadas com cautela, não posso ser surpreendida por algum inimigo.

As tochas que já iluminaram o local estão apagadas, mas consigo ver uma silhueta masculina em pé, junto às barras de ferro que constituíam a cela.

— Judah?

Ouço uma respiração ofegante, mas não obtenho uma resposta de imediato, tentando avaliar a situação, pergunto novamente.

— Judah, o sobrevivente? Você está aí?

— Veio aqui para zombar da minha condição, vadia? Ou será que está esperando que eu implore para que você me liberte desta condição maldita?

Caminho lentamente dentro do bunker, o lugar fede a morte, há cadáveres no chão, mais do que antes, é o que consigo identificar com base na dificuldade em me locomover. Suponho que ocorreu uma luta aqui, talvez, alguns membros do clã se refugiaram no abrigo e foram seguidos pelos inimigos, não devem ter tido sorte, por outro lado, se estou correta na suposição, por que deixaram Judah vivo e aprisionado?

O fato de não conseguir enxergar tão bem começa a me deixar nervosa. Através de poucos feixes de luz, tenho uma leve noção de por onde estou passando, porém, não consigo ver com tamanha clareza, posso, até mesmo, estar andando por uma armadilha sem me dar conta.

— Tem mais alguém aqui? — pergunto ao indigente que continua preso.

— Só se forem os corpos dos desgraçados assassinados — a resposta surge rápida, seca e certeira.

— Houve luta aqui — externo minha impressão, anterior, em voz alta. Judah pode confirmar o que aconteceu.

Ao contrário do que eu imaginava, o arenoso não replica minha suposição, não emana um disparate, não utiliza de sarcasmo ou lança mão de desafios. Apenas consigo ouvir sua respiração e nada mais.

Realmente, a decisão em voltar ao bunker é muito questionável, assim como a de voltar ao próprio vilarejo em si. Eu já deveria estar longe, a uma distância razoável deste lugar, que serviu apenas para me separar do meu filho, mas voltei, então tenho que fazer valer de algo.

Não sei explicar o real motivo de estar fazendo isto que estou fazendo, nem dizer se são meus instintos me traindo, se estou ficando louca ou passando por uma crise existencial, tudo que sei é que tenho um único objetivo e decido revelá-lo de vez.

— Vim até aqui para libertá-lo.

No exato instante em que digo aquilo que me moveu até aqui, ouço um ruído estranho semelhante a um ranger de dentes, logo em seguida, o disparate do resgatado.

— Muito bem, você me pegou de surpresa, é difícil acreditar na espontaneidade de sua intenção, diga qual o truque por trás deste, abençoado, resgate. Vai me tirar daqui apenas para me jogar, diretamente, na boca de Rorl e seus capangas, puta?

Direciono-me à grade que separa o lunático do mundo exterior, consigo sentir seu hálito fétido e quente, estamos quase frente a frente, em um movimento rápido, enfio meu braço para dentro do cercado, seguro seu cabelo quebradiço e faço com que seu rosto sofra uma pancada violenta contra o portão. Judah não ofereceu resistência ao golpe, não deve estar conseguindo enxergar tão bem quanto eu, ao mesmo tempo em que o prisioneiro pragueja contra a dor, finjo uma saída dramática.

— Não quero ouvir seus desaforos, talvez não seja uma boa ideia libertar você, no fim das contas — viro as costas para o sobrevivente, mas não inicio o abandono anunciado.

— Espere... Você não pode me deixar aqui, estou muito ferido, meu braço foi esfolado e já estou delirando, não tenho mais do que poucas horas de vida dentro deste inferno.

Lembro-me de que Judah foi levado do bunker um pouco antes de mim e retornou com o braço em carne viva, na ocasião, fui tomada até por uma pontinha de compaixão, mas estava um pouco apreensiva e não dei tanta importância ao fato. Agora posso perceber que foi torturado por Rorl. A rivalidade entre os dois ainda aguça minha curiosidade, o arenoso deve ter feito algo de muito significativo contra o líder dos aquáticos, alguma coisa terrível a ponto de sua tortura ser melhor justiça do que sua morte.

Sei que aquele que se denomina "sobrevivente" não irá resistir se for deixado sozinho neste ambiente insalubre. Por outro lado, não posso mostrar fraqueza diante dele, vou jogar um pouquinho com suas aflições.

— No momento, sou a única pessoa que pode tirar você deste buraco, deveria pensar melhor nisto antes de grunhir palavras ofensivas — volto-me ao bandido, desembainho a lâmina do próprio prisioneiro e lanço um golpe com a chapa da espada contra o braço machucado. Judah urra de dor.

Agora sim, deixei bem claro para o desbocado que não irei aturar suas grosserias. Posso fingir abandoná-lo à própria sorte, embora, sei muito bem, que estou blefando.

Talvez observando que não terá mais chances de escapar com vida da prisão, o outro se desespera e começa a bater contra as grades do cubículo, gritando e gesticulando.

— NÃO! Por favor, não me abandone! Você não pode me deixar aqui!

"Você não pode me deixar aqui!", a frase avança meu interior e chega ao coração, denota o mais puro e simples desespero e faz com que tenha misericórdia do maldito. É bem provável que o sobrevivente mereça o destino que o aguarda se continuar aqui, mas confesso estar desenvolvendo um tipo estranho e inapropriado de empatia por ele. O arenoso está tão dominado pelo medo que está implorando a mim por sua vida.

Apesar de estar arrebatada pela clemência, ainda devo mostrar superioridade, continuo caminhando e já na porta da escotilha, volto-me ao prisioneiro, ergo o queixo e o desafio.

— O que te faz pensar que tenho algum tipo de dever em ajudar você?

Ouço um som que demonstra cansaço, Judah bufa antes de responder.

— Você é diferente, todos nós fomos moldados e obrigados a fazer coisas terríveis, das quais não nos orgulhamos, mas existe algo de nobre em suas atitudes, você não é como eu e não é como ninguém que conheço.

— Talvez esteja enganado.

— Não estou! — a voz se apresenta em tom autoritário. — É uma mulher honrada e tudo que quer é ver seu filho crescer bem e saudável. Não estou enganado quanto a isso!

Desde que o conheci, Judah se mostrou um homem rude e hostil, mas consigo perceber que há sinceridade em suas palavras agora. Apesar de precisar mesmo de mim, suas reflexões soam como genuínas.

Deixo a pesada porta do abrigo fechada enquanto caminho lentamente em direção às barras de ferro que aprisionam o infeliz. No meio do caminho, mais um teste.

— Na verdade, não vejo vantagem alguma em libertá-lo, uma vez livre, poderá tentar me matar mais uma vez para poder seguir com sua vida.

— Não farei isto! Sei que não tem motivo algum para confiar em mim, mas tudo que peço é uma chance de poder resgatar minha humanidade perdida há tempos.

Já, junto às grades, avalio a grossura do metal que constitui as barras, preciso pensar em como tirá-lo daqui, enquanto isso, provoco.

— Como?

— Se me libertar, prometo que irei ajudá-la a encontrar seu filho, este será meu plano de redenção, não descansarei, não terei paz até completar a missão mais nobre de minha vida. Terá um forte e competente aliado.

É engraçado, passei por tantas e tantas coisas que fariam com que pessoas normais perdessem a fé de vez, mas sempre quando estou relutante em apostar no primordial sentimento de esperança, algo acontece e me faz perceber que ainda existe chance de termos uma vida plena, apesar dos encalços.

Em meio ao caos e à destruição, presenciei tanta crueldade e sentimentos ruins, que me fizeram perder a fé inúmeras vezes. Por outro lado, também foi em meio ao fim dos tempos que encontrei ambições nobres, sorrisos sinceros e demonstrações de que é possível manter viva a chama do nosso melhor.

Hoje, sou surpreendida por Judah, um selvagem da pior espécie, um bandido natural, um crápula egoísta e assassino sem piedade de suas vítimas. Mesmo este que se intitula de "O Sobrevivente" é capaz de me mostrar que ainda existe esperança nos humanos, ele quer ser liberto e faria tudo para isto acontecer, mas existe sinceridade em suas palavras.

De alguma forma, ainda que estranha e nada convencional, eu servi de inspiração ao arenoso, fiz algo de relevante ao tentar resgatá-lo e farei novamente ao dar-lhe outra chance.

Por mais incrível que possa parecer, Judah é o mais novo símbolo de que nem tudo está perdido neste Planeta Brutal, não tenho alternativa se não promover sua libertação.

CAPÍTULO 19

OS MORTOS

Cacete! Por todo o lado há sinais de destruição, o lugarejo cheira a morte. Cadáveres frescos, arrebentados e barbarizados se amontoam por entre as vielas do pequeno vilarejo, as ruas foram lavadas com o sangue dos aquáticos e de quem mais vivia por aqui. Não houve misericórdia, homens, mulheres, velhos e crianças, até consigo identificar o corpo de um cão estraçalhado.

Casebres foram arruinados, tendas e barracas queimadas, o solo foi salgado e até mesmo a plantação, que germinava timidamente, foi aniquilada. Não sobrou nada do pouco que pude presenciar durante o caminho que percorri entre o bunker e o galpão em que Rorl me torturou. Nem este lugar existe mais.

O cenário é chocante, mas real.

Na penumbra da cela em que eu estava, alguns aquáticos tentaram se esconder, logo em seguida, entraram outros que os mataram e disseram que me deixariam lá para morrer. Naquele instante, supus que o clã de Rorl estava sob ataque, mas não tinha noção da magnitude da desolação.

— Parece um tanto surpreso — minha libertadora deve ter tirado a conclusão com base em minhas feições.

Normalmente, eu me faria de durão diante desta situação, olharia para os cadáveres com o queixo erguido e com ar de superioridade, respiraria o odor de morte e diria algo como: "Eles bem que mereceram." ou "Que queimem no inferno.", mas não conseguirei continuar com este tipo de atitude, não perto dela. Esta mulher, da qual sei tão pouco, conseguiu me dobrar, de certa forma, que acabei exposto demais.

— Eu sabia que o clã estava sob ataque, mas isto...

— É desumano — ela completa meu raciocínio.

Não sei o que fazer, estou perdido e estupefato. Qual direção tomar? O que dizer? Já presenciei muita brutalidade e até mesmo fui o protagonista de várias delas, mas nada se compara ao que houve aqui, uma verdadeira carnificina. Nem mesmo em meus sonhos mais sombrios eu conseguiria pensar em uma destruição de tamanha magnitude.

— Judah! — a voz de minha salvadora faz com que eu desperte das aflições que tomam conta do meu coração. Com uma mão, ela oferece a espada que me pertenceu. — Pegue sua espada e vamos tomar o caminho, o sol está quase se pondo e não é prudente continuarmos aqui.

Parece mentira ou exagero, mas não consigo me lembrar de como consegui ou de onde tirei esta espada que me acompanha. Um tanto rudimentar, longo alcance, serras com dentes afiados, assim como minha própria arcada dentária, não é uma arma bela, nem tem a pretensão em ser, mas é uma arma poderosa e capaz de destroçar adversários. O pingente em forma de caveira, no pomo, dá mostras de sua mortalidade. É bem possível que esta espada esteja comigo desde o meu nascimento. Quem sabe? Eu mesmo não sei dizer. Como toda arma poderosa, ela tem um nome. "Avassaladora". Muito apropriado para suas funções.

Assim que apanho a lâmina da Avassaladora, um pensamento perturbador invade minha mente. Este é um mundo filho da puta, desgraçado, maldito e desonesto, a verdade é que se trata de uma realidade onde não existe lugar para compaixão e, possivelmente, nem para redenção, então, o que me impede de cravar a lâmina de minha arma diretamente na coluna daquela que me libertou?

Atenta a todas as direções, a mulher caminha à frente, deixando a retaguarda como minha incumbência, sinto que está concentrada e bastante focada em começar a busca por seu garoto. Anseia deixar o vilarejo onde somente existe miséria e iniciar uma nova jornada pelo deserto sem fim.

Em meio a esta distração, bem que poderia levar um golpe certeiro sem ao menos se dar conta do que aconteceu, esquartejaria a vadia e a deixaria apodrecendo aqui, junto com os outros miseráveis que experimentaram a tragédia.

Olho para ela, caminhando e tudo que consigo pensar é em seu corpo estraçalhado somado àqueles que aqui jaz. Uma morte até digna, ainda que de um modo deturpado.

A mão da espada é tomada por espasmos involuntários e chega até mesmo a tamborilar no cabo da arma e a acariciar a caveira, consigo pensar em sete modos diferentes de aplicar um golpe certeiro sem que ela consiga prever ou oferecer resistência. Em questões de segundos, seria uma mulher morta e um garoto se somaria ao número de órfãos que deve haver no mundo.

Sem pensar, apenas por puro instinto, puxo um pouco do aço e agarro o cabo da espada com avidez enquanto me aproximo da vítima, é como se uma voz primitiva e infernal sussurrasse em meus ouvidos: "Não negue o que você sempre foi, mate-a". Seria a voz da Avassaladora pedindo para ser usada?

Quando estou pronto para o ataque mortal, ainda quando com a espada embainhada, ela interrompe a caminhada e vira-se para trás, mostrando os dentes em um sorriso espontâneo enquanto confessa.

— Estou perdida, pensei que soubesse para onde estava indo, mas não faço a menor ideia.

Acho graça no modo com que ela fica sem jeito diante da situação. Com as mãos, coça o cabelo de forma desordenada enquanto sorri, sim, há beleza em suas feições e em seus trejeitos.

Imediatamente, empurro a lâmina para dentro do cinturão que guarda Avassaladora, escondo minha intenção anterior com um risinho meio improvisado enquanto disparo uma provocação espirituosa.

— Ainda bem que está comigo, então, foi um bom negócio me libertar daquela prisão.

— Não me faça me arrepender disto.

Tomo o lugar dela à frente de nossa dupla e logo demonstro o quanto foi bom ter me recrutado para seu grupo de resgate.

— Quando nos encontramos com Rorl e seus homens, devíamos estar há alguns poucos quilômetros a oeste do vilarejo — o palpite é acompanhado de uma dramática olhadela para o céu que já começa a enturvar. — Mas, se quer saber, não acho que seja prudente tomarmos essa direção.

A mulher me encara com ar de dúvida e logo externa sua falta de entendimento.

— Por quê?

— Bem — agacho e toco o solo infértil com a ponta dos dedos para uma constatação —, nós estamos exatamente na direção oeste da saída da cidadela e a análise do solo e do ambiente indica que quem quer que tenha atacado o clã está tomando esta direção.

A libertadora eleva as mãos à cabeça e interpreto um gesto como sinal de nervosismo, curioso para saber o que a aflige, indago:

— Que foi?

— Meu filho, nós nos separamos nesta direção.

Entendi sua aflição, a preocupação é que os atacantes encontrem o menino, mas ela está errada.

— Sossegue... quando mandou o moleque fugir, ele correu para o norte, quer dizer que nós temos a direção pela qual devemos começar a jornada, noroeste.

Há alívio no rosto da moça, mais uma vez, não consigo deixar de notar em quão belos são seus traços. Uma mulher forte, decidida e bonita, difícil acreditar que tal combinação seja real.

Logo após um suspiro de alívio, a ordem.

— Não temos tempo a perder, Judah, a noite se aproxima e não devemos ficar um minuto a mais neste lugar horrível.

No mesmo instante em que ela inicia um rumo, intercepto com minha opinião.

— Olha, devemos ter pouco tempo de luz e você sabe que não é bom enfrentar o deserto sem algum tipo de preparo, com exceção das poucas coisas que conseguimos apanhar dos mortos, não temos muito com o que nos proteger do frio e dos perigos.

— E? Por acaso se esquece que estou vagando pelo deserto há meses?

— Acontece que você não está descansada nem bem fisicamente para iniciar uma jornada tão desgastante. Sugiro encontrarmos algum lugar para passar a noite por aqui mesmo e partimos logo nas primeiras horas do dia.

A mulher se aproxima de mim com o semblante carregado de incertezas, relutante em relação ao que expus, dispara.

— Não há nada para nós aqui, exceto morte, não quero perder meu filho.

— Você não vai perdê-lo, partiremos amanhã bem cedo, poupando esforços que serão em vão, hoje, é melhor estarmos rodeados de pessoas mortas do que sermos os mortos.

— Não creio que iremos encontrar um lugar decente por aqui.

Obviamente, o bunker que nos serviu de prisão se tornou o lugar mais tranquilo e seguro para passarmos a noite, não foi difícil chegar a tal conclusão, tudo estava tão destruído e qualquer outro abrigo forneceria pouca ou nenhuma segurança.

Os corpos dos mortos não foram problema, eles estavam todos secos, pois, momentos antes, eu havia bebido eles, assim, facilmente, os carreguei para fora do esconderijo.

Minha peculiar natureza permite que eu me recupere de intensos ferimentos bebendo dos aquáticos. Não sei explicar como essa porra funciona, só sei que a estranha prática me salvou várias vezes de perder a vida, dessa forma, meu braço, que estava esfolado, recuperou-se de forma incrível, deixando apenas algumas cicatrizes cinzentas onde havia carne viva, até mesmo os ferimentos anteriores das lutas se curaram rapidamente.

A mesma sorte não acompanha minha companheira, uma humana, sem qualquer tipo de predisposição para este mundo hostil. Não há nada de especial nela, a não ser sua obstinação e a habilidade de luta que parece ter aperfeiçoado com o tempo.

Ou seja, neste momento, ela está onde e como eu queria, apenas nós dois dentro de um lugar limitado, ela destroçada, eu novo em folha, a ideia de assassiná-la me passa pela cabeça mais uma vez.

— Parece estar muito cansada, deve descansar bem para poder estar renovada até amanhã — jogo a isca somente para poder confirmar o nível de exaustão desta mulher.

Ouço um bocejo que confirma minhas impressões, em seguida, uma frase para tornar oficial.

— Os dias têm sido longos e receio já estar acostumada com essa loucura, mas hoje passei dos limites.

Logo após, a mulher acende um dos archotes que ainda estavam na parede utilizando um aparato, que conseguiu recolher de um corpo no vilarejo instantes atrás. A iluminação artificial preenche boa parte do apertado casulo.

O semblante sério estampado no rosto da garota enquanto avalia o ambiente denota que ainda tem dúvidas quanto à nossa passagem por aqui. Preciso deixá-la tranquila para que possa relaxar, quando isto acontecer, não irá acordar mais.

— Este bunker é o melhor lugar para passarmos a noite em paz, já disse isto a você, ignore o cheiro de sangue e poeira e descanse tranquilamente.

Ela sorri, arranja um espaço adequado para repousar seu corpo e senta ao chão, com os joelhos levemente levantados e juntos, imito o gesto e sento-me de frente a ela, remexendo na sujeira do solo e com o olhar vazio, uma conversa reflexiva é iniciada pela libertadora.

— É engraçado, o cheiro de sangue, de morte como você diz... de certa forma, passou a se tornar tão corriqueiro que sequer damos valor ao verdadeiro significado que ele contém. Sangue é vida, mas seu cheiro significa que houve morte e se a morte é o oposto da vida, qual o sentido de nos acostumarmos com o seu cheiro?

Não sei se quero ficar debatendo esses assuntos, trato logo com desdém para indicar minha falta de interesse.

— Seja como for, a única coisa que importa é que estamos vivos.

— "Deixe que os mortos enterrem seus mortos."

A resposta me soa estranha, mesmo não querendo me adentrar a um assunto tão introspectivo, não consigo conter minha dúvida.

— O que disse?

A garota apanha uma pedra e a observa, como se fosse algum tipo de relíquia, envolve-a na palma das mãos e continua com o diálogo.

— "Deixe que os mortos enterrem seus mortos.", meu pai era um líder religioso antes dessa desgraça toda acontecer, um pastor. Repetia várias passagens do livro perdido e me fazia decorar muitas delas.

Toda a conversa me parece estranha e vaga, mas desperta minha curiosidade, não entendo nada do que ela disse, não sei o que significa ser um pastor ou o que seria esse tal livro perdido. Alheia às minhas indagações, a mulher prossegue.

— Eu não sei... na época, discordava muito das coisas que meu pai dizia, quer dizer, ele era um bom homem, mas extremamente rígido e pragmático, para qualquer coisa, a resposta dele tinha que ter algum fundamento nas escrituras. Meu pai era muito tradicional, conservador e radical, claro que eu nunca cheguei a dizer isto para ele, mas tenho certeza de que ele sabia de minhas discordâncias — a libertadora arremessa a pedra que tinha em mãos contra as grades do bunker, produzindo um ruído estridente. —Diga-me, como soa aos seus ouvidos a passagem que citei?

— Isso sobre os mortos?

— É, o que pensa sobre isto?

Não tenho o que pensar, não sei o que pensar e, com certeza, não quero pensar. Embora haja alguma curiosidade, deixo claro que não tenho vontade em continuar o assunto e dou de ombros, afastando o olhar. Insatisfeita com minha resposta, deixando com que as pernas descansem um pouco, minha acompanhante insiste em divagar.

— De certa forma, é como se todos estivéssemos mortos mesmo, vagamos pela vida sem ter certeza quanto ao futuro, mas a única constante da existência é a morte. Reparou nisto? Então, quando estamos frente a frente com a morte ou sentindo seu cheiro, na verdade, estamos confrontando a própria vida. Nós nos acostumamos com a morte, mas ela nunca deveria nos assustar, pois faz parte de nossa existência. O que eu acho curioso é o fato de que vivemos em tempos em que a morte se tornou banalizada.

Não me aguento, não sou um completo ignorante e tenho algo a dizer sobre tudo isso. Talvez seja o momento de entrar no papo e participar do jogo.

— Você diz que a morte se tornou banalizada, mas se esquece que faz parte desta banalização — decido lançar uma provocação. — Quantas pessoas matou só hoje?

— Muitas — não há ressentimento em sua voz. — Ao contrário do que disse, tenho plena consciência de que me tornei parte desse sistema onde a morte é banalizada. Isto aqui... o que aconteceu com a Terra, trouxe os instintos mais primitivos à tona. Quem não se adapta à crueldade...

— Morre — completo o pensamento.

— Morre antes — ela corrige minha sentença com uma adição. — Lembre-se que todos iremos morrer, é por isso que os mortos enterram seus mortos.

Por alguns momentos, escolhemos o silêncio. A garota se livra de algumas peças de roupa para encontrar algum conforto e se deita, percebo que mantém sua katana por perto, assim como a lâmina que já foi de Rorl, eu sei que ainda não confia plenamente em mim e a única chance que terei de matá-la de forma sorrateira, será quando estiver tão exausta a ponto de adormecer.

Minha atitude é parecida com a dela, também me livro de peças de roupa e deixo Avassaladora por perto. A moça tem pudor, não revela muito de sua pele, deita-se de calça e uma blusinha que parece desconfortável. Já eu, fico apenas com a roupa íntima, mostrando minhas cicatrizes e marcas pelo corpo sem qualquer vergonha.

Apesar do ambiente com pouca luminosidade, percebo uma tatuagem um pouco abaixo da nuca dela. Um tipo de círculo com algo escrito que não consigo identificar. Ela trata de cobrir rapidamente a marca usando um lenço.

A postura conservadora da moça me chama atenção, vai dormir toda vestida e não é apenas por ser uma mulher a se respeitar, além disso, disse que foi criada pelo pai pastor, seja lá o que isso quer dizer, um homem duro, certamente foi influenciada por esta postura. Não consigo conter minha curiosidade e puxo assunto.

— Você mencionou seu pai e a vida que levava antes do Primeiro Dia. Faz isso com frequência? Costuma se recordar de como eram as coisas antes?

A mulher fica em silêncio por tempo considerável, a resposta surge tímida para quebrá-lo.

— Não.

— Não? Simples assim? Parece que não tem convicção quanto a isso.

— Acho que uma boa forma de encarar esta realidade é pensar somente no hoje e no agora. Recordar o passado em nada pode nos ajudar e pode ser até mesmo prejudicial. Sim, recordei de meu pai e de seus versículos hoje, assim como penso em muita coisa do que passei, mas tento me policiar ao máximo para que esse sentimento de saudosismo não me traia.

— Sabe o que eu acho? Você tenta se fazer de durona, mas não pertence a este mundo, no fundo, sabe que seu lugar não é aqui, não passa de uma garotinha assustada e mimada que daria tudo para voltar a viver antes disso começar.

Fui duro com ela e fui de forma proposital, apenas aguardo a reação, o que, como previ, não demora a chegar.

— Já disse que não irei tolerar suas ofensas gratuitas. Lembre-se sempre de que esta garotinha assustada e mimada salvou sua vida insignificante — ao mesmo tempo, a libertadora se coloca em pé e revela um pedaço de sua lâmina. — Também, sou a mulher que matou várias pessoas, incluindo seu rival Rorl — ela se aproxima de mim tão rapidamente que não consigo colocar a mão em minha espada, logo, sinto o gelo do metal quando encosta sua espada em minha garganta. — E sou a mulher que irá matá-lo assim que pensar em ousar a me desafiar e tocar sua espada pela segunda vez. Não haverá mais misericórdia, Judah, somos dois mortos agora.

CAPÍTULO 20

O SUBJUGADO

Minhas narinas conseguem sentir o cheiro de seu medo, meus olhos constatam o pavor tomar conta de suas infantis feições, o azul, penetrante, da íris do moleque revela minha silhueta. Posso ver minha própria sombra estampada no medo, sorrio, é um momento memorável.

Ao mesmo tempo em que ergo minha espada para o alto, para um ataque fulminante e fatal, o pequeno chora desesperadamente e mija nas próprias roupas. Filho da puta! Todo esse desperdício de líquido significa menos nutrientes para mim.

Com raiva, chuto o pequeno, ele recebe o golpe como se fosse uma folha recebendo uma rajada de vento, capota para trás e vira quatro ou cinco cambalhotas antes de encontrar um paradeiro em uma pedra pontiaguda.

Aproximo-me de seu corpinho machucado e já lanço minha última investida. O aço da espada encontra a garganta do imbecil, a cabeça rola para o lado e posso dele beber à vontade até ficar saciado. É o que farei.

Quando já estou na metade da improvável bebida, recebo uma flechada no peito que atravessa meu tórax e faz jorrar sangue marrom. Com o ataque, perco força e nem consigo perceber quando recebo mais uma flechada, um pouco mais para a esquerda do local da primeira. Segundos depois, sinto mais um dardo atingir minha barriga. A dor é insuportável e não consigo me manter em pé. Caio no chão lamacento, logo ao lado do corpo do pequeno aquático sem cabeça.

Minha visão começa a ficar embaçada e ouço alguém chamar pelo meu nome. Não, não é um anjo, nem um espírito ou algo assim, quem chama pelo nome de "Judah" é aquele que me alvejou.

Aos poucos, a silhueta embaçada começa a se revelar, ele tem os olhos azuis cintilantes, o irmão do menino que acabei de matar chegou para um acerto de contas final. Rorl sorri ao me ver quase morto, larga o arco que usou para me acertar de lado e empunha uma espada.

Apesar de estar sorrindo, o homem está com raiva, imitando meu gesto de quando matei seu irmão, ele levanta a arma que servirá para me matar e posso ver o brilho do metal em contraste com o céu alaranjado.

Quando a espada desce para se encontrar com meu pescoço, Rorl sofre uma transformação, suas feições masculinas começam a tomar proporções femininas, os olhos, antes azuis brilhantes, transformam-se em marrons, o cabelo cresce, o corpo diminui e ganha contornos. Há beleza em sua face, uma face conhecida, a face da minha libertadora.

Pouco antes de morrer, olho para o lado e vejo que o corpo do irmão de Rorl se transformou no corpo do filho da mulher. Eu matei seu pequeno, é justo que ela arranque minha cabeça, Lei da Sobrevivência, simples assim.

O aço da espada toca meu pescoço e a única coisa que consigo fazer antes de morrer é gritar por piedade, apesar de saber que é em vão. Ela deixou bem claro que não teria misericórdia quanto ao meu próximo deslize.

— Piedade! — Abro os olhos rapidamente para me livrar da morte certa que me espera dentro do pesadelo, estou suando frio, apavorado e com o coração acelerado.

— Pode ser apenas um palpite, mas você me parece um homem muito atormentado e homens atormentados tendem a não ser confiáveis. Quero que saiba que não é nada pessoal, mas estive pensando e não posso confiar plenamente em você... Ainda não.

A maldita não para de falar, está de pé em frente a mim, iluminada pelo archote que mantivemos aceso dentro do bunker em que passamos a noite. Vejo que usa roupas limpas, mas não são as dela, estas são mais agarradas, evidenciam suas curvas femininas. Na cintura, três espadas e consigo perceber que Avassaladora faz parte de seu exagerado arsenal.

Quero uma satisfação.

— O que está fazendo com minha espada?

Ela responde imediatamente e com desembaraço.

— Essa espada já pertenceu a você, sim, só que a posse dela agora é minha, desde que matei Rorl, se quer mais precisão. Ontem eu fiz a besteira de "emprestá-la" para você, mas senti uma estranha sensação de que estava em perigo e resolvi tomá-la de volta. A espada ficará comigo até que me sinta segura quanto à nossa parceria.

Na noite de ontem, a biscate já havia me surpreendido dando a entender que sabia de minhas pretensões em assassiná-la. Nada pude fazer, meus instintos selvagens falam mais alto que minha vontade em ser um homem descente. Hoje, ela me surpreende mais uma vez e toma Avassaladora de mim.

Não estou nada contente com a situação, ela precisa saber que não vai me dobrar dessa forma. Inclinado a fazer com que ela aprenda, de uma vez por todas, com quem está lidando, levanto-me de supetão.

Com a mesma rapidez com que me levanto, volto a cair ao chão, a força do impacto é amparada por minha mão e sinto um forte estalo em meu dedo indicador. Dói, mas a irritação com a mulher é mais forte, logo consigo perceber que há uma corrente de ferro, pesada, que prende meu pescoço a uma das barras que compõem a cela.

— Você é como um animal primitivo, Judah, por isso, na primeira oportunidade em que esteve solto, foi atrevido para conjecturar contra sua própria benfeitora. Lamento, mas não estou nem um pouco disposta a ser morta por você enquanto procuro por meu filho.

Testo a resistência da corrente que me prende, o aço é do bom, forte, pesado e composto. A desgraçada deve ter aproveitado enquanto estive dormindo para arranjar essa corrente e me prender. Agora, sou um prisioneiro mais uma vez. Graças aos intensos pesadelos que me atormentaram, não percebi que estava sendo acorrentado, se eu estivesse acordado, a história seria outra.

— Quer dizer que sou prisioneiro mais uma vez? Pensei que você fosse mais nobre do que isso.

Como que ignorando meu ataque verbal, a garota se aproxima de mim e esclarece alguns pontos.

— Acordei antes dos primeiros raios de sol e consegui fazer um bom inventário das coisas que podem ser úteis em nossa jornada. Tenho até mesmo um pouco de comida e estou disposta a dividi-la com você. Então, tenho duas opções para dar: ou você se submete a mim e caminha ao meu lado, ainda que acorrentado e desarmado, ajudando-me a encontrar meu filho; ou ficará aqui, nas celas, para morrer de fome, de sede ou de algum outro tipo de mal.

— Já fiz minha escolha e você sabe disso, vadia. Prometi que iria ajuda-la a encontrar o veadinho do seu filho e por isso você me libertou, caso tenha esquecido. Agora você me acorrenta e revoga tudo o que me disse antes? Se quer saber, acho que você é uma puta louca.

A moça chega bem próxima a mim e dispara um sonoro tapa em uma das minhas faces, em seguida, um novo golpe na outra metade do rosto e a repreensão.

— Quantas vezes eu já disse para você não ser maldizente e insolente?

— Estou com muita raiva para me conter — tencionando a corrente que me prende, mostro os dentes cerrados.

— Pois use toda essa energia e canalize sua raiva para me ajudar a encontrar meu filho — ela se aproxima da cela e trata de soltar a corrente, ajeitando-a em sua mão. Serei levado tal como um cachorro em uma coleira, uma situação humilhante. — Lembre-se que se tentar fazer alguma coisa contra mim, eu matarei você sem qualquer misericórdia, seja um bom homem e vamos seguir nossa jornada. Temos muito o que fazer e um garoto para procurar. Quando encontrarmos o meu filho, eu libertarei você dessa corrente e do juramento que me fez.

— E eu tenho outra escolha? — provoco, até mesmo porque já sei a resposta.

— Claro que tem, pode ficar aqui e morrer lentamente, que parte você não entendeu?

CAPÍTULO 21

O MENSAGEIRO

Tenho que admitir que a maldita fez um ótimo trabalho logo nas primeiras horas do dia, deve ter garimpado muito bem pelo vilarejo para conseguir tantos itens necessários à jornada em que iremos nos empenhar. Três mochilas cheias de coisas e até mesmo uma barraca de fácil montagem, além de armas e suprimentos diversos, até mesmo uma bússola faz parte de nosso espólio. A vagabunda disse que conseguiu roupas boas para mim, mas se recusou a deixar-me usá-las até eu demonstrar ser mais confiável. A mim, sobrou carregar boa parte das coisas e vestir-me com meus velhos trapos.

Não sou nada mais que um animal mesmo, um burro de carga, um cão sarnento, um pobre diabo subjugado por uma mulher, um ser tão inferior a mim. Talvez, eu mereça isto, se há algum tipo de justiça neste mundo, pode ser que eu esteja pagando pelas atrocidades que já cometi.

Nós deixamos os arredores do clã há um tempo considerável e seguimos pela direção noroeste. Sim, eu poderia levar a mulher para uma caminhada sem fim pelo deserto, poderia fazer com que desencontre mais uma vez com seu pirralho, mas neste caso, tenho certeza que iria pagar com minha vida se eu fosse descoberto. Sou esperto o suficiente para saber que ela não tem mais paciência com meus truques, é melhor levá-la ao encontro do pivete e sei que ele seguiu na direção em que estamos caminhando.

Algo na paisagem me chama atenção e tenho para mim que seria uma boa ideia compartilhar minhas impressões para mostrar à garota que estamos indo na direção certa.

— Consegue perceber que as areias estão bastante remexidas? Há ondulações na paisagem arenosa e isso significa que houve uma...

— Tempestade de areia — ela completa minha impressão e trata de explicar. — Não se esqueça que caminho pelo deserto há muito tempo, embora não seja uma especialista como você neste tipo de terreno.

Ignoro o fato de que a mulher sabe o suficiente para me fazer parecer obsoleto e lanço uma impressão que me vem à mente neste instante.

— Espero que o moleque tenha tido a sorte e a astúcia de conseguir se esconder em algum lugar durante a tempestade.

No mesmo instante, a expressão no rosto da moça demonstra preocupação. É obvio que está pensando nas condições enfrentadas pelo menino. Já eu, não tenho a mesma preocupação, mas tento iludi-la com uma meia verdade.

— Seja como for, você pode ficar tranquila, não consigo farejar a morte por aqui. Seu filho deve ter passado intacto pela tempestade, tudo que temos que fazer é seguir pelo caminho e... — interrompo a continuidade do rastreamento no exato momento em que sinto algo de estranho no ar. — Estamos sendo seguidos.

— O que?

— Há alguém seguindo nosso rastro pelo deserto, estão próximos, posso senti-los. Devemos nos esconder e espreitar, se quer saber.

Recebo um forte puxão na corrente e quase me desequilibro. A mulher me direciona um olhar raivoso e conjectura.

— Se você estiver tentando me enganar...

— Enganar você? Faça a prova, se é que duvida de mim. Tem gente vindo ao nosso encontro e se você quer pagar com a vida para ver, pelo menos me deixe acorrentado dentro de algum abrigo.

Não faço ideia de quanto tempo faz que não vejo um desses, cogitei até mesmo que se juntaram às espécies que disseram ter entrado em extinção logo após os eventos do Primeiro Dia. Dizem que muitos animais antigos desapareceram da face da Terra e, por não ver exemplares desses há tempos, poderiam muito bem ter sido exterminados.

Não foi o que aconteceu, pois os três homens que se apresentam montam este espécime fascinante, cavalos, fortes, imponentes e bem cuidados.

Aqueles que montam também mostram distinção, três homens com roupas impecáveis, pedaços de metal polido como armadura. Um deles, o que vai à frente, é o mais distinto, de boa aparência, pele branca, quase pálida em pleno deserto, olhos azuis como o céu já foi, lábios vermelhos e cabelo negro e liso que cai quase à altura dos pés, veste-se com roupas azuis da cor dos olhos, botas bem engraxadas e espada longa a tira colo, uma placa de ferro protege seu peito e uma capa vermelha completa o visual.

Vejo que as feições da garota que me acompanha mudam drasticamente, ao contemplar a figura, o rosto denota raiva e desprezo, fico curioso e tento me situar.

— Conhece o aquático? — sussurro.

— O nome dele é Alin — há ódio em sua entoação — Este homem enganou meu marido e ajudou a massacrar meu clã.

São tantas informações que não consigo raciocinar direito, de um momento para outro, descubro que minha acompanhante foi casada e morou em um clã que foi destruído. De repente, a ideia dela em voltar ao clã dos aquáticos, enquanto era atacado por um bando, começa a fazer algum sentido.

Então, planto uma ideia em sua mente.

— Nós dois já provamos que lutamos muito bem e podemos unir nossas forças, me entregue a minha espada e deixe-me ajudá-la a se vingar desse maldito aquático.

— Como sugere que façamos? — a garota ficou inclinada a saber meu plano.

— Ataque surpresa em conjunto, saímos e atacamos cada um dos três, simples assim. Antes de mais nada, derrubaremos os patifes de seus cavalos, impedindo-os que fujam, neutralizamos os outros dois e deixamos o aquático por último para que morra devagar. Vamos improvisar, seremos loucos e selvagens.

Ela sorri.

O ataque é fugaz e irresistível, em um gesto rápido, saio de trás das rochas que me serviam de esconderijo e, como uma serpente, invisto contra um dos cavaleiros. Com um habilidoso golpe da Avassaladora, decepo seu braço, derrubo o infeliz do cavalo e cravo minha arma em seu peito, destroçando até mesmo a chapa de ferro sem dificuldade.

A mulher parte contra o outro cavaleiro e seu ataque brutal separa a cabeça do corpo em apenas uma investida. Impressionante.

A intensidade de nossa violência assusta o cavalo do aquático, o animal dá um forte tranco e o homem vai ao chão, o som de suas costas contra o solo causa-me arrepios. Tudo acontece ao mesmo tempo, a garota monta sobre aquele que caiu e começa a disparar inúmeros socos em sua face, o rosto se torna uma verdadeira ruína estética.

Segurando o homem pelo colarinho da camisa, a moça retira o lenço que cobria sua face e força o aquático a olhá-la.

— Olhe para mim, maldito! Olhe para mim e veja quem eu sou.

Penso que o infeliz tem alguma dificuldade para enxergar, os olhos estão semicerrados e o contraste da silhueta feminina com o tom alaranjado do céu deve causar alguma confusão. Mesmo assim, ele parece reconhecê-la.

— Ka... Kaiara... De Rifer a esposa.

Kaiara. Estou ao lado desta mulher já faz um tempo considerável, passamos por muitos momentos intensos, ela lutou comigo, lutou ao meu lado, libertou-me e aprisionou-me e eu sequer sabia o seu nome. Não que o nome me interesse ou diga algo a seu respeito, mas é bom conhecê-lo. A resposta do homem gera uma violenta pancada na cabeça.

— Isto mesmo, a esposa do homem que você enganou e matou. Gravou bem meu rosto, não é?

— Você... como pode você viva estar?

Com as mãos sobre o pescoço do aquático, a mulher grita.

— Isto não importa! Quero saber o motivo de estar nos seguindo.

A resistência de Alin em responder a questão faz com que Kaiara soque seu rosto ainda mais forte e force sua garganta contra o solo. Não há escapatória, o aquático vai falar ou morrer.

— Rastrear os sobreviventes do nosso último massacre foi o que o rei mandou, vocês foram os que encontramos, matá-los deveríamos.

— O rei? Seu rei, Hazz?

A resposta positiva de Alin com a cabeça deixa Kaiara transtornada. A moça se coloca em pé, chuta a cara do aquático e eleva as mãos ao cabelo.

Irritada, coloca a pontada espada no pescoço do homem moribundo e ordena com a voz rouca.

— Fique em pé! — assim que o bandido obedece, recebe mais uma ordem — Tire a roupa. Tire toda a roupa. AGORA! — apesar de uma inicial resistência, começa a se desfazer dos tecidos assim que a espada é forçada ainda mais contra sua garganta.

Kaiara parece estar muito irritada, a história dos dois deve ser longa e intensa, não tenho dúvidas de que a mulher está se segurando para não matar seu rival.

Com o aquático inteiramente nu, a humana gira nos próprios calcanhares e investe com a katana em direção ao punho esquerdo do inimigo. A mão de Alin cai ao chão poeirento ao mesmo tempo em que ele urra de dor.

— Judah, pegue aquela camisa — Kaiara ordena e eu obedeço sem pestanejar ou questionar. Ela utiliza a camisa do rival para improvisar uma espécie de recipiente em que guarda a mão decepada tal como um troféu. Em seguida, lança mais uma ordem que cumpro como se fosse seu fiel servo — Traga aquele cavalo até aqui.

O animal não oferece resistência, levo-o pacificamente até a mulher, que dá alguns tapas em seu lombo e sentencia.

— É um cavalo formidável, só consigo me perguntar como vocês têm condições de mantê-los fortes e saudáveis — a moça utiliza a corda que serviu de guia ao animal para amarrar ao tronco do aquático. Alin está preso ao corpo do cavalo e tem uma missão a cumprir — Você vai voltar para o seu bando e vai ser meu mensageiro. Vai contar a Hazz quem decepou a sua mão esquerda, diga que terei minha vingança e que iremos nos encontrar, diga ao seu rei que eu sou a "Rainha da Destruição" e que não descansarei até ter seu cadáver aos meus pés. Vá e avise que Kaiara, a esposa de Rifer, morreu, meu nome é Zzah e serei a danação de todo seu maldito bando.

Logo em seguida, a Rainha da Destruição acerta um golpe com a chapa da espada, que pertenceu a Rorl, nas ancas do cavalo, que reage com uma intensa cavalgada, levando Alin para longe pela vastidão do deserto sem fim.

A mulher me encara com raiva, como que transmitindo o sentimento que nutre pelo servo do tal Hazz. Já não sei se devo chamá-la de Kaiara, Zzah ou de Rainha da Destruição. Tudo que sei é que não é nada prudente contrariá-la.

Sem ao menos me dar conta da simbologia do gesto, ofereço minha espada, Avassaladora, de volta, Kaiara apanha a arma e a faz repousar na cintura. Em seguida, tomo a corrente que me aprisiona nas mãos e também entrego à captora. Zzah prende o material em meu pescoço e me domina novamente.

CAPÍTULO 22

AS MEMÓRIAS

O dia foi intenso, na verdade, todo, maldito, dia vem sendo intenso, já não sei mais como é parar e ter um segundo de sossego.

Partimos do clã destruído logo nas primeiras horas de sol e seguimos o rastro do pivete pelo deserto sem fim, tivemos um embate com um inimigo do passado de Kaiara e fizemos com que o desgraçado servisse de mensageiro ao que parece ser um rival ainda mais perigoso e significativo. Não a questionei, nem por um momento, sobre suas decisões quanto a isso.

Com alguma sorte, domamos dois dos cavalos que serviam aos que acompanhavam o aquático, com os animais a nosso dispor, conseguimos otimizar ainda mais nossas buscas pelo fedelho. Minha intuição diz que estamos no caminho certo, se iremos encontrar o moleque com vida, essa já é outra história.

Agora é noite e não é prudente avançarmos na escuridão, encontramos um bom lugar para repousar, montamos a tenda, que a mulher roubou do vilarejo e armamos uma fogueira para esquentar a comida, já fazia um bom tempo que eu não comia algo sólido e saboroso. Preso a um tronco morto, de uma árvore seca e frágil, ainda tenho garantida a mobilidade para conseguir comer de forma autônoma.

Em frente a mim, Kaiara senta ao chão e encara as chamas da fogueira de forma reflexiva. Está absorta em seus pensamentos, sua mente está longe ao ponto de sequer mexer na comida que lhe é destinada.

Não sei o que se passa em sua cabeça, mas tenho quase certeza que diz respeito ao seu filho, ao tal Alin e até mesmo àquele a quem chamou de Hazz. Não sei quem são essas pessoas e o que significam para ela, mas estou bastante curioso para saber algumas histórias.

No claro intuito de puxar assunto, inicio um diálogo.

— Até hoje pela manhã, não tinha a mínima ideia de como você se chamava e agora descobri que tem vários nomes, não sei como devo chamá-la.

Ainda observando as chamas, Kaiara coloca uma colherada de comida na boca, finalmente está comendo alguma coisa. Após mastigar, responde minha pergunta.

— Meu nome de rebatismo é Kaiara, mas faço questão que meus inimigos me chamem de Zzah, é um lance simbólico. Pode me chamar de qualquer um desses nomes, tanto faz.

Dou de ombros e sorrio, acho que vou brincar com a situação e chamá-la de Kaiara e Zzah alternadamente somente para me divertir. Agora é hora de entrar em um assunto para saciar minha curiosidade.

— Aquela situação envolvendo o cara que nos perseguiu me deixou bastante curioso, você disse várias coisas que me chamaram a atenção. Quem é aquele tal de Alin e qual sua história com ele?

Zzah para de encarar as chamas e volta seus olhos a mim, arqueia as sobrancelhas e logo em seguida, responde, seca.

— Não lhe interessa.

Fico ligeiramente chateado com a reação da vadia. Estou sendo constantemente maltratado pela vagabunda e cogito até mesmo a retomar meu plano para matá-la. Quem ela pensa que é? Com quem ela pensa que está lidando, afinal?

Para não pegar mais implicância por minha captora, tento mais uma vez.

— Olha, Zzah, eu estou tentando puxar assunto para que sejamos um pouco mais próximos, criar alguns laços, afinal, iremos ficar juntos por tempo demais. Pode ser bom para você se soltar um pouco. Acho que podemos até enlouquecer se não fizermos isso de vez em quando, jogar papo fora.

Kaiara remexe no cabelo castanho e parece estar um tanto contrariada ao contra-argumentar.

— Quando perguntei-lhe sobre sua história com Rorl, você foi rude comigo, só estou devolvendo na mesma moeda. Termine de comer e vamos dormir, teremos muito trabalho a fazer amanhã.

A noite avança pela madrugada fria e não consigo dormir, não sei ao certo o motivo de estar tão agitado, mas sinto um amargor em minha boca, uma sensação ruim em meu interior, estou inquieto.

Insone, consigo perceber que minha companheira também não conseguiu dormir. Apesar de estar do outro lado da tenda, posso ouvir a respiração de Kaiara e ela indica que não está descansando. A tensão no ar é palpável.

Talvez, reviver algumas memórias esquecidas pode ser uma boa alternativa para acalmar nossos espíritos.

— Olha, você é a única pessoa que saberá disso que vou contar, se mais alguém souber, poderá invejar minha condição, mas garanto que não tem nada de vantajoso nisso.

Ela tenta me ignorar e consegue por um tempo, mas acaba mudando de ideia por algum motivo, minutos depois, provoca a continuidade do diálogo.

— Condição? Do que está falando, Judah?

— Lembra-se de quando perguntei se você costumava se recordar dos tempos antes do Primeiro Dia?

— Sim.

— Acontece que não sei explicar o que há comigo, mas eu não me lembro de nada antes daquilo. Nada! É como se antes do Primeiro Dia eu não existisse, não tenho memória de coisas que vivenciei, apenas alguns lampejos, raros, de coisas que nem sei explicar. Tudo o que sei sobre a humanidade, lugares e fatos, antes do apocalipse, aprendi sozinho aqui ou ali, não me lembro de ter presenciado nada em momento algum. Sei lá, eu conheço fatos e coisas, mas não me lembro de nada. É estranho demais.

Ouço risinhos nervosos no escuro e, em seguida, a manifestação de Zzah.

— Sério? Não se lembra de nada?

— Nada — admito. — Tudo que sei é que sou um sobrevivente e, como tal, o que tenho que fazer é me manter vivo. Não importa se para isso outras pessoas terão que morrer. Você sabe, sigo a Lei da Sobrevivência e a Lei da Sede, as atrocidades que cometo não têm nada de pessoal... com exceção de minha rivalidade com Rorl.

— Vocês tinham uma história de rivalidade, não é?

Respiro fundo antes de continuar, Kaiara anseia por saber a verdade sobre minha relação com Rorl e acho que não tenho motivos para guardar estas memórias.

— A Lei da Sede exime de culpa qualquer atrocidade cometida por alguém que anseia saciar sua sede e, como um sobrevivente ou arenoso, como vocês chamam, minha forma de matar a sede é justamente bebendo os aquáticos. Uma relação que deriva da maldita Lei da Sobrevivência. Então, não ligava para os morféticos que eu bebia, no começo, matava e bebia somente os homens, mas minhas caçadas se tornaram escassas.

— Ainda não consigo entender como vocês "bebem" os aquáticos, na verdade, não consigo entender direito o que são esses outros tipos de humanos: os aquáticos, arenosos, vampiros ou mesmo aqueles vagantes mortos — Kaiara demonstra que não tem domínio sobre tais assuntos misteriosos.

Desconhecendo a ignorância da humana, prossigo.

— Com as presas cada vez mais escassas, mudei meu alvo. Comecei a incluir em minhas pedidas os velhos, mulheres e até crianças.

— Crianças?

— Apesar de terem menos água que um adulto, as crianças aquáticas também fornecem nutrição — explico e retomo o rumo da história. — Jamais havia bebido um garoto, mas não tive dúvidas de que devia fazê-lo, quando me vi vagando, pelo deserto, sem ingerir uma gota sequer e avistei um garoto aquático ao longe. Percebi que o menino adotava uma conduta típica de alguém perdido e o segui até alcançá-lo. Não tive misericórdia e senti até mesmo uma pontinha de satisfação quando arranquei sua cabeça. Um menino muito bonito e pequeno, acho que era menor do que seu filho, se quer saber.

No exato instante em que menciono que minha vítima era um menino ainda menor que o filho dela, Zzah se manifesta.

— Você é mesmo desprezível, Judah, covarde a ponto de encurralar um menininho.

— A Lei da Sede me absolve, Kaiara — explico meu ponto de vista e utilizo um tom áspero na voz. — Quando já estava terminando de beber o desgraçadinho, levei uma flechada no peito. Outro aquático, um adulto, apresentou-se e começamos a lutar.

— Rorl — Kaiara advinha.

— Ele era irmão do pivete que assassinei. Enquanto lutávamos, seus amigos chegaram e não tive escolha se não fugir dali. A partir de então, Rorl elegeu como objetivo me encontrar e se vingar pela morte do irmão. Já eu, apenas sobrevivia, dia após dia, tivemos alguns encontros esporádicos e embates depois daquilo, mas nunca chegamos ao fim de uma luta. Rorl jurou minha morte e, para não morrer, sabia que deveria matá-lo. Um dos dois não iria sair vivo de um possível embate final. Eu só não sabia que meu rival era o líder de um clã aquático secreto do deserto.

Ouço risos na escuridão e a provocação se anuncia.

— Quem diria que seu grande rival acabaria morto por mim?

— Não pense que irei agradecer, você acabou por tirar minha glória.

— Pelo que vejo, Rorl estava mais próximo de matar você do que o inverso. Não preciso que me agradeça.

Penso que perdi de ter um relacionamento razoável com Kaiara assim que cogitei matá-la logo após ter sido libertado, nossa relação nunca será saudável ao ponto de confiarmos um no outro.

É com essa impressão que eu desisto de continuar nosso diálogo pela madrugada. Bocejo e tento me aconchegar para encontrar com o sono.

Já estou com os olhos fechados quando sou surpreendido com o início de um relato de minha acompanhante.

— Você é um arenoso e sua espécie costuma viver de forma solitária, mas deve saber que uma das maneiras de continuar sobrevivendo, nesse universo, é ficar em clãs. Eu pertenci a um clã, um próspero e organizado chamado Distrito da Risca Paranaguá.

— Nunca ouvi falar — externo minha impressão.

— Ficava em um local muito longe daqui, antes do imenso deserto ser deserto, eu era como a rainha do clã, se é que há tal título, era a esposa do líder do DRP, um homem lindo, bondoso, corajoso e honroso, chamado Rifer.

— Esse Rifer era o pai do seu filho?

— Sim — a resposta é automática. — Diel, Rifer e eu formávamos uma família e vivíamos muito bem, nossa vida mudou quando decidimos dar abrigo a um forasteiro que foi encontrado em nossos limites. Este forasteiro... este forasteiro nos avisou sobre a eminência do ataque de um bando, o Bando da Discórdia de um malfeitor chamado Hazz, aquele que se intitulava de "Rei dos Reis".

— "Rei dos Reis"? — estranho o apelido, peculiar.

Kaiara suspira antes de prosseguir.

— Se o líder de um clã tinha status de "rei", qual seria o status de um invasor que subjuga esses "reis"? Hazz é um sádico e seu apelido demonstra sua condição macabra — a mulher explica e continua com o que contava — Acontece que esse forasteiro deu várias dicas falsas ao meu marido e o fez acreditar que venceria o bando de Hazz apesar da desvantagem numérica. No fim, o tal forasteiro era uma espécie de espião do líder do bando. Alin, o aquático que encontramos hoje, foi quem enganou meu marido.

— Tudo faz sentido agora.

— Hazz, auxiliado pelo teatro de Alin, destruiu tudo que era importante para mim naquele dia. O clã foi dizimado, mas graças a um estratagema de Rifer, consegui sobreviver à chacina e salvei a vida de meu pequeno Diel. Quando tive forças para voltar ao clã, encontrei o cadáver de todos que conhecia e presenciei o homem que amei com o crânio esmagado. O pai do meu filho, meu marido amado, o virtuoso líder estava destruído — a voz embargada da moça demonstra seu sentimento de tristeza. Após uma longa pausa, Kaiara esclarece um detalhe. — Esta espada que carrego comigo, essa katana, era do meu marido, aprendi a manejá-la sozinha e desde aquele dia, substituí o nome de Kaiara por Zzah, o contrário de Hazz.

A mulher faz uma nova pausa e um silêncio interminável toma conta da nossa tenda até ser quebrado por uma pergunta.

— Essa sua espada, a katana de seu marido, tem um nome? — já faz algum tempo que estou curioso para saber esse fato. Uma arma tão característica, com tanta história e significado, manejada com maestria por uma guerreira astuta, ao menos deveria ter um nome.

Kaiara não responde de imediato. Ouço sua respiração um tanto quanto irregular. É óbvio que estamos no campo de um assunto que se tornou tabu. Após uma espera que parece demorar tempo demais, ela puxa um pouco de ar e revela.

— Dizem que os guerreiros do passado costumavam nomear suas armas. Rifer era um romântico, um homem que costumava enxergar beleza e heroísmo até mesmo em meio ao mundo cruel em que vivemos. A espada tinha um nome — ela dá ênfase à palavra "tinha" —, mas eu não vi motivos para continuar a chamá-la daquela forma, não depois do que houve.

— Então, você a renomeou? Assim como fez consigo mesma? — deduzo.

— Não. Depois que resgatei a arma, nunca mais tive coragem de chamá-la pelo mesmo nome. Perdeu o sentido.

— Penso que deveria chamá-la por um nome. É uma boa lutadora, Kaiara — permito-me lançar este elogio.

Ouço mais risinhos no escuro e, logo em seguida, a resposta.

— Hoje, me considero uma grande guerreira, sei me virar bem com esta espada e até a considero uma extensão do meu braço. Engraçado dizer isto?

— De forma alguma.

— Apesar disso, não ouso usar um nome para ela. Nem mesmo arrisco chamá-la pelo mesmo nome que Rifer chamava, acho que não me sinto digna para tanto.

— Acredito que não irá me dizer o nome dessa enigmática Katana — já percebi que não terei chance de saciar esta curiosidade.

— Lamento, Judah.

— Minha espada... não sei o que faria sem ela e, pelo que sei, está comigo desde sempre. Considerando que sou um monstro sem memória — rio da situação absurda, da minha própria desgraça. — Desde sempre a chamo pelo nome, Avassaladora. É como se houvesse uma voz gritando em meus ouvidos, insistindo que a lâmina possui esse nome.

— Avassaladora — Kaiara parece saborear o nome. — É muito apropriado. Não me espanta essa impressão de que ela pede por ser chamada assim.

— Olha, eu acho que você poderia muito bem rebatizar sua Katana. Quando isso tudo acabar e tiver seu acerto de contas com o tal Hazz, você poderá chamá-la de "Matadora do Rei" ou "Assassina do Rei". Algo assim — apesar do meu divertimento ao dizer tais besteiras, falo sério. É triste uma arma tão letal e com tanta história ser tratada com indiferença.

Ficamos em silêncio por alguns momentos. Nossa conversa a faz pensar e retomar a linha de raciocínio de tempos atrás. Após um longo suspiro, a mulher retorna ao seu desabafo.

— Que droga! Posso dizer que vivo por dois objetivos: manter meu filho vivo e matar Hazz, é frustrante perceber que venho falhado em ambas as missões. Diel está perdido e Hazz continua vivo. Cada dia que aquele desgraçado passa vivo, insulta-me.

Não há como deixar de perceber que Kaiara é mesmo uma pessoa diferenciada. Vivemos tempos difíceis, mas a mulher possui objetivos nobres.

O marido foi brutalmente assassinado pelo tal Hazz e tudo o que ela anseia é vingança e perpetuação do legado de Rifer através de seu filho.

— Você está remediando isso, iremos encontrar seu pivete e é questão de tempo até ter seu acerto de contas com aquele filho da puta. Mandou um belo recado ao desgraçado através daquele miserável aquático.

Mais uma vez o silêncio toma conta do lugar até ser quebrado por um novo lamento de Zzah.

— Por pouco não me encontrei com Hazz, ele estava por trás da destruição do clã dos aquáticos e não fui capaz de confrontá-lo. Isto está me corroendo, Judah. Me atormenta ter perdido a chance de derramar seu sangue naquele dia.

Ao ouvi-la dizendo isto, percebo que, talvez sejamos mais parecidos do que pensamos, descobri que a mulher que me acompanha é tão sanguinária quanto eu e isto faz com que eu me sinta pleno.

CAPÍTULO 23

A FÉ

Acompanhado pelo adolescente espinhento, percorro a extensão de nossos domínios até chegar à nossa casa de recuperação, um lugar destinado aos feridos e doentes. A tenda é relativamente grande e mantém camas improvisadas onde são colocados os enfermos. Armários estocam alguns dos medicamentos antigos e poções novas que ministramos. Confesso que a precariedade de nossa situação é bastante limita as intervenções médicas, mas nos esforçamos ao máximo.

Por algum tempo, nossa casa de recuperação, a enfermaria, esteve vazia. Não tínhamos grandes ocorrências dignas de tratamento, mas este quadro parece ter mudado, hoje. Assim que adentro ao recinto, observo em um dos leitos, o corpinho de um menino deitado.

Aproximo-me e vejo que o pequeno está bastante ferido, com a pele quase que em carne viva, nu e desacordado. O petiz retém as atenções de Alix e duas outras jovens.

— Precisamos limpar seu corpo para termos uma ideia melhor da extensão de seus ferimentos — Alix parece ter uma incrível noção do que deve ser feito. Uma das garotas que a auxilia corre para a prateleira e apanha uma espécie de soro que ajudei a fabricar.

Alix é uma das maiores preciosidades do clã, cursava medicina antes do Primeiro Dia e agora utiliza os seus conhecimentos adquiridos para tratar daqueles que necessitam de cuidado. Além disso, ela se esforçou ao máximo para transmitir seus saberes a outras duas jovens que, agora, a auxiliam.

Toda vez que a vejo trabalhar, sou surpreendido com sua perspicácia e conhecimento. Uma garota de valor ímpar, que conseguiu recuperar muitos feridos e doentes, apesar das condições precárias que dispõe para praticar seu trabalho.

Não sei se preciso continuar aqui, talvez, somente vou atrapalhar os bons trabalhos de Alix. Mesmo assim, coço a garganta e tiro a dúvida antes de me despedir.

— Há algo que eu possa fazer, moça?

A garota parece não ter percebido minha presença, até agora, suas atenções estão, todas, voltadas ao pequeno sobrevivente. Direciona-me o olhar esverdeado de relance.

— Mervil? — enquanto trata de limpar as feridas do garoto com soro ela me responde. — Agradeço sua disposição, mas não creio que deva se preocupar com isso. Deixe comigo.

Apesar das palavras serem ditas de forma ríspida, sei que a médica não tem a intenção de me desrespeitar, apenas quer dar o seu melhor, ao fazer o trabalho pelo qual sente vocação e não é prudente ou salutar que um velho, tolo, venha a atrapalhar de alguma forma.

Aceno positivamente com a cabeça e inicio uma marcha para fora do ambiente. Se o menino estiver mesmo tão machucado quanto aparenta, a moça terá muito o que fazer, pelos próximos dias, para tentar recuperá-lo.

Já, do lado de fora da tenda, sou surpreendido com a chegada de um jovem utilizando roupas pesadas, próprias de quem se prepara para encarar uma das rondas pelo deserto sem fim. Noto que as vestimentas estão bastante sujas e empoeiradas, os lenços, que tampavam seu rosto, abaixados e os óculos de proteção ajeitados sob a cabeça. Não se trata de alguém que está prestes a deixar o clã, mas de quem deve ter retornado de uma jornada.

Cumprimento o jovem com um breve balançar de cabeça, o gesto deve tê-lo encorajado a falar comigo, pois é o que constato assim que seus lábios, levemente rachados, formam palavras.

— Mervil, o ancião, o senhor vem de dentro da tenda?

Avalio aquele que comigo anseia prosear, conheço seu rosto jovial, mas receio não lembrar seu nome. Para sanar a dúvida, indago.

— Quem é o jovem que gostaria de saber?

Ele limpa as mãos nas roupas empoeiradas, sem perceber o quão contraditório é o gesto, em seguida, oferece a palma para um cumprimento e apresentação.

— Sou Ber, senhor, voltei de uma ronda pelo deserto sem fim e trouxe um garoto bastante ferido comigo. Gostaria de saber se o pequeno está bem.

O tal Ber trouxe o menino da vastidão do deserto, uma informação que vai ao encontro daquela que o adolescente, espinhento, trouxe, pouco tempo atrás, de que o irmão de Jix havia resgatado o petiz. Deduzo o óbvio, Ber deve ser parceiro de ronda de Ike.

— Parece que o menino está bastante machucado, se quer saber, a moça Alix deve tratá-lo, mas é difícil sabermos o que vai acontecer.

— Penso que sim, quando o encontrei no deserto, não acreditei que ainda estava respirando. Sabe... Ike e eu enfrentamos uma terrível tempestade de areia e tenho a impressão de que esse garoto não conseguiu abrigo, foi praticamente esfolado pelo vento e pela areia.

Caminho um pouco, mais para fazer o sangue das minhas pernas circular do que para me despedir da companhia ou das imediações da casa de recuperação. O jovem me acompanha.

Pouco adiante, Ber externa uma impressão que parece estar o corroendo por dentro.

— Não consigo parar de pensar no que um garoto tão pequeno estava fazendo vagando sozinho pelo deserto, quer dizer, ele deve ter a mesma idade da pequena princesa, Kilin. Talvez cinco ou quatro anos antigos...

Penso um pouco na situação, não me parece que o menino tenha a mesma idade de Kilin, mas sim um pouco mais velho, mesmo assim, uma criança não deveria estar caminhando sozinha pelo deserto.

— Você chegou a procurar por alguém nas redondezas, jovem Ber? Algum adulto que pudesse estar acompanhando a criança?

Ber responde rapidamente, coçando o topo da cabeça de forma irregular.

— Não tive tempo para isto, senhor, sabia bem que se não trouxesse o garoto logo, ele iria morrer em minhas mãos, no percurso até cheguei a prestar bastante atenção, mas não encontrei mais ninguém.

— E Ike?

— O que tem ele?

— Você e seu parceiro poderiam ter revezado, um poderia trazer o menino e o outro poderia procurar por mais alguém nas redondezas — sugiro.

— Sim, é verdade, mas acontece que Ike se feriu durante a tempestade que nos alcançou e não poderia fazer este serviço.

— Ike se feriu? — Questiono em tom de preocupação.

— Foi quase enterrado vivo pela areia, mas consegui resgatá-lo, acabou tendo uma luxação na perna, deixei-o em sua tenda, a pouco, para tratar dos ferimentos com uma poção ministrada por Alix.

Ao menos, Alix já acudiu Ike. Penso que deve ser bom ver como o irmão de Jix está. O líder não ficará nem um pouco satisfeito em saber da provação experimentada pelo sangue de seu sangue e é bom me inteirar sobre o assunto.

— Agora que você disse, irei ver como está passando o mestre Ike. Se quer um conselho, deixe Alix trabalhar em paz, evite ter com ela antes que a moça termine de fazer seu trabalho, jovem Ber. Vá para sua casa e descanse um pouco, o menino ficará em boas mãos.

Deixo o jovem Ber com suas preocupações juvenis e dou-lhe as costas. Já estou bastante distante quando ouço o rapaz correndo em minha direção, volto minha atenção ao jovem e dou ouvidos àquilo que ele quer fazer conhecer.

— Esse garoto, Mervil... esse garoto que resgatei é um sinal de que devemos preservar nossa fé e esperança, apesar de tudo que estamos passando, não tenho dúvidas quanto a isso, devemos mantê-lo em segurança.

CAPÍTULO 24

O CORAJOSO

Certas coisas mudam com o decorrer do tempo, outras continuam iguais. Penso ser a forma mais natural de girar o mundo, nem tudo deve permanecer inalterado, enquanto que há aquilo que merece ser modificado e anseia por modificação.

Quando o jovem Ber e mestre Ike trouxeram aquele menino, esfolado pelas areias do deserto sem fim, nem de longe poderia adivinhar como o tal ato modificaria as coisas dentro do nosso clã.

Hoje completa três dias que trouxeram o menino e, pela primeira vez, o pequeno acordou. Graças aos cuidados ministrados pela diligente Alix, ele se recuperou de forma incrível. Na companhia da princesa Kilin, visitei-o logo pela manhã e fui testemunha de sua impressionante recuperação. O trabalho de Alix deve ser elogiado e celebrado.

O único problema é que o menino, justo agora que despertou, deve enfrentar um dos seus maiores desafios em plena infância. O problema é justamente a mudança de comportamento demonstrada por Jix nos últimos dias.

Percebi, como outros também perceberam, que nosso líder já não é o mesmo homem que foi tempos atrás, Jix sempre foi muito centrado e determinado, mas também se mostrava um homem ponderador e conciliador. A figura do nosso rei já não é a mesma.

Com o crescimento, vertiginoso, da população, que vive dentro de nosso território, o líder teve que adotar uma postura mais rígida. Problemas antigos como rivalidades e pequenos delitos passaram a fazer parte de nossa rotina e Jix me encarregou de julgar estes crimes. A punição, quase sempre aplicada pelo líder, varia desde o exílio até a morte.

Ainda que como efeito disso, a tolerância de Jix para com os forasteiros mudou drasticamente. Antes, qualquer um era bem-vindo e somamos vários novos amigos e habitantes através dessa política, agora, o líder pensa mil vezes antes de aceitar outros para ficar dentro de nossas fronteiras. Já faz um bom tempo que não temos novos moradores.

Quando Ike e seu amigo trouxeram o menino para ser medicado, Jix ficou irado, alegando que aquele pequeno não tinha procedência e que iríamos gastar muitos medicamentos e recursos para sua recuperação, estava inclinado a devolver a criança para o deserto. Obviamente, uma decisão que causou espanto a todos, mas apesar de ser uma resolução com traços cruéis, havia algo de justo e compreensível.

Ike tentou intervir em favor do menino e teve que enfrentar uma longa e pesada discussão, Jix somente ficou mais propenso a ponderar quando eu mesmo tomei a dianteira das negociações.

Após muito discutir a problemática, Jix concordou em autorizar que Alix tentasse recuperar o menino, mas assim que este estivesse recuperado, deveria ser liberado para o meio do deserto à própria sorte. Assumo que não foi uma negociação acertada, mas o líder estava irredutível em seus ideais. Somente consegui algum avanço nas discussões quando pedi que Jix colocasse a sua filha, Kilin, no lugar do jovenzinho, o que gostaria que fizessem por sua pequena rosa?

Pois bem, três dias depois que o menino adentrou nossos portões, ele está prestes a passar por uma das maiores provações de sua vida.

Como Jix não gosta de esperar que as coisas tomem rumo de forma mais natural, organizou uma visita à tenda da casa de recuperação, logo após nosso horário de almoço. A intenção, claro, é a de constatar pessoalmente a situação do menino para poder executar sua sentença já determinada e, aparentemente, cruel.

Agora estamos aqui, na tenda da enfermaria, Jix, imponente, com o semblante sério, sobrancelhas negras grossas e arqueadas, olhos fulminantes, brilhosa armadura de couro e capa vermelha, encara o menino deitado que demonstra certo receio no olhar.

— E qual é seu parecer quanto à saúde desse menino? — O líder quer um parecer oficial vindo de Alix.

A bela doutora olha diretamente para o menino e sorri, o gesto é imitado de forma pueril pelo pequeno, em seguida, ela responde.

— Não posso dizer que está plenamente recuperado, senhor, como pode ver, as feridas por seu corpinho ainda estão bastante relevantes, mas já não tem tanta dor e recobrou a consciência desde ontem pela alta madrugada.

Jix olha para mim, volta o olhar para a médica e mais uma vez para o menino. Sua mão forte desce até o joelho esquerdo da criança e faz alguma pressão. O garoto emana uma manifestação de dor, logo em seguida, o líder indaga.

— Há alguma restrição para caminhar?

Alix encara o chão da casa de recuperação, ela está ciente de qual a intenção de Jix com a visita e está visivelmente desconfortável com a situação, mesmo assim, sabe bem que deve ser sincera com o rei do clã.

A contragosto, a médica responde.

— Não, senhor — um breve silêncio toma conta do ambiente, até que Alix não se contem e fala um pouco demais. — Mas é claro que se for colocado sozinho para caminhar no deserto irá morrer. O senhor deve saber que...

— Não foi isto que perguntei, Alix, atenha-se ao que lhe for indagado! — Jix usa de um tom ríspido.

O líder parece um pouco nervoso, sabe bem que o menino encontrará uma morte certeira na possibilidade de encarar o deserto sozinho. Por outro lado, a decisão, já foi tomada e não parece que será revogada.

Visivelmente agitado, o rei dá as costas para a médica e me ordena.

— Mervil, quero que dê uma espada curta para o menino e roupas adequadas para caminhar no deserto, forneça a ele uma mochila com suprimentos para dois dias de caminhada e ferramentas que possam lhe ser úteis — Jix faz uma pausa e parece ponderar sobre alguma coisa enquanto acaricia a barba negra, em seguida, retoma as ordens. — Prepare um grupo de três pessoas e as envie para escoltá-lo para longe do nosso território, por dois dias, com ordens de imediato retorno após a missão.

Tudo que posso fazer é obedecer, abaixo a cabeça e já me viro para começar a providenciar o necessário enquanto que o líder emana um adendo.

— Certifique-se de que Ike faça parte desse grupo de escolta ao menino, não quero que aquele infame fique acomodado tempo demais.

Assim que Jix faz menção de abandonar de vez a tenda, uma situação inusitada nos surpreende, outro homem adentra à casa e logo se apresenta ao líder, explicando o motivo de sua intromissão.

— Senhor, já adianto que devo pedir-lhe desculpas, estava do lado de fora da tenda e admito que ouvindo sua conversa. Perdão, meu senhor, mas não pode fazer isto com o garoto.

Jix responde de imediato e em tom rude.

— Dê meia volta agora, Ber e irei fingir que não foi insolente comigo. Fique bastante grato por eu ter consideração por você a ponto de não puni-lo por seus modos equivocados.

O rapaz Ber tem coragem, ninguém se apresenta ao nosso rei de forma tão direta como acabei de testemunhar.

— Lamento, meu senhor, mas não posso fazer isso, eu trouxe esse garoto do deserto sem fim e sinto que há muito potencial nele, assim como descobrimos haver em outros dos nossos que foram resgatados. É bom termos crianças por aqui e...

— Está totalmente fora de cogitação deixar que este forasteiro viva entre nós.

— Não é um forasteiro, senhor... É uma criança, uma doce e inocente criança, um sinal de que ainda devemos manter a fé.

— Isto não tem nada a ver com fé, Ber, agora, volte aos seus afazeres.

O líder ensaia uma saída da tenda quando o jovem tem uma nova atitude audaciosa e o segura pelo antebraço, Jix puxa o membro retido e fulmina Ber com o olhar. Aparentemente, a atitude do líder não causa temor ao rapaz, que replica.

— Não seja duro consigo mesmo, senhor, imagino como deve ser difícil ter que tomar tantas decisões e governar com sabedoria um amontoado de gente.

— Você não faz a mínima ideia de como é estar no meu lugar, insolente.

— Tudo que peço é que dê uma chance ao garoto, meu senhor, deixe-me, pelo menos, encontrar a mãe dele e entregá-lo em segurança.

Jix dá alguns passos para trás, como se tivesse sido atingido pela afirmação, seu olhar encontra o menino mais uma vez e posso saber que o pequeno sente medo.

— Encontrar a mãe dele? Disse que encontrou o infeliz entregue à sorte e sozinho.

Alix decide fazer parte da conversa e caminha até onde os homens discutem, ao lado de Ber, revela algo ao conhecimento do rei.

— Quando despertou, o pobrezinho chamou pela mãe, estava bastante suado e agoniado, mais tarde, disse que fugia pelo deserto, de um homem mau que estava lutando com a mãe dele.

— Eu já desconfiava que o garotinho não estava sozinho no mundo, mas com isso veio a confirmação.

Jix volta o olhar para mim, como que pedindo por minha palavra, abstenho-me de comentar, o rei já deixou bem claro que quer decidir a questão sozinho. Em seguida, coça a barba e externa seus pensamentos.

— Se estava sendo atacada, pode estar morta.

— Pode não estar — Alix enche o peito de coragem.

— Senhor, desde que trouxe esse garoto, saio sozinho pelo deserto para ver se encontro alguém que possa ser seu parente ou responsável. Estava perdendo as esperanças, mas essa nova informação me deu uma injeção de ânimo. Peço apenas mais dois dias, uma equipe com alguns bons homens e prometo que descobrirei se a mãe do garotinho está viva ou não.

O líder parece querer esganar o jovem insolente, suas mãos fortes chegam a repousar no colarinho da roupa do rapaz e tenho a impressão de que irão migrar para seu pescoço a qualquer momento. Há uma tensão palpável no quarto e posso sentir os nervos aflorando cada vez mais.

Em um breve momento, os olhos do rei vão de Ber para Alix, de Alix para o menino e, do menino, para mim. Nossos olhos se encontram e posso distinguir uma ponta da doçura do antigo Jix, dentro da fúria que se tornou suas feições. O líder está apreensivo e decido que é o momento de deixar minha covardia de lado e tomar partido na discussão, apenas uma indagação deve ser o suficiente para dobrar o poderoso líder do clã.

— E se fosse a pequena Kilin no lugar desse menino?

Como previ, as mãos de Jix agarram o pescoço de Ber e contra ele fazem força, logo em seguida, uma concessão.

— Dois dias, é tudo o que você tem. Separe três homens para acompanhá-lo e assegure-se de que meu irmão faça parte desse grupo — Jix solta o pescoço do jovem e aponta para a médica — enquanto isso, esse menino ficará sob sua responsabilidade e não o quero perto de minha filha, entendeu?

O líder deixa a tenda da casa de recuperação com passos pesados.

Assim que o rei se retira, Ber desmonta, agacha-se ao chão e eleva as mãos aos olhos, parece estar murmurando agradecimentos. Alheia à demonstração de euforia do rapaz, a loira agacha ao seu lado e o abraça enquanto demonstra sua admiração pelo ato.

— Você foi muito corajoso.

Por minha vez, olho para o menino e sorrio, não tenho o gesto correspondido, acho que o pequeno não gosta tanto de mim. Minha presença no ambiente já não é mais necessária, ensaio uma saída, mas antes tenho que fazer Ber raciocinar e cogitar uma possibilidade palpável.

— E se a mãe do menino estiver morta ou não for encontrada?

A resposta sai automaticamente.

— Tenho que manter a fé, senhor. Tudo que preciso é de um ato de fé.

CAPÍTULO 25

O CAMINHO

As montarias estão exaustas e já não tenho mais a mesma vitalidade de antes, dias caminhando pelo deserto e sem nenhuma pista, é o suficiente para desanimar qualquer um.

Como se não bastasse, os suprimentos que conseguimos do clã dos aquáticos estão quase acabando. Para não sacrificar os animais, decidi ceder às últimas providências, afinal, os cavalos ainda podem ser úteis, apesar das impressões de Judah de que deveríamos devorá-los.

Aliás, estou cada vez mais desconfiada de que o sobrevivente está tentando me vencer pelo cansaço. Já não tenho problemas com suas conversas, suas intromissões ou suas insolências, o que está me incomodando é a possibilidade dele estar me fazendo de tonta diante de uma situação tão angustiante.

Trouxe o arenoso, sob custódia, para que me servisse de guia pelo deserto e confiando em suas aptidões de busca, instinto e caça. Agora tenho quase certeza de que está me passando para trás e me fazendo andar em círculos, sem parar, apenas para me desgastar. Além disso, suas poucas interações comigo se destinam a me deixar cansada, sempre sugerindo que podemos estar atrás de algum morto ou que deveríamos parar.

Haverá um momento em que não mais irei aturar conviver com o prisioneiro e irei me desfazer dele de alguma forma.

Como um guia deve fazer, Judah vai à frente, a corrente presa em seu pescoço me assegura que o prisioneiro não irá escapar. Para não sobrecarregar os animais, não estamos montados. Caminhamos lado a lado até que o sobrevivente se queixa de sua condição.

— Olha, hoje está quente *pra caralho* e não estou me sentindo muito bem, preciso parar e recuperar minhas forças para prosseguir.

Viro o rosto para não ter que olhar para sua face, se o encarar, ele perceberá que estou me remoendo de raiva por conta de toda situação. Seguro meu cavalo pelas rédeas e caminho até próximo a um aglomerado de rochas que avisto. Deve ser um bom lugar para repousar.

Judah, notando meu destino, acompanha-me e quando me alcança, trata de agradecer, algo que não é de seu feitio.

— Obrigado por isto, Kaiara, realmente não estou em um bom dia.

A sombra que as rochas oferecem é confortável e acalenta, trato de aliviar as costas dos cavalos e deposito nossas cargas ao chão. Do último galão de água, resta pouco líquido e já tem bebedores certos, ofereço aos animais.

Meu gesto de manutenção de nosso meio de transporte causa indignação ao meu companheiro de jornada, irritado, Judah dispara mais uma vez um discurso que já proferiu em repetidas ocasiões.

— Esses bichos miseráveis não têm mais serventia para nós, já comeram muito de nossa comida e beberam demais de nossa água, o melhor a fazer é matá-los para que nos sirvam de alimento, ao menos nisso serão mais úteis.

Encaro o arenoso com um olhar fulminante e mortal, mas não o respondo, volto para debaixo da rocha que me servirá de abrigo e trato logo de deixar claro que a pausa será breve.

— Não devemos demorar mais do que alguns minutos aqui, vamos retomar nossa jornada assim que possível.

Judah bufa e remexe de forma desordenada na areia do chão, sei que o arenoso está descontente, mas percebo que ele tem nítido receio de me confrontar. Acho que os acontecimentos recentes me ajudaram a domar seu instinto selvagem e primitivo.

Mesmo sabendo que não é prudente deixar com que o sobrevivente tenha a liberdade de expressar sua opinião, sem que tema sofrer represálias, decido provocá-lo.

— Pois é, parece que consegui domar de vez aquele que se chama Judah. Já quase não fala e, quando fala, pondera ao máximo seus disparates para não ser torturado por sua captora. O que houve com aquele homem rebelde, orgulhoso e rude que conheci?

Não sei o que se passa pela cabeça do arenoso depois dessa minha provocação, mas posso imaginar o quanto está se remoendo de raiva. Se estivesse com sua espada em mãos, aposto que teríamos um duelo. Judah foi capturado, subjugado e domado e isso faz com que ele sofra da mais terrível e visceral cólera.

— Prometi que iria ajudá-la a encontrar o pivete e é isso que estou fazendo... Você prometeu que iria me libertar quando isso acontecesse e espero que cumpra sua parte no acordo.

— Acho que você se esquece de com quem está lidando, não sou como você, vigarista. Disse que iria libertá-lo e liberá-lo do juramento que me fez e é o que irei fazer assim que achar meu filho.

Judah cala-se por alguns instantes e fita o vazio, da vastidão do deserto sem fim, que se apresenta à frente. Algo parece estar lhe perturbando e a fungada de seu nariz revela apreensão pelo que vai dizer.

— E se você não encontrar seu filho com vida, irá me libertar?

Este assunto é muito delicado, claro que já pensei na possibilidade de não encontrar Diel com vida, mas tento afastar ao máximo essa ideia antes de ser corroída pela angústia e pela agonia. Não quero falar sobre isso e ordeno que meu vassalo se recomponha para prosseguirmos viagem.

— Chega de descanso, é hora de colocarmos os pés na trilha.

— Preciso que me diga, Kaiara, irá me libertar mesmo que seu moleque esteja morto?

Encaro os olhos amarelados do meu desafiante e empurro uma de nossas mochilas em seu colo, em seguida, respondo com ironia.

— Claro que quer saber isso, faz quantos dias que estamos perdidos no deserto, Judah?

— Perdidos no deserto?

— Sim, não se faça de besta, sei que você está andando em círculos, nos últimos dias, para tentar me cansar e, a esta altura, meu filho pode muito bem estar morto por culpa da sua negligência. Eu só digo uma coisa, maldito, se meu filho estiver morto por causa da sua enrolação, vou ter sua vida em troca da dele.

Deixo o sobrevivente de lado e começo a preparar os cavalos para seguirmos caminho, não irei perder tempo com mais bobagens.

Ainda, quando estou preparando a montaria, o insolente volta a falar comigo.

— Quer dizer que percebeu que estamos dando voltas?

— Me toma por uma vadia burra, não é? Sei que pouco depois de encontrarmos Alin, saímos do rumo pré-determinado, que era o noroeste. Posso não conhecer bem a região como você, mas não sou nenhuma idiota!

Ele está muito enganado se pensa que poderá me passar para trás sem que eu perceba e faça algo quanto a isso. Devo deixar bem explicado o que espero daqui pra frente.

— É bom que volte ao nosso rumo inicial, Judah, ou não terei mais paciência para lidar com você.

O prisioneiro chega perto de mim, perto o suficiente para sentir seu hálito fétido emanando dos dentes pontudos. Irritada com a aproximação, o empurro. Rindo, ele aponta para a vastidão do deserto.

— Nós estamos na rota certa, mulher, noroeste.

— Noroeste? — duvido. — Você mesmo assumiu que andamos em círculos...

— Sim, fiz um desvio, mas voltamos à rota original, além dessas areias e a poucos quilômetros, encontrará seu filho. Cumpri o que prometi, agora é só me libertar.

Do que ele está falando? Judah quer me pegar pela emoção ou será que sabe algo que eu não sei? Não posso perder o foco, muito menos me iludir, preciso de uma explicação.

— O que quer dizer?

— Quando saímos do clã dos aquáticos e seguimos em direção noroeste, eu sabia muito bem para onde seu filho poderia estar caminhando. Nunca, nem por um instante, perdi o rastro do moleque, mas antes de chegarmos neste ponto em que estamos, eu precisava ter certeza de que ele não tinha tomado outro rumo, por isso que desviei a rota. Cheguei à conclusão de que seu filho seguiu até o extremo noroeste e se seguir por este caminho irá encontrá-lo.

— Mas... Como assim, você sabia o que tinha a noroeste? Do que está falando?

O arenoso testa a firmeza da corrente que o prende, para seu desgosto, está bastante firme, logo em seguida, revela.

— Em poucos quilômetros, você deixará este deserto pelo qual caminha há meses, seguindo na direção noroeste, do deserto sem fim, encontrará um clã muito grande e poderoso, costumamos chamá-lo de Rosa do Deserto. Não há dúvidas de que seu fedelho tenha sido levado até o clã e tenho o palpite de que foram dois homens que o resgataram, se os cheiros não estiverem me enganando.

Engulo seco, mais por aflição do que por sede. Será mesmo que estou tão próxima de encontrar Diel?

— Como você pôde me deixar sem saber disso? Eu merecia saber que meu filho está bem.

— Esse que é o problema, dona, não sei se o moleque está vivo, por isso não disse que eu sabia da existência do clã, para que você não cogitasse coisas que somente agora consegui confirmar, fiz um favor para controlar sua ansiedade.

— E se você estiver mentindo? — preciso saber.

— Não estou — ele está firme em suas convicções. — Nunca, em toda minha vida, fui tão verdadeiro quanto a algo que disse e, agora, você deve me libertar. Eu trouxe você até onde seu filho está, não importa se vivo ou morto, então, é hora de soltar-me. Seria uma boa ideia e um sinal, incrível, de gratidão, se me fornecesse um desses cavalos, tenho muita fome.

Encaro a besta com a determinação de uma domadora.

— Não vou libertá-lo até encontrar meu filho.

— Pois já encontrou... ali, seguindo na mesma direção noroeste. Basta seguir o pássaro branco.

Judah aponta para o céu e posso ver o mesmo pássaro que Diel seguiu pelo deserto. Não consigo me controlar e começo a rir sozinha ao mesmo tempo em que lágrimas escorrem pelo meu rosto. Só não consigo mensurar desde quando o pássaro está nos sobrevoando sem tê-lo percebido.

Instantaneamente, lembro-me das impressões que tive quando vislumbrei o nobre pássaro pela primeira vez. A visão da ave é uma mensagem de que não devo deixar o coração de meu filho se corromper com a maldade deste mundo.

Vou reaver meu pequeno, vou protegê-lo e ninguém vai me impedir.

CAPÍTULO 26

OS ANDARILHOS

Raiva, ira e ódio, sentimentos poderosos que não podem ser negligenciados, adormecidos ou ignorados. Em momentos frustrantes e de pura impotência diante das dificuldades, é a raiva que nos fortalece, a ira que nos ergue do pó e é somente pelo ódio que conseguimos seguir em frente. Quando o mundo se desfaz em pedaços, o amor e a compaixão se tornam irrelevantes.

Tenho a honra de ser o irmão do, ilustríssimo senhor, líder do clã Rosa do Deserto e isso não significa absolutamente nada para ele. Logo após o mundo ser destruído, nos dias seguintes ao Primeiro Dia, estive imbuído em ajudar na recuperação e proteção do meu irmão.

Aquele que veio a se chamar Jix quase morreu soterrado nos escombros da casa onde morava com a esposa doente e o filho bebê. Talvez, tivesse sido melhor tê-lo deixado morrer com os seus.

Resgatei o infeliz e, por dias, o carreguei por onde pude, sempre na esperança de sua melhora. Jix melhorou, mas culpava-me por tê-lo resgatado. "Você não tinha esse direito." era o que ele dizia para mim com o semblante carregado.

Caminhamos por um bom tempo e presenciamos o terror de um mundo arrasado inserido em uma realidade pós-apocalíptica. Vimos coisas horríveis, que ninguém imaginaria e sempre estive lá, ao lado de Jix para protegê-lo. A verdade é que meu irmão era muito bonzinho, muito molenga para viver em um mundo como este, ele não tinha o que era necessário para continuar vivo, simples assim. Prosseguia sua jornada, somente, graças a mim, que não media esforços para guiá-lo.

Lembro-me, muito bem, do dia em que Jix teve a ideia de criar o clã. Foi pouco depois de encontrarmos um velho conhecido como Mervil. Nós havíamos acabado de atravessar o deserto sem fim e descobrirmos uma terra próspera e produtiva. Nossa jornada nos permitiu algum contato com outros povos e fomos introduzidos ao conceito das comunidades denominadas clãs, Jix não tinha dúvida de que conseguiríamos bons resultados se fundássemos nosso próprio clã, naquela terra produtiva, logo após a imensidão desértica, foi, então, o que fizemos.

Seguindo os conselhos de Mervil, que por sua vez se inspirava em um clã lendário que se chamava Kanaã, concebemos o Rosa do Deserto.

Não demorou em abrirmos nossas portas aos forasteiros, cansados, que atravessavam as areias, em pouco tempo, tínhamos uma comunidade e uma terra que produzia boas colheitas. O sorriso voltou ao rosto de Jix e isto me fez feliz, meu irmão estava se reerguendo do pó.

Foi quando tudo estava indo bem que tomei meu primeiro grande golpe. Meu irmão sempre foi simpático e bem humorado, o tipo de pessoa agradável com quem todos gostam de confraternizar, quando o clã estava grande demais para seguir em frente sem uma liderança, sentimos a necessidade de eleger alguém para nos comandar. Jix, apesar de ser mais imaturo e flexível, foi o grande eleito, nosso rei, em detrimento de minhas habilidades.

Logo em seguida, já empossado como líder, meu irmão encontrou o amor nos braços de outra mulher e teve uma pequena joia em meio ao caos. Eu deveria estar feliz com essas conquistas, mas senti como se Jix estivesse roubando o que era meu, aquela felicidade não era dele, deveria ser minha. Ki, a princesa, deveria ser minha filha. Minha!

Passei por momentos de puro amargor, que se transformou no mais genuíno rancor. Nunca tive o valor merecido dentro do clã, nunca recebi qualquer honraria e sequer fui nomeado com algum cargo importante, eu, o irmão do rei, não significo nada para este clã.

Isto está cada vez mais evidente e os eventos recentes somente corroboram com essas impressões. Enviado incontáveis vezes para o deserto sem fim, como um reles vigilante do clã, nunca pensei que seria subordinado a um rapaz tão jovem e inexperiente quanto Ber.

Apesar de considerar o Ber um amigo próximo, não sou cego ao ponto de ignorar suas limitações, ele é inexperiente e tolo, um romântico, que enxerga beleza até mesmo onde só há danação, um lunático e irresponsável.

É verdade que Ber me salvou no deserto, quando uma tempestade de areia quase me enterrou vivo, mas isto não significa que devo a ele qualquer tipo de subordinação. Foi um ato de sorte, apenas isso, mas meu irmão não pensa da mesma forma.

Jix não perde a oportunidade de me humilhar e, como demonstração disso, ele me escalou no grupo de buscas, liderado por Ber, para encontrar alguém que possa se responsabilizar pelo garoto que resgatamos no deserto.

Eu, o irmão do líder do clã, treinado em diversos tipos de combate, experiente em terrenos hostis, um excelente guerreiro, subordinado a um rapaz de vinte e poucos anos antigos?

O rei do Rosa do Deserto só pode estar de brincadeira!

O agrupamento segue na linha de direção traçada por Ber, que achou por bem seguirmos na exata coordenada em que encontramos o garoto dias atrás. Pessoalmente, entendo esta jornada como pura perda de tempo, odeio admitir, mas Jix pode ter razão em relação a isso, esse garoto forasteiro pode nos trazer somente atrasos ou problemas.

Por nítida rebeldia, demonstrando meu descontentamento com a situação, deixo com que o agrupamento siga em frente. Atraso-me de propósito, como que em uma demonstração de que não estou disposto a seguir Ber, cegamente, pela vastidão poeirenta.

Um pouco a frente do caminho, reparando minha distância, o comandante juvenil deixa o agrupamento seguindo e se aproxima de mim. Retira o lenço que cobre sua face e levanta os óculos, usados para afastar a poeira dos olhos, encara-me, observando minha perna e me pergunta.

— Está sentindo algum desconforto, Ike?

Ber deve estar me confundindo. Fui atingido no deserto pela tempestade e lesionei a perna, mas não sou do tipo que fica se remoendo por algum ferimento, se eu tenho algum desconforto, este não tem nada a ver com minha perna.

Através das lentes dos óculos, encaro o rapaz, seu rosto jovial e a serenidade no olhar me deixam enervado, não consigo encontrar simpatia neste meu amigo, não mais. Tenho raiva, vontade de empurrá-lo e confrontá-lo.

— Ike, você está bem? — o novo questionamento do rapaz denota preocupação.

Decido canalizar minha raiva.

— Não, não estou bem, meu irmão não tem outro objetivo na vida a não ser me irritar e você... você se tornou parte disso.

— Parte disso? Não estou entendendo?

Aproximo meu rosto ao do rapaz, ele não pode ver através de meus óculos, mas está sendo fulminado por meu olhar. Devo demonstrar minha insatisfação.

— Diga, Ber, em qual realidade você pensa que poderia ser superior a mim?

— Não estou entendendo você, Ike.

— Você é um rapaz verde, Ber, um menino bom, que não tem o que é necessário para servir ao nosso clã na dificuldade. Já eu sou um homem experiente e treinado em combate tático e corpo a corpo, sou um tipo de guerreiro forte e fiel, extremamente necessário em tempos como estes. Diga-me, Ber, quem de nós dois é o melhor?

O jovem Ber remonta o equipamento, enrola o lenço na face e coloca seus óculos, balança a cabeça de forma negativa e, com a voz desanimada, observa.

— Já estamos longe do agrupamento, precisamos alcançá-los — o jovem toca meus ombros suavemente com breves tapinhas, encorajando-me a seguir em frente.

Quando Ber já está a uma distância razoável de mim, não consigo me conter e o desafio.

— Quer saber? Você não é e nunca será melhor do que eu, Ber!

Ele se vira para mim, ratifico meu desafio levantando o dedo médio, um sinal antigo tipicamente grosseiro. Parece que consegui o efeito desejado, o rapaz vem até mim, abre os braços e quer saber.

— O que há com você, Ike?

Puxo minha espada da bainha e mostro um pouco do aço que reluz ao sabor do sol vermelho do deserto, logo em seguida, trato de deixar bem claro qual é a minha intenção, aqui.

— Eu merecia estar em seu lugar, quero uma luta, Ber — revelo minha espada em sua totalidade. — Quero provar que posso fazer melhor do que você, posso comandar este agrupamento com as mãos nas costas enquanto você fraqueja as pernas por me ver desafiá-lo.

— Você ficou louco! — Ber decide que meu desafio não merece crédito e dá as costas.

— Não dê as costas para mim, Ber!

Irado, direciono-me àquele que me deu as costas para um ataque fulminante, mas assim que percebo que um outro membro do agrupamento está se aproximando, desisto da empreitada.

— Senhor — aquele que se aproxima se direciona a Ber, tem a pachorra de chamá-lo de "senhor" —, do alto das dunas avistamos dois andarilhos caminhando pelo deserto, um homem e uma mulher, talvez queira dar uma olhada.

Ber acompanha o outro até as dunas mencionadas, com alguma pressa, caminho para perto do agrupamento sem muita vontade e quando chego Ber já tem um plano em mente. O rapaz pretende encurralar os dois que vagueiam pelo deserto em vez de apenas os interpelar ou alcançar.

Iremos nos dividir em três grupos de dois, cada um dos grupos irá contornar os dois andarilhos.

— Alto! Vocês estão prestes a adentrar nas divisas do território do clã Rosa do Deserto! Identifiquem-se agora mesmo — Ber tenta se fazer ouvir assim que nos revelamos aos dois andantes.

Aqueles que caminham pelo deserto têm cavalos, animais raros de se ver por aqui, desmontam assim que interpelados e retiram os lenços que lhes cobrem os rostos com os demais aparatos. São duas figuras interessantes.

Um homem de corpo esguio e estatura mediana, olhos amarelados, pele ressecada e dentes podres, cabelo quebradiço e irregular que cobre sua cabeça e existe um ar sagaz em suas feições. Ele está preso por uma corrente que vai de seu pescoço até o pulso da mulher. Esta tem feições belas, apesar de estar nitidamente castigada pela aridez do deserto, sua pele, que parece já ter sido bastante branca, está queimada pelo mormaço, seu cabelo castanho-claro, ainda que sujos, cintila ao sabor do vento, os lábios rachados revelam uma boca que já foi muito bonita e delineada. Tem um corpo curvilíneo.

Os dois não têm escolha, a moça trata de revelar sua identidade assim que levanta as mãos dando a entender que não fornecerá resistência.

— Meu nome de novo batismo é Kaiara, para os amigos, ou Zzah, para os inimigos, depende do que vocês são. Vim de longe, do destruído clã da Risca Paranaguá e atravessei o deserto sem fim, vi e fiz muitas coisas, perdi meu pequeno filho há alguns dias e desde então estou a sua procura — a tal Kaiara, com as mãos erguidas, aproxima-se perigosamente de Ber e revela. — Fui guiada até aqui na esperança de reaver meu filho, por favor, diga que ele está bem.

Ber retira os lenços e os óculos, posso perceber leveza em suas feições. O rapaz se dirige à mulher incógnita com um sorriso no rosto e a oferece uma das mãos enquanto admite.

— Seu pequeno filho, aquele menino de coração puro, foi resgatado por mim já faz alguns dias, o pobrezinho foi esfolado vivo pela tempestade de areia, mas está plenamente recuperado e a salvo nas dependências do nosso clã. Venha conosco, Kaiara, estávamos procurando por você.

— Muito obrigada, senhor, muito obrigada — Kaiara acena positivamente com a cabeça em forma de agradecimento, em seguida, com a palma da mão levantada, ela pede um tempo para resolver um assunto inacabado. — Mas, antes, preciso fazer algo por meu companheiro.

Calmamente, a moça vai em direção ao homem que a acompanhava, Há alguma coisa que me soa familiar em suas feições e em seus trejeitos.

Os dois trocam algumas palavras sussurradas, a moça liberta o homem de sua corrente e entrega-lhe uma das espadas, cheia de dentes, logo em seguida, o homem toma os dois cavalos pelo arreio e, com eles, inicia uma marcha para outra direção.

De onde o conheço?

Kaiara se junta a Ber e começam a caminhar em direção ao clã, sendo seguidos pelo restante do agrupamento, não estou satisfeito com a situação, o sujeito que segue em outra direção não me inspira confiança, eu preciso tirar a prova, antes que seja tarde demais.

— Espere! Você aí com os cavalos, pare agora mesmo e identifique-se!

Ele não me obedece de pronto, então decido intimar mais uma vez.

— Você me ouviu! Identifique-se!

O agrupamento, Ber e Kaiara estacionam, como se esperassem pelo desfecho de nossa contenda. O homem com os cavalos não chega a levantar as mãos, não chega a se desarmar, sequer se vira para mim, a única coisa que faz é gritar seu nome para que os quatro ventos ouçam.

— Eu sou Judah, o sobrevivente.

Agora sei quem é o indigente, Judah é um conhecido arenoso que vagueia pelo deserto sem fim em busca de sangue e danação, não respeita nada nem ninguém, não tem honra ou compromisso, inclusive, pode até já ter matado alguns dos nossos. Judah é um assassino, seria prudente deixá-lo seguir em paz? Decido que não.

Essa é minha chance de brilhar, de mostrar meu valor, está na hora de deixar minha raiva explodir. Vou matar Judah e levar sua cabeça para dentro das dependências de nosso clã como um troféu.

— Judah, o sobrevivente, ou Judah, o assassino? — demonstro toda a minha ira e desembainho minha espada, está na hora de descarregar todo o ódio acumulado. — Você vai morrer hoje, Judah!

CAPÍTULO 27

O REVIDE

Sabia que isso iria acontecer. Não sou nem um pouco bem-vindo em meio aos habitantes daquele clã, os malditos são tão esnobes! Na verdade, sei bem que não sou desejado em quase lugar algum nas dependências do deserto sem fim e em seus arredores.

Bem, não tenho qualquer motivo para deles depender, não preciso deles ou de suas aprovações, mas queria mesmo deixar tudo para trás sem algum tipo de confronto. Depois de acompanhar Kaiara nessa jornada, humilhado da forma que fui, cansado e sobrecarregado... Queria apenas voltar ao meu ponto zero em paz, para meu refúgio, na esperança de me recuperar de vez, antes de uma nova jornada sanguinária, em busca de mais um dia de sobrevida.

Seria pedir demais?

Pelo jeito, nem esse direito mais eu tenho, quase implorei para que Kaiara me liberasse do juramento antes de chegarmos às proximidades do clã, humilhei-me pedindo para que a vadia tivesse um pouco de compaixão e ela sequer considerou a possibilidade, em vez de me libertar, pensou apenas em seu fedelho. A vontade que eu tenho agora é a de arrancar a cabeça do *malditinho*. Tudo o que fiz, meu caminho de redenção, levou-me ao mesmo instante de antes. Juro que queria evitar confusão, mas é a confusão que me persegue.

Aquele que vive no clã berra aos quatro cantos pedindo por um enfrentamento, dizendo que devo pagar por todas as calamidades que causei, diz querer justiça. Eu não queria lutar hoje, mas vejo que não tenho escolha.

Não posso negar quem eu sou ou o que eu sou. Eu sou um lutador, um sobrevivente. Ele vai sentir a ira de Avassaladora.

Quem ele pensa que é para me desafiar desta forma? O desgraçado abre os braços como forma de desrespeito e, apesar da distância, posso até sentir seu batimento cardíaco sedento, ele quer lutar com um sobrevivente, ele terá uma luta mortal.

Monto em um dos animais que Kaiara me cedeu, ergo o braço direito ao ar segurando minha espada dentada e enrolo as correntes que me aprisionavam, instantes atrás, na mão esquerda. O cavalo empina e relincha, preparado para avançar.

Corro em direção ao adversário, ele não deve estar esperando por uma investida montada. Chego próximo o suficiente para que minha corrente alcance a mão do infeliz que empunha a arma, com o golpe, a espada inimiga vai ao chão e consigo puxá-lo ainda mais para perto de mim, meu cavalo o atropela e ainda consigo um golpe com a espada em seu ombro. Seu sangue espirra.

A montaria dá meia volta e me preparo para avançar mais uma vez, o animal corre em direção ao adversário, desta vez, perco a chance de mais um golpe de espada, mas consigo chutar sua cabeça.

Ele está caído, ferido e parece extremamente raivoso, é verdade que venci a luta e que poderia fugir com o cavalo para bem longe daqui, mas fui humilhado por este maldito. Isso não pode ficar assim.

Percebo que o agrupamento que o acompanhava está se aproximando de forma perigosa na tentativa de ajudar ao amigo. Tenho pouco tempo para agir.

Volto para próximo do meu inimigo que está caindo e, com as correntes, consigo laçá-lo pelas pernas, vou desfilar com o miserável pelo deserto, esfolar sua pele e mostrar para todos o que acontece quando me encaram, de forma tão desrespeitosa.

— Me chamou de assassino, não é, filho da puta? Na verdade, adoro esse título! — digo, de forma ameaçadora, àquele a quem já julgo ser um cadáver.

O cavalo relincha de forma irregular e empreende um trote apressado ao sabor do meu comando. Olho para trás e vejo a poeira sendo levantada no deserto. Ouço gritos vindos do agrupamento que se aproxima, mas dou mais atenção ao clamor de minha antiga companheira.

— Judah, não faça isso! Por favor, Judah! Não!

Não consigo me conter ao ouvir a voz de Kaiara chamando por mim, de forma tão piedosa. A vagabunda me conduziu por um caminho de miséria até instantes atrás e, agora, pede por minha misericórdia, assim como pedi pela dela. Foda-se!

Eu sou Judah, o sobrevivente, o assassino. Que assim seja! Está em meu destino causar dor e ruína aos outros. A quem eu quero enganar? Não sou um homem bom, não tenho a pretensão de ser um herói. Esse infeliz me desafiou e terá a morte que merece.

Empino o cavalo mais uma vez para mostrar meu desrespeito a todos que se aproximam, faço com que o animal corra ainda mais e consigo observar que o inimigo está muito ferido, quase trucidado.

Algumas flechas são disparadas e eu sei que não estou seguro desfilando tão próximo ao agrupamento, decido, então, empreender fuga para o interior do deserto.

Faço com que minha montaria dispare para longe do perímetro, mas assim que consigo um bom ritmo de cavalgada, sinto uma forte dor na mão que segura a corrente, imediatamente, vejo que um dardo atravessou meu antebraço. A dor irradia por todo o braço esquerdo e perco a força. Acabo soltando as amarras que prendem meu inimigo no mesmo instante em que me queixo da dor.

O dardo cravado no antebraço faz com que o membro todo doa intensamente, arrisco dizer que a flecha continha veneno e, se eu estiver certo, tenho pouquíssimo tempo até perder a consciência. Preciso continuar correndo.

Ao mesmo tempo em que tenho esta impressão, sofro uma queda brusca, o cavalo tropeça nos próprios calcanhares e desaba na areia do deserto, é quando percebo que ele foi alvejado por quatro flechas como as que me atingiram, foi o suficiente para que seu corpo robusto entrasse em colapso.

A queda é feia, o dorso da fera esmaga minha perna e urro de dor, mas não tenho tempo para me contorcer ou para amaldiçoar a angústia que estou sentindo por ter passado por mais esta vergonha. Quando percebo o que me cerca, observo o homem que amparou Kaiara, próximo de mim e logo tenho a cabeça apresentada à sola de sua bota.

CAPÍTULO 28

O REENCONTRO

Chega a ser surreal, mal posso acreditar que estou prestes a alcançar meu objetivo. Passei por muitos momentos críticos, encarei a morte de perto inúmeras vezes, enfrentei perigos constantes, estive em estado de alerta por tanto tempo que ainda fica difícil assumir que estou em paz, a salvo de qualquer perigo.

Agora dou meus últimos passos cansados pelo deserto, mas o destino é certo e aguardado, não tenho do que reclamar, a ansiedade é grande, o coração palpita forte a cada centímetro que avanço e a cabeça gira em tom de euforia. Finalmente, depois de dores e sofrimentos, irei reencontrar meu pequeno.

Quando olho para o céu alaranjado, avisto aquela enigmática ave branca em um voo sereno, as asas em contraste com a imensidão quase escarlate. Sinto uma paz, um alívio que há tempos não sentia. Será que finalmente posso respirar aliviada?

Na realidade, minha intuição permanece desconfiada, apesar de não ter certeza se os que me escoltam oferecem algum perigo, creio que não são maus, nem propensos a me sacanear, mas passei vivendo neste mundo cruel tempo o suficiente para desconfiar de minha própria sombra.

Estes que me acompanham, os moradores do clã, não estão para brincadeira, são habilidosos e estão muito bem armados e equipados, mostraram apenas um pouco do que são capazes ao capturarem Judah e não tenho a intenção de terminar como meu estranho companheiro. Não irei provocá-los ou contrariá-los, mas, por via das dúvidas, mantenho a mão sob o cabo da minha espada, pronta para um contra-ataque ou investida.

O gesto de desconfiança chama a atenção daquele que vai à frente do agrupamento, aquele que me revelou ter encontrado Diel vagando sem rumo pelo deserto. Vejo que sua cabeça aponta para minha direção, é de se imaginar que seus olhos fitam minha atitude, por detrás daqueles óculos, quando demonstra curiosidade.

— Receio de ser aprisionada como aconteceu com seu amigo?

Ele se refere ao idiota do arenoso, Judah foi burro duas vezes: uma por voltar para enfrentar aquele valente que o desafiou e outra por não ter fugido ainda quando estava vencendo a peleja. Não sou como Judah e é bom deixar isto bem claro a estes homens, eles têm meu filho sob custódia e não quero que me nivelem na mesma categoria em que se encontra o vilão.

— Ele — aponto para um Judah desacordado que vai amparado por outros dois ao final do agrupamento — não é meu amigo, nunca foi.

O homem que me acompanha não retruca, apenas acena positivamente com a cabeça, como se estivesse dando a entender que recebeu meu recado. Não sei se o gesto é genuíno ou carrega um ar de cinismo, o mesmo equipamento que protege seu rosto, também me impede de fazer uma leitura mais incisiva de suas ambições através de suas feições.

Decido dar um crédito ao homem e retomo a conversa, quero deixar claro que não sou uma ameaça, apenas uma mãe em busca de seu filho.

— Dizem que precaução nunca é demais, passei muito tempo à procura do meu filho para dar sorte ao azar agora, esta jornada nos faz desconfiar até da própria sombra.

Ele acena positivamente com a cabeça mais uma vez e permanece em silêncio por alguns instantes. Passos a seguir, volta a falar comigo.

— Sei que não é da minha conta, nem me compete fazer esses questionamentos, mas devo confessar que me aguça a curiosidade tê-la encontrado no deserto, na companhia de alguém que, sequer, é seu amigo... Você entende que esse tal Judah é um assassino procurado e odiado por muitos?

Não posso julgá-lo, ser vista na companhia de alguém tão inescrupuloso quanto o arenoso me faz suspeita e minha atitude desconfiada não ajuda a imprimir um ar mais ameno, mas tenho meus motivos, nunca me associei ao assassino por livre vontade, pelo contrário, nossa relação é complicada, mas passa longe de significar algum tipo de laço emocional ou mesmo uma aliança premeditada.

Ainda preciso me esforçar para desvincular minha imagem do vilão, não posso perder a chance de encontrar meu filho só porque Judah decidiu dar uma de lutador orgulhoso.

— Não apenas entendo essa condição como também experimentei de perto a sede que ele tem por derramar sangue, inclusive inocente. Esse tal Judah tentou caçar a mim e ao meu filho, na verdade, foi assim que nos conhecemos.

— Você parece ter muita história para contar, Kaiara, mas não consigo ver maldade em você, afinal, tudo o que quer é ver seu filho, mas, minha consciência não me deixará tranquilo se eu não avisá-la do que está por vir.

"Do que está por vir.", o que ele quer dizer com isto? O homem que lidera o agrupamento parece ter nobres intenções, mas mudou o tom de sua voz. Não aguardo com que continue seu aviso e o interrompo apenas para demonstrar minha, inapropriada, apreensão.

— E o que está por vir?

— Judah quase matou Ike, irmão de Jix, o líder do nosso clã, não poderei de relatar que a encontramos na companhia deste assassino, sua imagem será automaticamente associada a este nosso inimigo e poderá haver consequências.

— Consequências?

— Pode imaginar que você não será recebida, em nosso meio, rodeada de flores, Kaiara? Jix pode ser um líder muito severo quando as circunstâncias exigem e...

— Eu posso garantir que minha única intenção é resgatar meu filho, Depois disso, estou disposta a desaparecer de seu clã para sempre — interrompo o homem para que não me tome por bandida à semelhança de Judah.

— Kaiara, eu acredito em você e nada neste mundo me deixará mais satisfeito do que vê-la reencontrar seu filho, mas, você precisa saber que Jix é imprevisível e poderá estar furioso pelo que aconteceu ao irmão.

— Aonde quer chegar com isso tudo? — a pergunta é inevitável.

— Kaiara, eu não sou seu inimigo e sei que sua aliança com este monstro deve ter um bom e nobre motivo por trás, só quero que você consiga alcançar seu objetivo e, para alcançá-lo, terá que cativar nosso líder. Quando chegar ao nosso clã, ficará frente a frente com Jix, antes de poder encontrar seu filho, você precisará estar pronta para convencê-lo de que é digna de reencontrar o seu garoto.

— Eu estou pronta — dou ênfase a "estou". — Lutei muito para chegar até aqui e não é isto que vai me fazer desanimar.

O homem que me acompanha interrompe a marcha à minha frente, coloca as mãos na cintura e revela uma impressão.

— Eu mala conheço, mas já a respeito demais, Kaiara — ele retira os óculos e os tecidos que cobrem sua face, revelando ser muito jovem, um rapaz de feições leves e divertidas, um sorriso pueril lhe invade os lábios e, logo em seguida, ele me oferece a mão enquanto se apresenta. — Meu nome é Ber e quero que me considere um amigo dentro do Rosa do Deserto.

— É muito bom ter alguém para chamar de amigo, Ber.

A tenda não é nada luxuosa, nem ao menos parece ser o lugar que comporta o líder desse clã. Poderia se passar, facilmente, pela moradia simplória de um dos pobres infelizes que vivem por aqui. O único diferencial é a presença de dois homens, armados, que fazem a segurança do local, na porta.

Ber me trouxe para cá, imediatamente, após chegarmos aos portões do clã. Fiquei impressionada com a organização imposta pelo tal Jix e seus moradores. Não tive como segurar a nostalgia, impossível não lembrar que, um dia, vivi de forma quase plena nas dependências de um clã como este.

De uma forma quase estranha, é como se me sentisse em casa.

Bem, aqui estou eu, mais uma vez, no interior da tenda de um rei, de um líder de clã. Só que desta vez, não estou aguardando meu amado, mas sim, um possível inquisidor. Estou ansiosa para saber como serei recepcionada pelo tal Jix, não sei o que esperar desse encontro.

Em respeito a este líder, que ainda não conheço, e atormentada pela apreensão, aguardo em pé e não ouso tocar em nada dentro da residência improvisada.

Quando já não me aguento de esperar, a fenda de entrada da cabana se abre e um homem, levemente alto, de barba comprida, magro e pele escura, se faz presente. Uma pequena garotinha com cabelo cor de mel e olhos verdes se esconde atrás de suas pernas. Intuo que o homem seja Jix e o reverencio.

— Antes de mais nada, quero agradecer por manter meu filho a salvo e por me receber em seu meio.

Recebo um sorriso em resposta e um questionamento.

— Você deve ser a Kaiara, ou seria Zzah?

— Meu novo nome de rebatismo é Kaiara, senhor, deixo Zzah guardado apenas para meus inimigos.

O velho me circula e parece estar avaliando minhas vestimentas e meu caráter.

— Alguém que guarda um nome apenas para os inimigos deve guardar muito rancor no coração...

— É impossível viver o que eu vivi sem guardar mágoa e rancor, senhor. Infelizmente, somos obrigados a ter inimigos e sobreviver dia após dia na ânsia de ter nossa vingança.

Ele balança a cabeça de forma negativa e se direciona à pequena, que o acompanha, logo em seguida.

— Vá brincar, doce criança, não é adequado que presencie nossa conversa.

A menina, muito bonita e recatada, parece não estar satisfeita em ceder, mas um leve empurrão do velho faz com que obedeça. Assim que os cabelinhos da menina saem pela fenda de entrada da cabana, o homem direciona-me a palavra.

— Veja só você, ainda uma criança e fala como se fosse uma deusa da guerra.

— Não sou uma deusa da guerra, senhor — tenho vontade de completar a frase "apenas a rainha da vingança", mas mantenho-me calada.

— Claro... Claro... Não pode se assumir o papel de deusa da guerra e ser mãe ao mesmo tempo, mas há algo em você, Kaiara, que vai além de sua personalidade, que parece ter sido moldada mais dura e forte por essa realidade. Existe alguma coisa em você que a diferencia em relação aos demais.

Acho curioso o fato de um velho, que jamais vi na vida, estar tentando ler-me dessa forma, sem ao menos questionar-me sobre questões um pouco mais profundas e detalhadas.

De certa forma, este velho me lembra os sete anciãos do DRP, os que auxiliavam nas decisões de Rifer. Não sei o que esse tal Jix quer provar, mas me aguçou a curiosidade. Decido, então, dar mais corda ao líder do clã.

— E o que seria esse diferencial?

— Diga você.

— Obstinação — arrisco, sem saber ao certo se é a resposta mais coerente.

— Compaixão.

O palpite do velho me pega de surpresa, fico sem palavras e encaro o chão, como se estivesse inapropriadamente com vergonha de mim mesma, como se esta resposta dada pelo ancião fosse embaraçosa.

Então, quando menos espero, outro homem adentra pela fresta da tenda. Este é forte, com os braços a mostra, vestia calça e uma espécie de placa de peito, feitas de couro, capa vermelha nas costas, braceletes, espada a tira colo e um olhar penetrante. É um homem de boa aparência, queixo forte e barba por fazer. Seria um galã em outros tempos. Na mão esquerda, traz um jarro que parece ser de barro.

Ao adentrar, encara-me com um olhar penetrante e logo se direciona ao velho.

— Deixe-nos, Mervil.

O velho, de pele escura, abaixa a cabeça e ensaia uma saída de imediato. É quando percebo que estive errada quanto à sua identidade. Aquele não era Jix, possivelmente era uma espécie de conselheiro, como os anciãos de Rifer.

Agora sim, possivelmente estou na presença do verdadeiro Jix, líder implacável do clã Rosa do Deserto.

Mais uma vez, trato de agradecer pelo que fizeram ao meu filho e demonstrar que não represento qualquer tipo de ameaça.

— Senhor, gostaria de agradecer por manter meu filho a salvo e por me receber em seu meio.

Esse Jix é imponente, sua presença impõe respeito. Não demonstra estar lisonjeado pelo meu agradecimento, sincero, pelo contrário, para este líder, bajulações não são relevantes.

Após um momento, embaraçoso, de silêncio, Jix levanta a mão esquerda e oferece o jarro de barro assim que revela o seu conteúdo.

— Água fresca, tirada de nossa fonte artesanal, beba.

Água fresca? O quanto isto é inusitado? Não posso recusar tal oferecimento, abaixo a cabeça em tom respeitoso e apanho o jarro. Bebo do líquido e parece que a minha alma se refresca também, a sensação é deliciosa, uma verdadeira dádiva.

— Ber me relatou que o encontrou no deserto sem fim, exausta e ansiosa para encontrar seu filho, o garoto que foi resgatado por ele há alguns dias, durante uma tempestade.

Aceno positivamente com a cabeça e completo as informações de Ber com minhas próprias memórias.

— Na verdade, vivi coisas inimagináveis no deserto, senhor, mas nem por um momento perdi a esperança em reencontrar com meu filho, meu pequeno Diel.

Quando Jix apanha o jarro de volta, inspeciona o conteúdo e percebe que ainda deixei água em seu interior. É uma forma de mostrar respeito ao líder e aos moradores do clã, aos quais pertence a preciosidade do líquido.

O líder do Rosa do Deserto coça a garganta, caminha em direção a um dos leitos da tenda, livra-se da capa e direciona-me a palavra.

— Sou um homem que gosta de ir direto ao ponto — o líder volta para perto de mim e prossegue. — Ber é um rapaz que vem demonstrando cada vez mais seu valor dentro do clã e achei por bem levar em consideração o que ele disse a seu respeito. Ber acredita em você, ele vê virtudes, mesmo sem conhecê-la, mas há uma coisa que me incomoda.

Poderia perguntar ao líder o que o incomoda tanto, mas não tenho a intenção de parecer rude, ingrata ou intrometida. Permaneço em silêncio, aguardando-o prosseguir com conversa, o que não tarda a acontecer.

— Você caminhava pelo deserto na companhia de um grande malfeitor, um homem que não é bem-vindo em lugar algum por conta do modo como despreza a vida dos outros. Não é agradável saber que irei deixar uma criança pueril nas mãos de uma mãe que anda na companhia de seres tão abomináveis quanto Judah.

Claro, mais uma vez Judah me atrapalha, ainda que indiretamente. Ber tinha razão, minha aliança com o arenoso não seria bem vista pelo líder Jix e pelos demais habitantes do clã. O que preciso fazer é explicar os motivos de nossa junção e desvencilhar-me da imagem do bandido.

Não sei se é essa a preocupação de Jix, de entregar uma criança a uma mãe mal relacionada, mas ele não está satisfeito por saber que estive na companhia do inimigo.

— Senhor, por acaso, foi mencionado que Judah estava acorrentado no momento em que fui interceptada pelo agrupamento de Ber?

Jix não demora a responder.

— Sim, eles me disseram isto e, também, que você o libertou assim que foi possível.

— Não tive escolha, tinha uma dívida com ele e precisei honrar minha palavra.

— Uma dívida com um homem como Judah — Jix debocha de minhas razões.

Não estou me saindo tão bem em convencer Jix sobre minha relação com o malfeitor. Preciso mudar minha narração e decido fazer isso logo.

— Senhor, eu juro que minha relação com Judah nunca foi de amizade ou algo do tipo. A verdade é que nós nos associamos por pura conveniência, tanto é que nos conhecemos durante uma luta entre nós mesmos, um desentendimento — ter que explicar meus motivos começa a me irritar. Decido mudar um pouco o tom da conversa. — Eu estava com Judah quando fui encontrada por Ber, estava com ele porque ele estava rastreando meu filho em troca de um favor. Então, não tive escolha a não ser libertá-lo assim que cumpriu sua promessa. Judah me trouxe até aqui, onde está meu filho. Jix, esta era minha relação com aquele maldito.

— Jix? Tenha mais respeito por mim, mulher.

— E, por acaso, você é melhor do que alguém, Jix? Por ser o líder de um clã, pensa que é melhor que os outros, Jix? Devo tratá-lo por rei?

— Insolente — o líder se impõe e me encara.

Não me intimido pela postura poderosa do homem, encaro-o de volta enquanto o desafio.

— Saiba que eu fui a esposa de um líder, o representante do clã da Risca Paranaguá, e não vou admitir que me trate como se fosse uma bandida. Só estou aqui pela ajuda de Judah, que me acompanhou pelo deserto para encontrar meu filho. Então, se quer julgar alguém pelos atos de um lunático, sinta-se à vontade, mas não me tome por igual a ele.

Jix me apanha pelos ombros, seus olhos parecem querer me derreter.

— Estou aqui para ver meu filho, Jix. É tudo que espero, é só o que anseio — minha voz começa a ficar embargada, sinto um misto de emoções. Estou irritada por estar sendo comparada a Judah e ansiosa por saber se vou encontrar meu filho ou não. A situação está insuportável e não consigo me aguentar. É com lágrimas nos olhos que disparo uma última tentativa de mostrar a Jix que não estou aqui para perder tempo. — Se você pensa que sou como Judah, que não sou digna de proteger meu filho, acabe logo com isso e enfie sua espada no meu peito. A decisão será sua, Jix, ou devolve meu filho ou me execute agora mesmo.

O rei solta meus ombros, seu olhar perde a intensidade e chega até a parecer cabisbaixo. Creio ter conseguido o resultado almejado. O homem, surpreendentemente, sai da tenda a passos largos.

Não faço ideia de qual será a decisão de Jix.

A fenda de entrada da tenda se abre novamente, após um tempo considerável. Não consigo mensurar por quanto tempo fiquei sozinha, no interior do alojamento de Jix, após sua saída dramática, talvez não faça tanto assim, mas a demora por uma resposta pareceu perdurar a eternidade.

Não me animo em verificar quem entra pela fresta, simplesmente ignoro. Pode ser Jix e sua sentença de morte; Mervil para mais uma conversa fiada; Ber e suas doces palavras ou então Judah para me desgraçar ainda mais. A verdade é que nenhum deles me importa. A única pessoa que poderia me deixar feliz é Diel, meu pequeno, mas isto seria pedir demais. É o que penso até ouvir uma voz, aguda e infantil, conhecida, chamar-me, não de Kaiara, nem de Zzah, mas de.

— Mamãe!

Imediatamente, meu coração congela, o ar não chega aos meus pulmões e meu sangue parece ferver a ponto de cozinhar minha pele. Lágrimas escorrem por minha face, sem nenhum pudor, assim que vejo o meu pequeno de mãos dadas com Ber e uma mulher loira.

Diel tem ataduras por todo o corpinho, parece ter se ferido, mas está bem asseado e cuidado, quase recuperado. Corro em sua direção com os braços abertos e desabo em sua frente. Envolvo meu filho como se fosse um pássaro, envolvendo o filhote, com as asas. Sinto seu cheiro, ouço sua respiração e os nossos corações batendo no mesmo compasso acelerado.

Passei tempo demais sem meu menino, sem o fruto de meu ventre, a razão de minha vida e sobrevida. Diel chora compulsivamente e tento acalmá-lo com uma promessa que pretendo cumprir.

— Mamãe está aqui, filho. Nunca mais você estará sozinho, nunca mais.

Logo em seguida, ouço uma voz grossa se fazer presente.

— É uma mulher de valor, Kaiara, e sei reconhecer isto. Você e seu filho são mais do que bem-vindos nas dependências do clã Rosa do Deserto e faço questão de lhes fornecer novas vestimentas e um banquete. Espero que possam se juntar a nós.

A voz grossa é conhecida, pertence a Jix. O líder do clã fez questão de mostrar que tomou a decisão que julgou ser a mais adequada. Talvez seja um bom homem no fim das contas.

Fico em pé, com meu filho no colo, e quebro o protocolo ao abraçar o líder em sinal de agradecimento por proporcionar este reencontro.

CAPÍTULO 29

O ACUSADO

Quando a antiga ciência descobriu essas estranhas variações da raça humana, muitas pessoas duvidaram. Alguns disseram que era uma mentira inventada para disseminar a discórdia, outros desconfiaram de armação, mas a verdade é que o tempo provou que entre nós havia pessoas com habilidades incomuns e surreais, pessoas capazes de coisas até então inimagináveis.

Dentre essas descobertas científicas, os arenosos eram os que mais inspiravam curiosidade e medo, donos de um temperamento, invariavelmente hostil, estes indivíduos, foram apresentados como capazes de sobreviverem a um clima severo, ao calor insuportável e à falta de água por tempo considerável. Mas não era esta simples condição que fazia os arenosos serem temidos. Apesar de conseguirem sobreviver por tempo demais sem uma gota da água, deveriam reabastecer em determinado momento e era então que a situação se tornava cruel.

Para reabastecer o percentual de água tolerável no organismo, os arenosos passaram a assassinar aqueles que chamávamos de aquáticos. Não sei explicar o processo, o que sei é que eles bebiam seus rivais. Estranho, mas esses apontamentos são verdadeiros.

Com o fim da humanidade como conhecíamos, os arenosos se adaptaram muito bem ao novo sistema e, desde então, vêm sobrevivendo através da caça, indiscriminada, aos outros, sobretudo aos aquáticos.

Eu mesmo já tive que enfrentar um destes assassinos, certa feita, quando tentaram invadir o bunker em que me abrigava.

E não é nenhum exagero dizer que dentre todos os arenosos que circundam nosso planeta, esse que foi brilhantemente capturado pelo jovem é um dos mais famosos e perigosos de todos.

Dizem que seu nome é Judah, aquele que gosta de chamar a si mesmo de "O Sobrevivente". O homem está enjaulado, todos já ouviram histórias de como ele pode ser perigoso.

Sua face é grotesca, trata-se de uma figura que inspira medo, olhos perturbadoramente amarelados, dentes que parecem podres e pontiagudos, cabelo quebradiço e a pele castigada pelo sol. Sem camisa, posso ver a perfeição de seus músculos esculpidos em peitoral, braços e abdômen.

Acorrentado às barras de ferro, mantém uma postura orgulhosa, mesmo diante de mim. Parece não se importar com nada ou com ninguém, não tem respeito ou reverência. Trata-se de um sujeito sujo e insano.

Aproximo-me um pouco mais da jaula que mantém a fera sob custódia. Judah fede, mas ainda mais imunda parece ser sua alma. Não posso culpá-lo, de certa forma, todos somos imundos nesta nova realidade.

— Veio apreciar seu novo animalzinho de estimação, velho? Aproveite e dê uma boa olhada, não pretendo passar muito tempo por aqui.

Não poderia esperar uma atitude mais nobre vinda do prisioneiro. Este homem é rude e desagradável, por óbvio que terei que ser cuidado em seu trato.

Deixo de lado a provocação, é o mais prudente a fazer.

— Sabe me dizer quantos homens já matou, arenoso?

— Garanto que muito mais do que pode imaginar, desgraçado — apesar de tudo, Judah sorri. Continua com o tom da provocação ao perguntar. — E você, quantos já matou?

Quantos eu já matei? Judah é sagaz e deve ser um bom conhecedor da Lei da Sobrevivência e da Lei da Sede. Certamente irá usar estes argumentos a seu favor quando for tentar se defender.

E a resposta à pergunta, é com tristeza que acumulo três mortes em meu currículo, mas quanto a isto, nada pude fazer, não tive escolha.

— Você se orgulha em ser um assassino? — questiono.

A resposta vem em tom de deboche.

— Nada nesta vida me traz mais paz.

Baixo a cabeça em tom pesaroso e balanço de forma negativa, uma reação automática em resposta à insolência lançada pelo prisioneiro. O gesto causa mais uma investida do inimigo.

— Deve me achar muito desprezível por isso... pensa que é superior a mim por ter vergonha de ter matado. Quantos matou, seu negro desgraçado? Eu fiz uma pergunta e ainda não respondeu. Sete, oito, ou não é homem o bastante para isso?

Não posso perder a razão. Pelo jeito, o prisioneiro será insolente o tempo todo e não poderei cair em sua armadilha. Tento retomar as rédeas do diálogo.

— Você, Judah, matou muitas pessoas e deve ser julgado e responder por isto. Vou me certificar de...

— E o que você é? Uma espécie de juiz ou o dono da verdade?

— Sou o conselheiro do líder do clã, Mervil.

O sobrevivente bate com as palmas das mãos na grade, provocando um estridente som, antes de ameaçar.

— Se queriam me impressionar, deveriam ter mandado alguém mais imponente e poderoso, não um velho miserável como você. Eu posso acabar com você de olhos vendados, maldito Mervil. Na verdade, assim que eu sair daqui irei matá-lo e pendurar seu cadáver de pele preta no alto da muralha do seu clã.

Engulo seco e me imponho.

— Vou me assegurar de que nunca saia daí, arenoso.

— Isso, seu velho horroroso! Mostre sua verdadeira face, mande que me matem. Sei que nas suas mãos também escorre sangue, nas de todos nós escorre.

Neste instante sou nivelado a Judah. Não é o que pretendo, não estou aqui para deixar com que suas provocações deturpem minha análise sobre o prisioneiro.

Jix exigiu que eu viesse ter com este bestial para traçar uma análise sobre seu caráter para que seja determinada uma sentença. Como Judah é uma ameaça a todos elevando em consideração que atacou o irmão de nosso líder, é certo que a sentença de morte é uma opção que está sendo fortemente considerada.

Minha intenção era nobre, não gostaria de ter que carregar a morte de alguém mais uma vez e tenho sérias dúvidas se devemos impor uma sentença tão irreversível a este arenoso. É verdade que sua figura é temida e indesejável, mas, pelo que sabemos, nunca matou um dos nossos. Nós não teríamos uma razão justificável para determinar sua morte e matá-lo, apenas nos nivelaria a ele.

Sim, queria poder traçar uma avaliação mais lúcida para tentar afastar a ideia de execução da cabeça de Jix, mas com este comportamento do indigente, a tarefa está se tornando árdua demais.

Coço a garganta de forma irregular e tento dar mais uma chance ao prisioneiro.

— Tente manter a insolência de seu linguajar de fora desta conversa. Lembre-se de que é um prisioneiro, que seu destino está em nossas mãos e que pesam muitas acusações contra você.

Ele não esboça reação, ao contrário das outras ocasiões, não ensaia um disparate ou um confronto. O prisioneiro simplesmente permanece na mesma posição, suas mãos agarram as barras de ferro que o aprisionam e se mantém em pé me encarando, aguardando a continuidade da conversa.

Dou as costas ao prisioneiro. Estranho, mas seus olhos amarelados me reviram o estômago. Prossigo, então, nossa contenda.

— Você tem ciência de que atacou e feriu gravemente o irmão de nosso líder?

Ouço uma risadinha de escárnio antes da resposta.

— Olha, velhote, não sei quem era aquele desgraçado, nunca vi o maldito em toda minha vida, mas eu não sou de ficar quieto quando desafiado. Não sou um merda, não sou frouxo, o cara me desafiou na frente de todo mundo, quando eu já estava indo embora, para cuidar da minha vida e não tive escolha...

— Todos nós temos escolha, Judah.

— Não eu, seu preto fedorento, tenho uma reputação a zelar. Ele me desafiou, chamando-me de assassino, tive que mostrar para ele do que eu sou capaz.

— E mostrou? — indago, já sabendo a resposta.

— Não! — a resposta vem seca e rápida.

— Não?

— Ele merecia morrer. Ninguém, velho, ninguém pode me insultar e me ameaçar e continuar vivo.

Volto a olhar diretamente para o bandido, a postura arrogante dele me deixa muito desconfortável, então tento ignorar o fato de que, de certa forma, ele quer se mostrar superior a mim. Fecho os olhos para uma pergunta que pode ser determinante em minha avaliação.

— Estava indo embora quando foi desafiado, é o que disse, voltou para confrontar o seu rival e foi aprisionado após uma investida do agrupamento, certo? De alguma forma, você se arrepende de ter revidado? Está arrependido de ter cedido à provocação?

Quando volto a abrir os olhos, vejo um sorriso maldoso estampado nos lábios do malfeitor, Judah me encara com um semblante demoníaco e mortal. Em seguida, responde com um tom soturno na voz.

— Me arrependo de não ter acabado com a raça de cada um daqueles miseráveis que estavam lá, naquele dia. Devia ter arrancado a cabeça do irmão do seu líder e daquele vagabundo que me capturou, ter violentado Kaiara quando tive a chance, esfolado sua pele e comido seu precioso filho...

Deixo Judah com suas maledicências, não há salvação para este homem.

CAPÍTULO 30

O REJEITADO

O clã está em festa, dizem que há muito que se comemorar. Ouso discordar de quem tem este entendimento equivocado. Qual o sentido de uma festança como esta? Temos condições para bancar o divertimento deste povo?

É assim que o idiota do meu irmão age, uma concepção extremamente deturpada de liderança. Não deveríamos estar fazendo festa e sim nos preparando, cada vez mais, para eventuais desafios que podem surgir e estes tendem a ser muitos.

De um dia para o outro, nós nos tornamos alvo fácil. O encontro repentino com Judah, às portas de nosso clã, deixou muito claro o quanto estamos vulneráveis. Meu confronto com o assassino foi uma espécie de aviso de nossas miseráveis falhas e existe uma possibilidade muito grande de sermos atacados a qualquer momento. Apenas Jix não entende isto.

Passei um tempo sendo medicado, ainda tenho dificuldades para andar, mas, mesmo assim, tenho muito mais vigor que nosso próprio líder. Vejo o infeliz tomando várias atitudes equivocadas, uma atrás da outra, e não posso fazer nada, pois qualquer coisa que eu diga será tida como inveja aos olhos dos demais.

Através das decisões erradas de nosso líder, deixamos nossas defesas cada vez mais comprometidas. Foi ele quem autorizou que a companheira de Judah caminhasse livremente entre nós. A mulher é uma assassina e, agora, desfruta de nossa comida e bebida ao lado de seu filho. Apenas Jix não enxerga o perigo que estamos correndo mantendo essa gente entre nós. Aqui não é o lugar deles.

Agora, sou obrigado a vê-la dançando e se divertindo, interagindo com os nossos, como se fosse mesmo uma de nós. Não me surpreenderia se essa tal Kaiara aproveitasse qualquer momento de deslize nosso para tentar libertar o assassino. Afinal, nosso estimado líder é incapaz, até mesmo, de emanar uma sentença rápida. Enquanto Jix não se decide do que fazer com Judah, o miserável também come e bebe às nossas custas, ainda que enjaulado.

Não estou satisfeito, na verdade, estou muito irritado com toda essa situação e com as decisões que estão sendo tomadas. Até sinto o peso da humilhação me varrendo. É difícil ser atormentado por não ter dado jeito no assassino, mas é ainda mais difícil saber que fui salvo novamente por Ber.

Um rapaz molenga, imaturo e irresponsável. Foi para ele que perdi tudo o que me importava e me mantinha orgulhoso. Eu era o mais forte do clã, o mais experiente em combates, eu deveria ter ficado em pé durante a tempestade do deserto, ter capturado ou matado Judah e ter salvado o filho de Kaiara. Ber roubou tudo o que me restava, varreu meu orgulho e dilacerou minha reputação, agora, por causa disso, todos no clã me olham com desdém, alguns me encaram, até mesmo, com pena. É humilhação demais para mim.

Por ter livrado minha pele duas vezes, resgatado um menino do abismo do deserto e encontrado sua mãe, aprisionado um dos maiores assassinos da redondeza e mostrado seu valor, outras incansáveis vezes, agora, Ber será condecorado pelo nosso excelentíssimo líder máximo. Droga! Eu que deveria ser condecorado.

Os adultos bebem, comem e festejam. Vejo as poucas crianças do clã em perfeita sintonia, inclusive a princesa Ki, brincando de roda, incentivadas por Kaiara e Alix. Jix e Mervil trocam palavras amistosas em meio a risos. Tudo isto não passa de baboseira para mim.

— Está cabisbaixo, amigo, houve alguma coisa?

Não havia percebido sua chegada, é como se meu sentido de alerta ainda estivesse desligado por conta das sequelas dos ferimentos que ainda estou tratando.

O rapaz me encara com a boca toda sorridente e brilho nos olhos. A pele, tostada pelo sol, parece estar, especialmente, reluzente hoje, cabelo claro bem aparado e penteado, barba feita. Suas roupas estão muito limpas e chegam a lhe garantir até mesmo certa elegância. Ao lado do corpo, uma espada de aço nobre, do tipo rapieira, forjada especialmente para ele, com as inscrições "O Protetor" na lâmina. Sua espada tem nome, a exemplo das armas de grandes guerreiros do passado. A figura de Ber remete a dos heróis antigos que nossas, esquecidas, civilizações costumavam reverenciar. Meu olhar para ele é de desdém.

Em vez de responder sua pergunta, prefiro encarar o vazio e mudar de assunto.

— A festa parece estar boa, é um ótimo momento para festejar, afinal, estamos cheios de recursos para bancar divertimento esporádico.

O garoto se acosta próximo a mim, imitando o modo como estou escorado na parede de um casebre. A atitude me irrita. Não queria ter a companhia de ninguém esta noite, muito menos de Ber.

— Nós já passamos por tantas coisas juntos, Ike. De tudo o que esta realidade nos proporciona, nada é mais desgastante do que viver em constante apreensão pelo dia de amanhã. Acho que nós dois merecemos uma festinha de vez em quando, só para variar.

— Nós dois não merecemos festa alguma, Ber, você merece.

Ao que parece, o rapaz não percebe o tom de ironia em minha voz, logo em seguida, trata de agradecer o falso reconhecimento.

— Sabe que me espelho muito em você, não é? Eu agradeço a Deus por ter me dado um amigo como você, Ike, parte desta conquista é sua também.

Eu rio, não por simpatia, mas sim por cinismo. Ber realmente pensa que ainda tenho algum tipo de afeição por ele ou por seus atos questionáveis. Alheio à minha vontade de ignorá-lo, o rapaz continua puxando assunto.

— Já parou pra pensar que o nome Rosa do Deserto é muito significativo?

Mais uma vez as reflexões de Ber. Desta vez, irei deixá-lo falando sozinho. Claro que minha postura não o inibe de prosseguir o pensamento, ainda que, em uma espécie de monólogo:

— Quero dizer, por todo o lado nós estamos cercados de danação. Para qualquer rumo que tomemos, estaremos sujeitos a perigos extremos, mas aqui, nossa semente germina. Seu irmão conseguiu construir algo bom em um mundo que só havia trevas. Isto vai além de uma comunidade, além de tudo o que nós já vimos. A humanidade não está perdida, enquanto houver pessoas como Jix...

— Olha, eu preciso ir cuidar de meus afazeres — interrompo o monólogo, delirante, de Ber antes que ele comece a falar mais e mais do meu irmão. Isso sim seria humilhação demais para mim.

— Ah, sim. Você não vai ficar para minha condecoração?

— Não! — a resposta é propositalmente seca.

Inicio uma caminhada dolorosa. Não tenho sono, não vou para meu alojamento descansar, nem nada, apenas não pretendo continuar no meio dessa gente. Quero distância de Ber, Jix, Kaiara, Mervil e todos os outros.

— Bem, então até mais.

Não respondo à despedida, não tenho motivos para continuar falando com Ber ou prolongando um chato contato visual. Porém, o jovem não parece estar satisfeito com nossa despedida, mais uma vez, faz questão de chamar minha atenção.

— Ike.

Viro-me para ele, mais por educação do que por consideração ou curiosidade. O quase condecorado membro do clã apressa os passos para se aproximar de mim, inclina a cabeça para junto de meu ouvido e fala baixo.

— Estou planejando deixar este dia ainda mais especial, assim que for condecorado por Jix, vou pedir a mão de Alix em casamento. Estamos apaixonados, Ike, e, finalmente, terei a chance de reconstruir minha vida. Já que não vai acompanhar a cerimônia, achei que seria legal dizer isto a você antes, para me dar sua benção — tudo que diz, o faz com um sorriso satisfeito estampado no rosto, ao mesmo tempo em que acaricia a aliança de sua antiga noiva.

O homem do clã que disser que não tentou a sorte com a bela Alix está mentindo. Todos foram rejeitados por ela, inclusive eu e até mesmo Jix, agora, Ber conferencia mais uma de suas conquistas. Sinto raiva, vontade de socar seu rostinho, apenas para destruir algo bonito. Como ousa tentar ser feliz?

Olho no fundo dos olhos de Ber e não digo nada, apenas, dou as costas e continuo caminhando, sem rumo, para longe dessa gente superficial. Recuso-me a compartilhar da felicidade daqueles que me rejeitam.

CAPÍTULO 31

O JUIZ

— O homem conhecido por Judah é uma das criaturas mais vis que já caminhou pela face da Terra, um homem traiçoeiro e que tem sede por matança e danação, porém ele nunca matou um dos nossos.

— Este homem feriu meu irmão gravemente e o arrastaria pelo deserto se não fosse pela interferência de Ber, esqueceu-se disto? — sentado em uma pesada cadeira, feita de forma rudimentar, Jix parece um verdadeiro rei. Mãos cruzadas na altura do queixo, está compenetrado em uma importante decisão.

— Se me permite a palavra, senhor, temo que este homem perigoso possa se voltar contra nosso clã, se for libertado de nossas fronteiras — o jovem recém condecorado, Ber, toma partido na conversa.

Jix decidiu se reunir com Ber e eu para podermos discutir o que será feito do prisioneiro, mas as nossas opiniões não valem muito. É o líder quem terá a palavra final. É como as coisas se resolvem por aqui.

Sou piamente contra a execução de Judah e preciso mostrar os motivos pelos quais vou defender este ideal:

— Esse homem, Judah, pode ser muitas coisas ruins, mas não é um louco. Pelo contrário, está em seu perfeito juízo e ciente de seus atos. Seria uma grande burrice se tentasse investir sozinho contra nosso clã, meu senhor.

— Ele pode se reunir com amigos.

— Impossível, senhor — retruco, Jix, utilizando um tom de voz perigosamente áspero — os arenosos, ou sobreviventes, como gostam de ser chamados, não costumam andar em bandos ou grupos, são de hábitos solitários. Tenho certeza que nossas defesas seriam efetivas e suficientes contra um possível revide, ainda mais agora com a reestruturação promovida da segurança pelo, competente, mestre Ber — sorrio ao jovem para demonstrar alguma simpatia.

Com um ar orgulhoso no rosto, o rapaz também replica.

— Perdão, senhor Mervil, mas não vejo cabimento em enviar esse homem para o deserto, estamos falando de um assassino impiedoso.

— Há sangue nas mãos do homem, Mervil — Jix está muito inclinado à execução.

— Há sangue nas mãos de todos nós, meu senhor. As circunstâncias nos obrigam a isto e a Lei da Sobrevivência nos permite. O que estou falando é que Judah não cometeu crime, punível com a morte, contra nenhum membro do clã, nós não temos o direito de executá-lo. O exílio, para mim, basta.

Jix se remexe de forma desconfortável no cadeirão, vejo impaciência em seu olhar e ouso dizer que o mesmo está muito descontente com minha opinião, tanto que precisa de uma segunda impressão ao questionar.

— Diga, Ber, o exílio desse homem parece uma solução a ser considerada?

— Com todo respeito ao mestre Mervil, mas tenho que discordar. O exílio é uma medida branda demais contra um ser que amedronta a todos em nosso meio.

— Sua solução? — Jix quer saber.

— Execução — o jovem está firme em sua impressão. — Não temos escolha e, assim, faremos justiça.

Jix resmunga algo em tom muito baixo antes de perguntar.

— Nenhum dos dois cogita mantê-lo aprisionado?

Instantaneamente, em resposta, Ber balança a cabeça de forma negativa. Minha opinião não é diferente.

— Seria irresponsável cogitar isto, senhor, manter Judah em cárcere significaria desperdiçar nossos recursos e proventos em troco de nada. Não podemos dispor de nosso conforto em favor de um prisioneiro.

— Quanto a isto, concordo plenamente, mestre Mervil tem razão, senhor.

Novamente, o líder do clã parece incomodado. A questão não o deixa em paz e é isso que percebo assim que profere o desabafo.

— Tenho uma situação complicada em minhas mãos, não é fácil decidir o destino de um homem e tenho que saber sobrepesar muito bem os fatores para tomar uma decisão. De um lado, fazer o que é mais coerente; de outro, fazer o que é realmente justo. Judah nunca matou um de nós, mas é uma constante ameaça e há muitas mortes em suas costas.

Tento uma última palavra de conscientização em favor da minha teoria.

— O senhor me permite uma última palavra?

— Não! — Jix veta minhas pretensões, logo em seguida, respira fundo e dispensa seus conselheiros. — pensarei no assunto para decidir, vocês estão dispensados.

O jovem Ber ensaia uma reverência, roda nos calcanhares e nos deixa. Demoro mais um pouco, recebo um olhar fulminante do líder enquanto tento pescar sua decisão.

— O senhor está inclinado a executar o malfeitor, não?

No mesmo instante, o líder cerra o semblante de vez e sua voz ecoa pela tenda em um tom rude e grosso.

— Está dispensado, Mervil.

Acolho a repreensão, baixo a cabeça e caminho até a saída, mas não sem antes dar um último conselho.

— Vai acabar manchando suas mãos com o sangue deste homem.

— Isto não me impressiona mais — ele responde de forma ainda mais grosseira.

CAPÍTULO 32

O RESSENTIDO

Não tenho a mínima vontade de sair do meu alojamento para contemplar mais um dia de humilhação. A simples ideia de encarar os demais do clã me deixa irritado.

As coisas já não são mais as mesmas, as pessoas mudaram, o clã mudou. A única certeza que aponta em meu coração é o fato de que aqui não é mais o meu lugar, já não pertenço ao clã Rosa do Deserto.

Na verdade, talvez este nunca tenha sido meu verdadeiro lar e fui enganado esse tempo todo por uma comodidade de falsa sensação de bem-estar induzida por Jix, Mervil e os outros. Não sei se devo continuar me doando para um povo que não reconhece meu valor como deveria.

Mas, apesar da vontade em me manter recluso ou afastado, sei que devo continuar ativo e à vista dos demais. Não quero que pensem que me dei por vencido ou que me tornei peso morto. Ike está vivo.

Visto alguma roupa, calço minhas botas velhas e me amparo nas muletas improvisadas, projetadas por Alix. É hora de contemplar a vermelhidão do céu, afinal, é tudo que me resta.

A andança pelo clã não é uma das coisas mais prazerosas a serem feitas. Por onde sou visto, sinto aquele olhar característico de dó e pesar. Sei que sou tido como um infeliz, um pobre diabo que teve que ser salvo por um homem muito mais jovem, o irmão do rei que sequer tem a dignidade de ser chamado de príncipe.

Esse olhar de pena me deixa muito irritado. Se eu não tivesse um bom controle próprio, já teria me enfiado em muitas brigas, para defender minha honra.

Enquanto estou parado, sinto os olhares penosos de um dos nossos, o homem que faz milagres com o pouco de trigo que conseguimos cultivar e produz alguns pães. Ele me observa um pouco cabisbaixo e, quando nossos olhares se cruzam, ele me oferece um pedaço de pão feito recentemente, ainda fumegante. É um ato caridoso.

Amparado pelas muletas, vou até o padeiro e apanho o pão. Não como um pedaço sequer e atiro a iguaria no chão poeirento, pisoteio a comida, tornando-a uma verdadeira ruína.

— Não preciso de sua piedade, está ouvindo? — grito com o homem em tom ameaçador o suficiente para fazê-lo entrar em sua tenda. Logo em seguida, trato de deixar bem claro o que estou pensando. — Não preciso da piedade de ninguém! Vocês nunca fizeram nada por mim e não admito que me considerem um pobre coitado que precisa de ajuda!

Minha irritação chama a atenção de todos no quarteirão, pessoas saem de suas tendas para testemunharem minhas palavras e muitos demonstram surpresa pela minha atitude. Mas não me deixo encabular.

— O que estão olhando? Sou eu mesmo, Ike, irmão de seu estimado líder. Este clã foi construído por minhas mãos, mas isto não significa nada para vocês, não é? Sou muito mais forte, experiente e mais velho e, mesmo assim, preferem eleger como herói um idiota feito Ber! Todos vocês são ridículos!

No auge da minha ira, sinto um puxãozinho na barra de minha camisa, olho para baixo e vejo a figura, pueril, de Kilin, a princesa do clã, filha do meu irmão. A pequena me olha com espanto e não demora a questionar.

— Por que está bravo, tio?

No mesmo instante, um pensamento perturbador me vem à mente. Repouso a palma de minha mão na cabeça da pequena, consigo manter toda a circunferência dentro dos limites de meus dedos, bastaria apenas um forte apertão para destruir seu frágil crânio, expondo seus miolos e destruindo algo belo.

Chego a fazer certa força contra a cabecinha dela, apenas para testar a possibilidade, insana, que me ocorreu. Com certeza conseguiria fazer um estrago considerável. Será que assim atrairia a atenção das pessoas? Será que assim mostraria para Jix o quanto sou indispensável?

Ki permanece me fitando com olhos doces e eu continuo com vontade de fazer-lhe mal, somente para demonstrar meu desprezo por este clã e por meu irmão, mas em vez de lhe destruir a cabecinha, decido envenenar sua alma.

— Quer saber por que estou bravo? Porque estas pessoas querem dá-la ao nosso prisioneiro. Dizem que ele devora criancinhas, como você, no café da manhã.

— Isto... isto é verdade, tio?

— Sim, pequena Kilin, eu jamais mentiria para você.

A pequena joia do clã sai correndo e chorando. Acompanho sua angústia à distância até vê-la ser amparada por Mervil. O velho, puxa saco do meu irmão, troca algumas palavras com a menina, a apanha no colo e me repreende com um olhar severo.

— Está olhando o que, velho miserável?

Os demais que acompanharam meu desabafo também parecem estar chocados com minha atitude, mas não posso culpá-los. Nunca gostaram de mim e não será agora que irão mudar de opinião. Pouco me importa, não tenho a quem agradar por aqui.

Odeio todos!

CAPÍTULO 33

A PEÇA

Diel se diverte com as, poucas, crianças que vivem atrás dos muros do clã Rosa do Deserto e pode respirar em paz. Foi acolhido, em meio aos outros, como se tivesse nascido entre eles. Isto é extremamente saudável e a convivência espanta os males de uma época sombria.

Até mesmo a pequena Kilin, filha do poderoso Jix, tornou-se amiga de Diel e por isto sou feliz. As crianças não têm aulas como as que habitavam o Distrito da Risca Paranaguá, mas é a convivência que faz o diferencial. Ver meu filho bem desse jeito me deixa feliz demais, tanto que não tenho ideia de como expressar tamanha gratidão.

Em relação a minha recepção também não tenho nada a reclamar, desde a primeira audiência com Jix, quando os nervos afloraram, fui muito bem tratada por todos.

Como não se sentir bem com Alix, a mulher que não deixa a qualidade de vida dos habitantes do clã cair, que trata das enfermidades e cura dos doentes?

A moça foi uma das salvadoras do meu filho, com suas mãos habilidosas, conseguiu reverter um quadro grave e tratou de Diel como se esta fosse a sua última obrigação na face da Terra.

Ber, um rapaz que se mostrou mais do que um salvador para mim e para Diel, um verdadeiro amigo que me apoiou desde que cheguei e que não para de me surpreender. Sempre disposto a ajudar e proporcionar bons momentos, faz de tudo para garantir que tenhamos uma experiência agradável.

Outro que nos recebe muito bem é Mervil, o simpático senhor de pele escura, que aconselha o líder. Sempre prestativo e sábio, faz com que me recorde dos anciãos que costumavam aconselhar Rifer no DRP. Amável, com gestos simplórios, Mervil não tem qualquer dificuldade para fazer com que Diel sorria e até mesmo consigo perceber que os dois possuem uma espécie de laço de amizade, algo que, segundo o próprio ancião, foi construído com o tempo.

Já Jix é um verdadeiro mistério para mim, uma figura imponente, que se apresenta com uma seriedade inquietante no olhar e nos gestos. Entendo que o líder possui muitas incumbências e muitas responsabilidades sob as costas, o que me faz recordar de como Rifer se portava sempre que tinha algo para resolver, mas Jix pertence a outro grupo de pessoas.

Enquanto Rifer, apesar de tudo, sempre se mostrava simpático aos demais e propenso a boas conversas, Jix está sempre carrancudo, com as sobrancelhas arqueadas e olhar altivo. O líder do Rosa do Deserto é um homem sisudo e compenetrado. Tenta ao máximo parecer duro. Apesar de ser belo e até gentil, suas feições afastam aqueles que o cercam.

Todos respeitam muito o líder, ao ponto de deixá-lo quase intocável. De todos os membros do clã, poucos são vistos ao lado do rei, um grupo seleto, do qual a maioria sequer faz questão de pertencer e que estou começando a adentrar aos poucos.

Admito que esse ar misterioso e orgulhoso do líder me deixa inquieta. Não uma inquietude que atormenta a alma, mas que atormenta meus sentimentos. Jix mexe comigo de uma forma que poucas pessoas conseguiram até hoje e tenho quase certeza de que o sentimento é recíproco.

Já faz algumas semanas que Jix e eu estamos nos aproximando, quando a noite desce sob o clã e as crianças são levadas para jantar, é o momento em que nos encontramos na sua tenda, um instante só nosso, para conversarmos e falarmos sobre o nada. Nessas horas que reconheço o verdadeiro Jix, uma versão que poucas pessoas têm o privilégio de contemplar.

Em sua intimidade, Jix se mostrou um homem muito sensível aos problemas de sua gente. Trata-se de uma pessoa que pensa em cada um dos habitantes do clã, desde o momento em que acorda até em sonhos, preocupado e dedicado, está disposto a sacrificar qualquer coisa para manter seu povo em segurança. Atitudes que, quase, o coloca no mesmo patamar de Rifer. Foi por este motivo que relutou em me aceitar no clã e é por isto também que tem a pretensão de executar Judah.

Sei que Jix jamais se perdoaria caso libertasse Judah e o arenoso matasse alguém dos seus.

Agora estou em um impasse.

Judah, apesar de ser um homem sem um pingo de honra, um ser desprezível, cruel e impiedoso, trouxe-me até as portas do lugar onde estava meu filho. Tenho certeza de que não conseguiria chegar até aqui se não fosse por sua habilidade. Sei que Judah fez o que fez obrigado, com a lâmina de minha espada em seu pescoço, mas isto não tira o fato de que me ajudou muito. Tenho uma dívida para pagar.

Por outro lado, não posso ser mesquinha ao ponto de trair a confiança de Jix e dos outros que foram tão amáveis conosco. Gostaria de libertar Judah, mas seria justo fazer isso com Jix?

Até quando tentei falar em favor do arenoso, o líder ficou irritado.

Preciso tentar pensar em uma forma de fazer o que é preciso: libertar Judah e pagar minha dívida, mas não posso me envolver em confusão com Jix ou com qualquer outra pessoa do clã. Encontrei o Rosa do Deserto e estou assistindo ao retorno da alegria nas feições de meu filho, não posso estragar tudo isto.

Desta vez, precisarei ser sorrateira, astuta, manipuladora.

É um jogo arriscado, mas estou disposta a entrar para vencer, para isso, tenho uma ótima peça rondando o tabuleiro.

Ike é um homem estranho. O irmão do líder desfila pelas vielas do clã destilando mágoa e miséria. Isto pude perceber já em nosso primeiro encontro, quando tentou se mostrar forte e superior diante de um inimigo. Ike é sedento por autoafirmação e possui traços típicos da vilania, acho que posso explorar isto para meu benefício.

De repente, um som de algazarra toma conta do pátio e alguns curiosos seguem em romaria para verificar o que está acontecendo. Em uma esquina, a encenação de uma conhecida figura.

— O que estão olhando? — o homem está maltrapilho e muito irritado. —Sou eu mesmo, Ike, irmão de seu estimado líder. Este clã foi construído por minhas mãos, mas isto não significa nada para vocês, não é? Sou muito mais forte, experiente e mais velho e, mesmo assim, preferem eleger como herói um idiota feito Ber! Todos vocês, são ridículos!

Já sabia que Ike sentia inveja de Ber e isto ficou bem claro no dia da condecoração, mas raiva? O sentimento de Ike é mais profundo e avassalador, vai além da mágoa, vai além da inveja, o irmão de Jix tem ódio.

Vejo Mervil se aproximar com Kilin. A pequena, ao ver o tio tão transtornado, desvencilha-se das atenções do ancião e parte para próximo do parente.

Demora um pouco, mas Ike percebe a presença da sobrinha. Conversam baixo e percebo que existe certa tensão em suas palavras. A mão do homem tenciona a cabeça da criança, envolvendo-a quase que por completo.

A sensação que tenho em relação ao encontro é ruim, não sei o motivo, mas é como se eu sentisse que Ike poderia causar algum mal à pequena Kilin. Talvez seja apenas uma má impressão, pelo tamanho da mão colocada sob a cabeça. Mesmo assim, um frio em minha espinha surge e ando alguns passos em direção à cena.

Logo, Ki volta da conversa com os olhos cheios de lágrimas e corre em direção ao seu tutor. Recuo. Mervil ampara a menina e lança um olhar, gélido, de reprovação contra Ike, que continua ofegante enquanto outras pessoas o julgam e balbuciam.

Também encaro o irmão de Jix, mas não é para acusar e sim para constatar que Ike é mesmo a peça chave que eu estava precisando.

CAPÍTULO 34

A SENTENÇA

Vestido com suas melhores roupas e a indefectível capa vermelha sob as costas, que lhe confere inegável ar de superioridade, Jix está no centro do pátio do clã, sobre uma plataforma de madeira improvisada.

Próximo ao líder, ao seu lado esquerdo, Ber segura o cabo de sua espada de aço e comanda dois homens, fortes e altos, que mantêm um Judah acorrentado. À direita de Jix, Mervil está impecável e irrepreensível. É a cerimônia que vai fazer ser conhecido o destino do arenoso.

Admito que estou apreensiva, já sei que o malfeitor será executado, mas Jix não me revelou isto de forma explícita. Ainda há esperança.

Meu coração parece que vai saltar pela boca ao mesmo tempo em que o rei começa a discursar.

— Povo do clã Rosa do Deserto, estou aqui, diante de vocês, para fazê--los conhecer a sentença contra este homem — Jix aponta para Judah, o qual está surpreendentemente calado. — Seu nome é Judah, um arenoso que se esgueira pelas areias do deserto sem fim e que é responsável pela morte de inúmeros inocentes. Este homem se aproximou de nossos muros e demonstrou um profundo desrespeito por nossa gente, quando deixou meu irmão, Ike, perto da morte.

No mesmo instante, ouço um burburinho atrás de mim, são alguns homens que resmungam sobre o merecimento do espancamento de Ike por Judah e outros que acreditavam que deveria este morrer. As atitudes grosseiras do irmão de Jix estão tornando-o uma pessoa cada vez mais odiada e mal quista.

Alheio aos burburinhos do povo, o líder continua.

— Ike apenas não morreu pela intervenção, heroica e exemplar, de Ber. Judah é um homem perigoso, da pior espécie, capaz de fazer o inimaginável para alcançar seus objetivos e é por isto, invocando a Lei da Sobrevivência e pensando na justiça que será feita por aqueles que foram mortos pela espada deste homem, que o sentencio à morte!

Os membros do clã Rosa do Deserto fervem aos gritos, uivam contra o malfeitor, berram em saudação ao líder, reverenciam a sentença. Posso notar certa angústia no semblante de Mervil, sei que o velho era a favor de uma punição mais branda. Tenho a mesma tristeza estampada no olhar, não queria ver Judah sucumbir, não desta forma. De certo modo, um pouco esquisito, julgo que o arenoso merecia uma morte mais honrada, talvez até lutando.

A Lei da Sobrevivência prevê que qualquer pessoa que mate um semelhante para não ser morto, está isento de culpa ou responsabilidade. Não é o caso de ser aplicada contra Judah.

Chateada, viro-me por alguns instantes para que Jix, de cima do palanque, não consiga detectar minha tristeza. É quando vejo a figura, solitária, de Ike, que acompanha tudo à distância e também parece insatisfeito. Estranho, Ike, mais do que ninguém, queria ver o arenoso morto.

Jix continua no seu papel de líder, enquanto dá a oportunidade do sentenciado se manifestar.

— Tem algo a dizer em sua defesa contra a sentença proferida, arenoso?

O inimigo do clã levanta o semblante e posso distinguir a insolência, que se tornou marca registrada, no tom de sua voz.

— Nos veremos no inferno, Jix!

A ousadia do arenoso fica evidente quando lança uma cusparada ao ar, que não acerta Jix. O rei, por sua vez, desfere uma tapa no rosto do malfeitor e lhe diz algo em tom baixo, tão baixo que não consigo ouvir. Na sequência, deixa claro que a execução será em outro dia.

— Para que tenha a chance de se arrepender por seus crimes, Judah será executado dentro de três dias. Esta é minha sentença, representando o povo do clã.

Três dias. Quase todos ao meu redor dizem palavras desgostosas em relação à decisão. Também não entendo o motivo de ter prorrogado o que é inevitável, mas há algo que me satisfaz. Três dias, este é o tempo que tenho.

CAPÍTULO 35

O CASAMENTO

Já passei tempo demais com o garoto para saber que está nervoso e apreensivo. De longe, posso perceber o quanto está suando, mas sei que não é apenas pelo calor. Com uma bela roupa que parece ter sido resgatada do passado, como a que os militares usavam em ocasiões de gala, Ber se assemelha a um príncipe. Rosto liso como o de um bebê, cabelo bem cortado, ereto, com uma das mãos tamborilando no cabo de sua espada, recém forjada, e a outra atrás das costas. Ele aguarda acima daquele tablado improvisado que montaram na praça. Antes, até poderia sentir algum orgulho. Hoje, apenas repudio.

Casamentos são raros hoje em dia, não sei se é pela falta de amor entre as pessoas ou por ser algo inapropriado mesmo. Muitos entenderam que não se deve fazer alarde quanto a uma união que não irá durar mais do que alguns anos, outros pensam que os costumes antigos dos mortos já não nos dizem respeito.

Particularmente, entendo como um exagero celebrar a união entre as pessoas desta forma. A realidade em que estamos inseridos não comporta este tipo de festança.

Aliás, pelo que sei, quando raras as vezes, duas pessoas decidem estreitar seus laços a este ponto, não se faz disso um acontecimento, não como fazíamos antigamente.

Só que desta vez, a união é entre dois dos mais queridos membros do nosso clã, Ber e Alix. É por isto que meu irmão não poupou esforços em anunciar mais uma festa exagerada, a qual não poderíamos estar organizando.

Foi decidido pelo líder que, em casos assim, é o mais velho do clã quem deve fazer as honras da cerimônia, dizer as palavras e coisas assim. No caso, Mervil se incumbe disto. Também foi decidido que o próprio líder se encarregaria de levar a noiva ao "altar". Muito conveniente ao meu amado irmão, eu diria. O que me espanta é ele não ter restituído o costume do *prima nocte*, algo que seria extremamente irônico, mas que revelaria seu verdadeiro caráter. Jix não me engana, almeja somente honra, glória e poder.

Quando a noiva desponta do outro lado da praça, noto nos olhares de outros homens o quanto é desejada. Devo dizer que faço parte da parcela daqueles que a cobiçam. Não é exagero dizer que Alix é a mais bela dentre as mulheres que vivem dentro destes muros. Parece estar ainda mais radiante. Sua pele branca contrasta com o cenário, assim como o vestido leve que veste e a grinalda em sua cabeça, feita com flores silvestres cultivadas pelas crianças. Seus olhos verdes estão cobertos de lágrimas e ela caminha elegantemente por tora a extensão acompanhada por Jix, que utiliza uma armadura muito lustrosa e a indefectível capa vermelha às costas.

Até que seria uma cerimônia bonita, se não fosse desnecessária. A ocasião não é para celebração, estamos às vésperas de executar um perigoso inimigo e sua execução foi adiada somente por causa deste casamento absurdo. É como se todo o clã estivesse mais inclinado aos excessos em vez de se importar com justiça.

No tablado, Jix entrega a noiva. Ber a recebe com um beijo na testa e aguardam até que Mervil diga algumas palavras. Esta cena me remete aos rituais religiosos de outrora. É algo que não me interessa. Ignoro quase tudo o que ouço, até mesmo as juras de amor e proteção que os noivos destinam um ao outro, tudo besteira. O que me chama a atenção é que Ber, em determinado momento, entregou à Alix um colar feito com o anel que tinha da sua antiga noiva. Acho um tanto inusitado, mas deve ter algum significado por trás deste gesto. Por fim, com a ponta de sua espada, o próprio líder declara que os dois estão casados e toca-lhes o ombro. Beijos e gritos de vivas. Terminou o tormento, já cumpri meu "dever cívico".

Finalizada a cerimônia é o momento da comemoração. Lá vamos nós, os desesperados esfomeados do apocalipse, gastar nossos tão suados proventos a troco de nada. Como se pudéssemos consumir tudo o que demoramos meses para cultivar, montaram mesas muito bem servidas de comida. Folhas, grãos, frutos e até mesmo carne dos escassos animais selvagens que vivem nas redondezas. Além de vinho e outras bebidas fabricadas de forma precária. Tudo isto é ridículo.

Logo, até música surge para importunar meus ouvidos. Um de nossos habitantes costuma dizer que costumava ser um exímio e renomado músico antes do Primeiro Dia. Chegou a vagar com um violão às costas por algum tempo até que teve que o queimar para se aquecer durante a noite. Agora, com o auxilio de um dos ajudantes do serviço de construção e carpintaria, construiu um novo instrumento, parecido com as antigas violas e não mede esforços para espancar as cordas feitas com tripas, para nos proporcionar alguma algazarra. Outro rapaz, um adolescente espinhento, o acompanha batucando uma estranha tigela. O som é irritante aos meus ouvidos, mas parece agradar às massas. Acho que esse é o intuito no fim das contas, agradar àqueles que já estão mortos e que ainda não se deram conta.

Vejo que há um esforço incomum para transformar esta ocasião tão banal em algo extraordinário.

Até tento me misturar ao povo, mas sei que não sou mais uma figura querida entre as pessoas do clã. Mesmo assim, caminho com alguma dificuldade até as mesas onde são servidas as comidas. Apanho uma porção generosa de grãos de milho, um cereal que aprecio até mesmo antes do fim dos dias, pedaços de carne bem passada e um jarro do que dizem ser vinho curtido.

Saio do meio da bagunça e encontro um lugar distante para me banquetear. É o modo que tenho de demonstrar meu descontentamento com essa gente e minha negação em participar ativamente de tudo isto.

A carne está bastante dura, o que me faz cogitar qual o tipo de animal que a forneceu, o milho está bom e saboroso, como não poderia deixar de ser e o vinho me desceu bastante doce. Sempre preferi bebidas mais amargas, mas acho que não estou em condições de reclamar. Até porque este jarro será minha companhia pelo resto da noite.

Observo as pessoas do clã. Todos parecem estar se divertindo e aproveitando a festa. Vejo até mesmo o velho Mervil sorrindo e dançando com a pequena

Kilin, ambos desajeitados. Jix se mantém em pé e lança olhares orgulhosos ao longe, posando de herói. Ber e Alix sentam juntos em uma mesa especial e trocam palavras ao pé do ouvido, risadinhas e pequenos beijos. Devem estar eufóricos pelas núpcias, quem não estaria? Consigo pensar em centenas de modos de como eu poderia satisfazer a bela noiva em sua lua de mel, somente espero que o prodigioso protetor seja capaz disso, se é que é mesmo um homem.

Ainda lançando olhares a todos na festa, vejo uma cena que me chama atenção. Da outra ponta da praça, Kaiara, aquela forasteira, surge. Há pouco tempo tinha visto ela por ali, próxima às crianças, entretida com seu filho. O que foi fazer longe das festividades? O que havia de interessante por aquele lado de onde apareceu? Meus olhos repousam sobre a moça de forma quase indecente. Alheia à minha observação ela se mistura aos outros e a perco de vista por alguns instantes.

Quando consigo encontrá-la novamente, percebo que ela está me encarando. A cena é incomum. Uma mulher, parada em meio à multidão, olhando diretamente para mim, à distância. Estou escorado em um muro, não há ninguém atrás de mim, ela está me encarando.

Como se não bastasse a estranheza da cena, Kaiara caminha em minha direção. Desvio o olhar, mas sei que ela se aproxima. Então, ouço uma voz feminina me chamando.

— Ike?

Volto meus olhos para frente apenas para constatar o óbvio, é a forasteira Kaiara quem me chama pelo nome. Até hoje trocamos apenas poucas palavras, o que haveria de querer falar comigo? Aguardo até que se aproxime de vez.

Pela primeira vez, reparo que a mulher está muito bonita, muito mais do que quando foi encontrada no deserto. Utiliza um vestido solto, incomum se comparado às roupas agarradas que usa com frequência, cabelo solto com alguns fios caídos e até mesmo algum tipo de maquiagem. Aproxima-se mais e fica lado a lado comigo, também escorada na parede e trata de iniciar uma conversa.

— Ike, por que não está nos acompanhando na festa?

É estranho, não tenho essa intimidade com a forasteira e nem gosto muito dela, para termos uma conversa desta natureza. Por vê-la sempre junto de Jix, não é com dificuldade que especulo.

— Meu irmão a mandou aqui para me aborrecer? É isso?

— Não. Jix não tem nada a ver com isso. Acontece que você é um homem que me chama muita atenção.

— Eu chamo sua atenção?

— Um homem forte, bonito e solitário, que vive se esgueirando pelos cantos e não se mistura aos demais — seu corpo sinuoso está perigosamente próximo ao meu. — É bastante intrigante, mestre Ike. Todo cheio de mistérios. Isso pode ser fascinante.

Não pode ser verdade, Kaiara sente algum tipo de atração por mim? Pelo que ouvi falar, a mulher estava se relacionando com Jix. Será que finalmente tenho alguma vantagem sobre meu irmão? Acho que seria uma boa aposta tentar decifrar isto.

— Obrigado, Kaiara, fico lisonjeado com sua admiração. Também te acho fascinante.

— Então me diga, Ike, por que não se junta a nós? Podemos comer, beber e até dançar.

— Tenho tudo o que preciso bem aqui — aponto para minhas iguarias e para o jarro de vinho.

A mulher toma a liberdade de apanhar alguns grãos e de bebericar da minha bebida.

— Tudo muito bom, mas acho que poderia se soltar mais. Poderíamos dançar, eu e você, nos divertir. Quem sabe até onde iríamos chegar?

— Acho que hoje não — respondo duramente ao convite. — Não estou muito disposto a confraternizar.

Não sei onde isso vai parar, mas também pouco me interessa. A ideia de ter Kaiara só para mim é tentadora demais e até mesmo devo admitir que já começo a imaginá-la nua e à minha espera, mas se para isto deverei confraternizar com os outros do clã, acho que o preço é alto demais.

Decido que é hora de me retirar, não há mais nada para mim aqui. Apanho o jarro de vinho, levanto-me e, após me despedir com um aceno de cabeça silencioso, dou às costas à garota. Vou voltar ao meu alojamento, onde posso ficar em paz.

— Eles não respeitam você, não é?

A questão levantada pela moça me deixa estranhamente inquieto, é como se Kaiara pudesse ouvir minhas queixas internas. Volto minhas atenções a ela.

— O que quer dizer com isto? — dou uma de desentendido.

Kaiara me alcança mais uma vez, apanha uma de minhas mãos, olha dentro dos meus olhos e diz.

— Tenho o observado muito nesses últimos dias, acho que você é muito desvalorizado neste clã.

— Percebeu isto, é?

— Você não tem o reconhecimento que merece aqui. Ber tem o prestígio que deveria pertencer a você, Mervil finge que você não existe e nem mesmo Jix, seu irmão, o louva como deveria. E o que falar de Judah? Você foi o responsável pela sua captura, mas ninguém fala disto.

A moça reconhece que tenho meu valor, finalmente encontrei alguém que sabe que tenho importância. A ideia do reconhecimento faz meu sangue esquentar, essa moça não apenas me reconhece como também me deseja. Sentimentos que eu não sentia há tempos e que poderiam me trazer bastante proveito.

Mesmo assim, tenho que agir dentro da ética. Emano uma resposta pronta com a qual não concordo mais.

— O mais importante é prezar pela coletividade em nosso clã, não me importa reconhecimento se estamos em paz.

— Você é muito modesto e heroico, mestre Ike, vale muito mais do que Jix, Ber ou qualquer outro.

Ela tem razão e não consigo conter um riso que invade meus lábios. A mulher também sorri e quase cola seu corpo ao meu. Sinto vontade de envolvê-la em meus braços ao sentir o quente de sua pele, mas não sei se devo. Alheia às minhas vontades carnais, com a boca próxima ao meu ouvido, Kaiara dá uma ideia perigosa.

— Este clã não merece ter um homem como você, Ike. Já pensou em deixar o clã para poder ser livre e alcançar a glória que tanto almeja?

Por algum motivo estranho, talvez causado pelo vinho, eu me sinto tão à vontade com ela, que admito um sentimento interno.

— Tenho pensado muito nisto ultimamente.

— Nada pode segurá-lo aqui, mestre Ike.

— Eu sei.

— Sabe, eu tenho algo que pode ser uma boa forma de sair daqui. A chave para sua liberdade — ela morde os lábios.

Aproximo minha boca da dela e sinto sua respiração ofegar. Tenho vontade de beijá-la, mas antes, entro em seu jogo.

— Tem a chave?

— Sim, atende pelo nome de Judah.

— Ficou louca? — esbravejo contra a ideia sugerida e uso um tom ríspido na voz. Não sei aonde Kaiara quer chegar, mas tenho um leve palpite. — Eu sabia, sempre soube que você estava de conluio com esse bandido.

A moça balança a cabeça negativamente e se apoia em meu peito, falando baixinho.

— Você sabe muito bem a natureza de meu relacionamento com Judah, nunca fomos amigos, apesar de aliados. O que estou sugerindo é que você mostre a todos no clã que não tem motivos para respeitá-los, assim como não o respeitam. Você pode libertar o prisioneiro deles e fugir para sempre daqui. Um dia, eles darão conta de que perderam um dos membros mais importantes.

— Acha mesmo que irei libertar seu amigo só para mostrar que não tenho motivos para respeitar Jix?

— Acho que você deve se libertar deste clã mais cedo ou mais tarde, ou será menosprezado pelo resto da vida e acho que se fizer isto libertando Judah será ainda mais significativo. Quer dizer, já longe do clã, você mesmo poderá matar o arenoso. Já pensou na simbologia disto? Bem, se estiver interessado, podemos conversar mais sobre este assunto, mas não temos muito tempo. Você sabe que sua chave tem poucos dias de vida.

Pela primeira vez me dou conta da engenhosidade da sugestão de Kaiara. Ela quer ver Judah morto também, mas por minhas mãos, não pelas de Jix ou Ber. Ela tem razão, seria muito simbólico libertar o prisioneiro do meu irmão, sair do clã e matar o inimigo, longe daqui. Seria um ato heroico, que demonstraria minha superioridade. Estou inclinado a aceitar falar mais sobre isto.

— E como sugere fazer isto? — Indago apenas para saciar uma curiosidade inapropriada.

— Você não deve se preocupar, já tenho tudo arquitetado na minha cabeça, mas deverá ser feito hoje, pela madrugada, assim que Jix pegar no sono. Seu irmão costuma dormir muito pesadamente — ela ri.

— Dorme com meu irmão?

— Todos sabem que sim, embora eu reconheça que há homens muito mais viris por ai — recebo a resposta com um misto de irritação e lisonjeio. Irritação por saber que divide a cama com Jix e lisonjeio por saber que também me deseja.

— E se eu topar, quero a espada dele.

— Consigo para você. Seria ainda mais significativo — mais uma vez encosta os lábios em meu ouvido antes de questionar. — Vai fazer isto?

— Serei um louco se o fizer.

— Será tratado como um louco se não fizer, sabe disto. Você tem até o final da festa para confirmar. Espero que faça por merecer a confiança que te deposito — a moça se inclina para beijar meu rosto, desvio e toco sua boca.

Em seguida, desvencilho-me e despeço-me deixando um ponto de interrogação no ar. Não digo nem que sim nem que não.

— Até mais, Kaiara.

CAPÍTULO 36

OS CÃES

— Malditos cães! — Jix esbraveja e arremessa a pesada cadeira em que se sentava para longe. — É inacreditável que Judah tenha escapado, na calada da noite e, ainda mais, ajudado por Ike!

— Sinto muito, senhor, mas foi isto que aconteceu. Os homens que lhes deram passagem pelo portão alegaram que Ike disse que estava agindo em seu nome, que foi autorizado a levar o prisioneiro para ser executado no deserto.

— Esses imbecis! Quero que os traga aqui imediatamente. Uma falha dessas é inaceitável! Devem ser trancado nas nossas celas.

— Senhor, sei que é difícil, mas...

De súbito, sou interrompido.

— Se Ike conseguiu sair do clã levando Judah, teve ajuda, há mais um cão entre nós, Mervil. Tem mais alguém que nos traiu e quero que descubra quem é esta pessoa.

— Farei isto, senhor. Vou investigar quem mais pode ter participado do plano de fuga, mas preciso avisá-lo de que isto aconteceu faz poucas horas. Se enviarmos uma equipe de rastreamento pelo deserto, talvez possamos encontrá-los ainda hoje.

— Foi você, Mervil? Você quem nos traiu?

Fico extremamente chateado com a questão. Tanto que, em vez de responder de forma educada e polida, trato de usar de ironia.

— Oh, sim. Como não notou antes que sou um traidor?

Impaciente e com o semblante carregado, Jix ordena.

— Muito bem, Mervil. Envie Ber e mais quatro dos nossos para o deserto, para que encontrem Ike e Judah.

— Mestre Ber, senhor? O rapaz se casou ontem...

— Quem melhor do que nosso protetor para isto? Por acaso tornou-se um insubordinado também? Sim, quero que Ber saia para rastrear meu irmão e nosso prisioneiro... A partir de agora, Ike é nosso inimigo, da pior espécie. Avise Ber que se for necessário, tem permissão para matá-los!

— Vou avisá-lo, senhor.

— Vá depressa.

Quando deixo a presença de Jix, ouço gritos de raiva e maldições. Acho que Ike, finalmente, despertou a fúria do irmão.

CAPÍTULO 37

O PROTETOR

De volta ao deserto de onde jamais deveria ter saído. Aqui é minha casa, meu território, é onde me sinto bem, prospero e tenho vantagem. No deserto, posso respirar a liberdade.

O único ruim é a circunstância desta liberdade. Não estou tão livre assim, ainda sou um prisioneiro. Desta vez, é aquele filho da puta que me encarou, que me aprisiona.

Escapei da execução sentenciada por Jix e tenho certeza que o plano teve algum tipo de participação de Kaiara, mas agora estou na mira deste maldito.

Ele me aprisionou a uma pedra pontiaguda com uma corrente e afia sua espada reta e sem graça em outra pedra. Disse que irá me matar para salvar sua honra e provar algo ao irmão. Para mim, é pura baboseira. Não me importo. Tudo que preciso é de um momento de distração para me livrar de vez.

Passo a observar esse captor ridículo. O homem está obcecado por tentar provar algo a si mesmo e parece disposto a ir até as últimas consequências para receber algum tipo de gratidão ou reconhecimento. É um miserável com o orgulho ferido, o que o torna uma pessoa perigosa.

Ele trouxe minha espada junto ao corpo, deve tê-la como um troféu. Ao observar tudo isso, não consigo tirar da cabeça que Kaiara tem algo a ver com o que está acontecendo. A vadia conspirou para me libertar e está usando o imbecil como uma espécie de peão em seu jogo sujo. Ah, a maldita sempre surpreende.

Ao menos sinto-me pleno ao observar que Ike não tem a pretensão de me matar com Avassaladora, mantém a lâmina embainhada nas costas. Se tudo der errado, não passarei pela vergonha de ser morto com a minha própria arma.

É perceptível que Ike está nervoso, o que demonstra a forma como ele afia a sua espada e seu semblante carregado. Entendo que é o momento de deixá-lo ainda mais desestabilizado.

— Então estamos com problemas no paraíso. Deve ser uma merda ser considerado inferior ao irmão mais novo, não e mesmo?

Ele não me responde. Ao invés disto, pausa, por alguns segundos, o que está fazendo e me fulmina com o olhar, como se esta atitude pudesse me calar. Não pode.

— Desistiu de amolar essa espada sem graça, Ike? É melhor deixá-la bem afiada, minha pele é bastante grossa.

— Cale essa sua boca, assassino! — ele esbraveja.

— Assassino. Gosta de me chamar de assassino, como se fosse tão superior a mim. Vou te falar uma coisa, maldito, assim que você traiu seu irmãozinho com cara de bunda e abandonou seu precioso clã levando o prisioneiro mais valioso, acabou se igualado a mim. Somos dois vilões, bonitão — dou-lhe as boas-vindas ao clube dos bandidos.

— Eu não sou igual a você.

— Não mesmo. Você é o sujeito que traiu o irmão e sua própria gente por nada.

— Agora já chega — ele termina de afiar a espada e testa o fio com os próprios dedos. Em seguida, caminha em minha direção. — Chegou a sua hora.

A oportunidade que eu estava precisando para uma chance contra o carrasco chega antes que eu esperava, o idiota se aproxima como se estivesse certo de que irá me matar. Ledo engano.

Assim que ele se aproxima, aproveito sua cegueira pela raiva para rolar para lado e uso a corrente que aprisiona as minhas mãos à pedra para trançar a sua perna. O ridículo cai no chão poeirento, subo nele desferindo uma série de golpes fortes e violentos na cabeça.

Com o choque, sua espada sem graça vai para o lado e consigo colocar as mãos na arma. Junto a lâmina ao pescoço dele e ameaço.

— Solte-me agora ou vai morrer em minhas mãos.

— Mesmo que eu o solte você vai me matar.

Sinto um cheiro estranho no ar, olho para o horizonte e vejo um agrupamento de cinco homens se aproximando.

— Se não me soltar agora, terá que lutar contra eles sozinho — aponto com a cabeça para frente. Quero matar Ike, mas vou precisar dele para lutar contra os homens que estão chegando e ele vai precisar de mim. — Cinco dos seus amigos estão vindo para nos confrontar, não teremos chance se não unirmos nossas forças.

No mesmo instante, o rival me liberta das correntes usando algo que não é uma chave. Minha espada, Avassaladora, está em suas costas, mas consigo puxá-la e reaver minha arma ao mesmo tempo em que lhe entrego a dele. Estamos prontos para o confronto.

— Você pode acabar com eles, Judah, mas quero Ber para mim — Ike reserva um dos adversários, apontando com a cabeça para um indivíduo enquanto testa o fio de sua lâmina com a ponta dos dedos mais uma vez.

Os cinco se aproximam e o tal Ber esbraveja.

— Este é o fim da linha para vocês, é bom se renderem logo, tenho ordem de levá-los sob custódia, vivos ou mortos.

Ike parece estar muito irritado, retira as proteções do rosto e grita em resposta, enquanto avança de arma na mão.

— Um de nós vai morrer hoje, Ber. Juro que um de nós vai morrer hoje.

Neste momento, as atenções de todos estão voltadas a Ike. O louco corre com a espada em mãos, percebo que é uma ótima oportunidade de sumir daqui. Apenas há um empecilho, não consigo fugir de uma boa briga e esta será de matar.

Em vez de dar meia volta para longe, sigo em frente também empunhando minha arma. Vejo que Ike e Ber começaram a lutar, seus aços esbarram um no outro e produzem aquele som estridente e extremamente prazeroso.

Enquanto isso, tenho outros quatro otários para matar, então provoco.

— Qual dos quatro, malditos, vai morrer primeiro?

Um deles avança com a arma em punho. Com um movimento circular, lanço sua espada ao chão e corto o seu rosto. Outro se aproxima com ferocidade, nossas espadas se cruzam no ar, mas consigo uma brecha para ferir seu braço esquerdo. No mesmo instante, um terceiro se junta à luta e investe contra meu peito. Por pouco que a ponta da espada não me fere. Ele não tem a mesma sorte, meu golpe é fatal e faço com que a lâmina abra sua barriga e esparrame suas vísceras. Um já era.

Aquele com um ferimento no rosto tenta me surpreender pelas costas, mas percebo seu avanço. Rapidamente, desvio-me do golpe que entraria pelas minhas costelas e ainda utilizo sua força para derrubá-lo ao chão. O homem de braço ferido investe contra mim, mas também consigo afastar seu golpe com uma jogada de minha arma. Fico de costas para o desgraçado e perfuro sua nuca. Dois.

O homem com o rosto ferido continua caído, eu me aproximo e encravo minha espada em sua cabeça, sem qualquer cerimônia. Três.

O quarto adversário ainda não se apresentou para a luta, mas ao me ver matando seus três colegas, arremessa a lâmina ao chão e ergue as mãos ao céu em sinal de rendição. O imbecil aguarda por minha misericórdia.

Com um movimento rápido, forte e brutal, minha espada corta seu pescoço separando cabeça e tronco. Vejo a cabeça, do desgraçado, rolar pela areia do deserto e seu sangue espirrar pelo pescoço. A situação é hilária e me permito até um risinho de satisfação.

Não tenho misericórdia.

Observo que Ike e Ber continuam a luta particular, a que se propuseram, com uma leve vantagem do mais novo e sua espada rapieira. Mais uma ocasião propícia para uma fuga. Poderia me enfiar no deserto e nunca mais aparecer, mas o instinto assassino fala mais alto novamente.

Não irei deixar com que esses dois, que já me sacanearam, divirtam-se sem mim. É minha vez.

CAPÍTULO 38

A AMEAÇA

— O que pensa que está fazendo, Ike? — Ber se desvia de meus golpes com presteza. Por mais que esteja colocando toda minha força e raiva nos golpes, não consigo atingi-lo. — Nós éramos amigos.

Um golpe que seria fatal é desviado por Ber, tento usar minha força, mas também parece em vão.

— Você roubou tudo que era importante para mim. Tudo que você se tornou pertencia a mim!

— Está dizendo bobagens, nunca roubei nada seu.

Ataco de forma mais feroz e Ber recua, tentando se desvencilhar de uma morte certa, enquanto ouve minhas reclamações.

— Todo o prestígio e a honra... Isto tudo era meu antes de você bancar o herói. Eu odeio você!

Com a violência do impacto de meu novo ataque, o rapaz se desequilibra e quase cai ao chão. Em vez disso, gira o corpo e faz com que minha próxima investida acerte o ar. Sou eu quem bambeia e alcanço o solo arenoso.

O jovem sabe que vou matá-lo, que irei destroçá-lo e que a vitória me pertence, mas agora estou em uma situação muito complicada. Em pé, ele chuta minha espada para impedir um contra-ataque e então revela.

— Eu não quero matar você, Ike. Se cooperar, levarei você sob custódia, posso testemunhar em seu favor e Jix poderá...

Jix não poderá fazer nada. O modo como o rapaz fala sugere que meu próprio irmão ordenou minha morte caso eu não coopere. Todos estão contra mim, agora já não tenho mais dúvidas de que não sou mais uma pessoa bem quista para dentro daqueles muros.

Meus olhos fitam a figura, do condecorado, Ber com raiva. Estou pronto para confrontá-lo. É um tolo se pensa que me entregarei tão facilmente e sem resistência. Mas, quando estou pronto para declinar de sua generosa oferta de rendição, sou surpreendido, um vulto se choca contra o corpo do jovem. É Judah.

Levanto-me e vejo que os dois formaram uma espécie de aglomerado humano. Trocam socos e pontapés, enquanto rolam na areia escaldante. É uma cena ridícula.

Esse arenoso só pode ser louco, é a única conclusão possível sobre o que está acontecendo aqui. Ao nosso redor, cadáveres de homens que conviviam comigo, no interior dos muros do clã, que sobreviveram a muitos conflitos e situações perigosas. Agora, foram brutalmente mortos pela espada impiedosa do vilão. De certa forma, sei que também sou culpado por estas mortes, mas o que mais me chama atenção é o fato de que Judah estava livre, mas preferiu continuar aqui para lutar em vez de fugir pelas areias que conhece muito bem. O homem é louco.

Mas, esta loucura tem que acabar. Vejo que está lutando ferozmente com Ber e, se continuar assim, um dos dois irá morrer, não é justo, a vida dos dois me pertence. Quero matar Judah e Ber. Não tem jeito, isto terá que virar um combate triplo.

Preparo-me para voltar à cena, enquanto testemunho meu companheiro de clã chutar o prisioneiro para longe. Tudo acontece bem rápido, os dois se colocam em pé e parecem estar prontos para continuar o confronto. É quando estão se encarando que consigo me aproximar. De arma em mãos, avanço contra o primeiro que está em meu caminho. Convenientemente, é Ber.

Era para ser um ataque fatal, mas o rapaz deve ter percebido algo, na expressão corporal daquele que estava à sua frente, que sugerisse o que se sucederia. No mesmo instante em que minha lâmina corta o ar, o condecorado desvia o corpo, evitando uma morte certa.

Em seguida, recebo uma cotovelada direto no queixo, o golpe é forte. Ao me dar conta, estou sem equilíbrio e chego ao chão novamente. Caído, vejo Judah se aproximar e reiniciar a troca de golpes com o habilidoso jovem. O modo de luta do arenoso é bastante bruto, seus golpes são fortes, poderosos e violentos, mesmo assim, Ber consegue lidar bem com a contenda. Tenho que admitir, realmente há algo de especial no garoto.

É então que tenho um pensamento audacioso, investir em um combate triplo pode ser burrice. Como se fosse uma chance de um em três de conseguir algum resultado satisfatório. Mas e se lutarmos em dois contra um?

Aproveito enquanto as lâminas dos inimigos em comum estão entrelaçadas, levanto-me e avanço contra as costas de Ber. O rapaz é tão astuto que gira com sua rapieira e me oferece aquele contra quem luta. O arenoso só consegue evitar o golpe graças ao reflexo, eleva os pulsos ao ar e minha lâmina toca no cabo de sua espada. Um gesto defensivo inesperado.

Ele se enfileira ao meu lado, nós dois, de armas em punho, já entendemos que devemos unir forças. É improvável, uma parceria quase maldita, mas ainda assim, deve ser considerada.

À nossa frente, Ber parece não acreditar que está prestes a encarar a luta mais perigosa de sua vida.

Judah e eu corremos juntos em direção ao garoto, confio no estilo violento do arenoso para tirar o foco de meus ataques mais técnicos. Vai ser uma boa parceria.

Como esperado, Judah é quem ataca primeiro. Enquanto o sobrevivente desfere golpes brutais, Ber recua tentando se defender o melhor que pode. É a minha deixa.

Também me aproximo com golpes violentos. Agora, o garoto está tendo que lidar com dois atacantes. Apesar da dificuldade em manter sua espada firme, está conseguindo se livrar de cada um de nossos golpes, mas até quando vai manter a defesa intacta? Mais cedo ou mais tarde haverá uma brecha e esta será sua sentença de morte.

Continuamos encurralando Ber até que ele não tem escapatória e começa a subir um penhasco de areia enquanto recua de costas. No alto, não há mais para onde fugir. Terá que nos encarar ou ser empurrado para uma queda que o mataria de vez.

Os olhos do rapaz parecem vidrados, deve ser o medo falando alto. Preciso saborear este instante, a minha vitória.

— Ora, ora, ora... Veja só como o corajoso Ber está assustado! Você é uma vergonha!

— Ele está se cagando, vai morrer sozinho no deserto e ninguém daquela merda de clã vai se ligar — Judah também parece querer desfrutar do momento.

— Agora você não tem mais como se defender. O maravilhoso protetor perdeu a luta.

O arenoso tenta avançar um pouco, mas com minha espada, o mantenho longe. Ele não vai me tirar o gostinho de matar o rapaz. Apesar de ser um sujeito insolente, acho que entendeu o recado. Mantém-se no mesmo local e apenas me observa avançar com a espada em riste, pronta para o abate.

Quando estou perigosamente perto de minha vítima esperada, Ber joga sua lâmina ao chão e levanta as mãos ao alto em sinal de redenção. Apesar disso, continua com os olhos vidrados ao longe. Não me encara, nem baixa o olhar.

— Você vai mesmo fazer isto, não vai?

— É claro que sim. Vou matar você e saborear cada segundo da sua dor, vou fazer isto por tudo que roubou de mim.

— Posso pedir-lhe uma última coisa?

Apesar de achar estranho o pedido, acabo concedendo, não digo nada, mas faço um gesto positivo com a cabeça. Isto não quer dizer que irei cumprir o desejo, aliás, deixá-lo morrer iludido pode ser ainda mais prazeroso.

Encorajado por mim, ainda com o olhar distante, Ber implora.

— Volte para o clã, Ike, o mais rápido que puder e...

Fico irritado. É um idiota se pensa que irei direto para uma morte certa nas mãos do meu irmão. Interrompo o seu último desejo.

— Nunca vou voltar para lá. Ficou louco?

— Volte para o clã, depressa.

— Cale a boca!

— Corra para o clã e avise Jix... Avise-o que Hazz, o "Rei dos Reis" está chegando. Eles precisam se preparar, Ike...

— O que, diabos, está dizendo? — estranho o tom da conversa.

— Ike! — o arenoso me chama.

— Cale a boca você também!

— Ike, olha isso, caralho! — Judah esbraveja para chamar minha atenção.

Quando me viro para repreender ao sobrevivente, avisto algo extremamente preocupante ao longe. De cima do barranco em que estamos, consigo ver uma caravana, que corta a imensidão do deserto sem fim, levantando poeira. São muitos e estão no caminho que leva ao Rosa do Deserto.

Agora consigo entender o motivo de Ber estar com o olhar tão preocupado. Até mesmo o tom de voz do sádico Judah exala preocupação.

— Seu amiguinho tem razão, o tal "Rei dos Reis" está chegando. O clã está ferrado.

Sinto um arrepio na espinha.

CAPÍTULO 39

O FORASTEIRO

Não sei dizer ao certo quando foi que ele chegou. Dizem que estava vagando pelo deserto quando se aproximou de nossas defesas e mostrou sinais de rendição. Foi trazido para dentro de nossos muros por nossos vigias.

Chamaram-me para uma decisão prévia, antes de incomodar ao líder. Fizeram o certo. Os nervos de Jix estão à flor da pele com toda problemática envolvendo Judah e Ike, possivelmente não é uma boa ideia lhe trazer confusões mais banais.

Aproximo-me do forasteiro com apreensão. Está de joelhos no chão, condição que foi imposta por nossos sentinelas, atualmente, estamos mais alarmados do que o comum com aqueles que surgem do deserto.

O homem à minha frente é maltrapilho, suas vestes, muito sujas, demonstram que esteve vagando por um tempo considerável. Pele bastante judiada; cabelo comprido com fios quebrados e maltratados que chegam à altura dos pés; descalço e barba irregular. Ele me encara com os olhos azuis, é um aquático.

— Tragam água ao forasteiro — ordeno e sou obedecido.

Assim que bebe o líquido, a aparência do homem sofre uma estranha e conhecida reação. Já não mantém a mesma face cansada, está hidratado e até belo. Seus olhos brilham ao agradecer.

— Pela água agradecer devo.

Existe educação em seus jeitos, parece ser óbvio que anseia por um lugar entre nós, mas isto já não é algo a se considerar. Estamos passando por uma crise interna e tenho quase certeza de que Jix não veria com bons olhos dispormos de mais um membro em nosso meio.

Preciso deixar isto claro para que não haja interpretações erradas.

— Agora, com seus ânimos renovados, deve voltar ao deserto sem fim para encontrar algum lugar que possa acolhê-lo. Existem rumores de que há um clã secreto mantido por sua gente ao sudeste daqui, se tiver alguma sorte, poderá se juntar a eles.

Com a cabeça cabisbaixa, o aquático se manifesta.

— Para lá não voltar posso. Destruído foi aquele clã, o qual eu pertencia.

— Quer dizer que você era daquele clã?

— Disse o que foi. No archote passado, destruído. Prisioneiro mantido fui e escapar consegui. Para avisar aqui vim. Chegando está Hazz. "O Rei dos Reis" é como o chamam. Ouvido já deve ter.

Hazz, um nome conhecido e maldito. Não deve ter um ser vivo que nunca tenha ouvido falar neste que se autoproclama "O Rei dos Reis". Trata-se de um homem rude, cruel e vil. Lidera um Bando da Discórdia igualmente implacável.

Não são poucas as histórias tenebrosas que se contam acerca do tal bandido e seus subordinados. Devem ter derrubado centenas de outros clãs e não costumam deixar sobreviventes. É por isto que estranho um pouco o que conta este esfarrapado aquático, tanto que preciso questionar.

— E Hazz poupou sua vida? É nisto que quer que acreditemos?

O outro encara o vazio e parece estar divagando em seus próprios devaneios, com isso, tenho tempo para observá-lo um pouco melhor. O homem é *cotoco* de uma das mãos, está em uma situação de miséria e deve ter muitas lembranças ruins para se lamentar.

— A mim não cumpre questionar os motivos que me pouparam. Mas, aprisionado fui. Sei o que é.

— Seja como for, aquático, não temos lugar para você no clã Rosa do Deserto — digo uma meia verdade. — É por isto que sugiro que parta imediatamente.

Os dois sentinelas que mantêm o homem em situação de rendição o apanham pelo braço e apenas esperam a ordem que emano.

— Levem-no de volta para fora de nossos muros.

Sou prontamente obedecido. Aceno com um leve balançar de cabeça e dou as costas à cena. Tenho algumas lições a ensinar para a pequena Kilin. Não posso perder mais tempo com o forasteiro.

Já quando estou a uma certa distância, o aquático volta a tentar ganhar minha atenção. Consigo ouvir sua voz me provocar.

— A fúria de Hazz serão vocês os próximos a enfrentar.

Ele consegue o que quer, também, não poderia ser diferente. Disse que somos os próximos a enfrentar a ira de Hazz. Será isto mesmo ou interpretei errado sua fala problemática? Decido tirar a prova.

Volto a encarar o homem. Faço um sinal com a mão para que os vigias retornem para perto de mim, olho no fundo de seus olhos azuis e questiono.

— O que disse?

— Caminha para cá. Com seus inúmeros lacaios vem e se aproxima. Alertá-los é para que vim.

— Hazz está vindo ao clã. É o que está dizendo?

— Em breve chegará. Atacar vai.

É claro que vem ao ataque. Em certas reuniões, discutimos essa possibilidade e Jix tinha certeza que este dia chegaria. Um clã que prospera tão bem quanto o Rosa do Deserto é algo chamativo demais para um vilão como Hazz. Um encontro inevitável.

Não sei se estamos preparados para enfrentar o implacável "Rei dos Reis", mas tenho certeza de que Jix não se dará por vencido facilmente. Foi com muito esforço que erguemos o clã e progredimos contra todos os fatores ignóbeis. Não podemos sucumbir.

Se não estamos preparados, teremos que ficar.

Por outro lado, o que faz o aquático pensar que pode nos alertar? Como ele sabe do iminente ataque? Preciso tirar as dúvidas.

— Como sabe que somos os próximos alvos de Hazz?

— Confiar em mim deve. Um lugar entre vocês quero. Morrerá se de mim duvidar. Morrerá se a mim não der lugar. Como lutar com Hazz sei. A chave sou.

A chave? Será mesmo que o futuro do clã está nas mãos deste forasteiro de quem nada sei? Sinto um receio natural por estar em dúvida quanto a tais questões, mas não posso ser tão cético. É uma situação muito delicada.

O que ocorrerá se duvidar do aquático e ele tiver razão? Ou se eu depositar todas as minhas fichas nele e ter um alarme falso em mãos? Queria poder resolver esta questão sozinho, sem precisar incomodá-lo, mas não poderei fazer isto.

Se o aquático é confiável, não sei, se está com a verdade, também não sei dizer. O que posso afirmar é que não se brinca com Hazz. Precisamos ter a chance da dúvida. Seja como for, terei que levar o fato a conhecimento de Jix.

Aceno com a cabeça aos nossos guardas e estes começam a forçar o aquático para que acompanhe meus passos. Esclareço para onde vamos.

— Vamos levar este forasteiro até o líder. Jix precisa saber o que está acontecendo.

CAPÍTULO 40

O ARAUTO

Diel sorri para mim enquanto se diverte com outras crianças do clã. É tão bom vê-lo bem desse jeito. O coitadinho, mesmo pequeno, passou por tantas coisas, tantas aflições, tantos perigos, que estar em um lugar seguro é uma verdadeira benção.

Confesso que já não sei se existe um ser supremo que olha para nós com algum tipo de carinho, como meu pai costumava pregar no púlpito, ou como Rifer ainda continuava acreditando, mas se há alguém, quase posso ter certeza de que seus olhos recaíram sobre nós. Finalmente.

Para manter minha gratidão com as pessoas do clã, passei a ajudá-las nas tarefas diárias. Hoje, estou batendo algumas massas para os pães frescos, que sempre são assados para saciar a fome. É o jeito que encontrei de ser útil, já que Jix me proibiu de fazer parte dos vigias ou de qualquer outro grupo que possa ter que entrar em conflito.

Apesar de ter me acostumado com os combates e enxergar que sou muito perspicaz com uma espada na mão, gosto de me sentir protegida. Foi assim com meu querido Rifer e está sendo assim com Jix. O líder do Rosa do Deserto tem mesmo um carinho especial por mim. É por isto que não me queixo de estar sendo poupada.

Já é a quinta massa de pão que estou batendo. É quando uma movimentação estranha começa a tomar conta das vielas dentro de nossos muros. As pessoas correm como que na ânsia de alcançar algum acontecimento, para acompanhar algo que se desenrola.

Não consigo conter minha curiosidade e acabo perguntando a uma mulher que acompanha a multidão sobre o que se sucede:

— O que está acontecendo? Para onde estão indo?

— Chegou mais alguém do deserto sem fim pedindo abrigo.

A curiosidade das pessoas me contamina. Também quero saber o que está havendo.

— Mais alguém?

— Mervil está levando o aquático até Jix — outro homem se intromete e acaba esclarecendo o motivo de tanta euforia.

Um aquático? Seria algum sobrevivente do massacre promovido por Hazz e seu Bando naquele clã por onde Judah e eu passamos? Ou seria outro daqueles homens de terríveis olhos azuis? Não sei, mas penso que já tive problemas demais com esse tipo, Rorl e Alin são exemplos mais do que claros disso.

A ideia de que algum aquático, com más intenções, aproxima-se do clã me deixa com um gosto amargo na boca. Com um pano, cubro as massas que estou batendo e me apresso a acompanhar os demais curiosos. Quero ver este misterioso forasteiro.

Ao me aproximar das vielas por onde anda Mervil, consigo ter vislumbres da figura que é levada, um pouco distante, não tenho grandes revelações, apenas consigo ver que o aquático está sendo escoltado por dois de nossos sentinelas. Usa roupas muito surradas e sujas, está descalço. Um homem alto acaba por me encobrir a visão. Tento ficar na ponta dos pés para enxergar melhor, mas não consigo.

Decido andar um pouco mais rápido para tentar uma brecha. Já mais próxima, um arrepio percorre minha espinha assim que o avisto melhor.

O homem que está sendo levado até Jix tem o cabelo comprido quase até a altura dos pés. Seus olhos azuis cintilantes encaram o chão poeirento e percebo que lhe falta a mão esquerda. Não há dúvidas, o misterioso forasteiro não é nada mais, nada menos do que, o desgraçado, Alin, arauto de Hazz.

Uma dor de cabeça, aguda, quase me faz arquear, minha boca fica amarga, meus nervos se contraem e fico paralisada. Esse Alin está se apresentando ao clã Rosa do Deserto da mesmíssima forma como se apresentou ao Distrito da Risca Paranaguá. É como se o aquático fosse uma espécie de mensageiro da morte, pronto para anunciar uma tragédia, um massacre, uma danação.

Tenho certeza que o homem irá tentar enganar Jix assim como fez com Rifer e não tardará até que Hazz e seu Bando da Discórdia batam às portas do clã, trazendo morte e desgraça a todos. Assim como aconteceu com meu povo, estas boas pessoas irão perecer e não há nada que possa ser feito.

Tenho instinto de ir falar com Mervil, tentar explicar ao ancião os motivos pelos quais não podem confiar em Alin. Melhor seria executar logo o maldito, antes que traga Hazz às portas de nossas fronteiras. Ou, quem sabe, levar o assunto ao próprio líder, avisando-o sobre o que poderá acontecer se for envenenado pelas palavras do aquático traiçoeiro.

Afasto o mal-estar que estou sentindo e me precipito na tentativa de interceptar Mervil, mas o ancião entra com alguma pressa na tenda destinada ao nosso líder. Sei que não posso entrar ali quando estão em reuniões importantes, como deve ser a que irá se suceder. Fico um tanto frustrada e começo a pensar no pior.

Então, outra hipótese me chega à mente, talvez, a chegada de Alin e sua convivência em nosso meio não seja de todo mau. Posso até tirar proveito disso.

Um de meus maiores objetivos de vida é me vingar de Hazz e de seu bando. Pendurar a cabeça do "Rei dos Reis" e tê-la como um valioso troféu.

Sei que jamais conseguirei lutar cara a cara com o vilão se não for em meio a uma batalha. Hazz nunca iria me encarar em uma luta convencional, em um duelo comum.

Então, o que melhor para chamar o rei para uma luta se não em meio ao caos de uma batalha? Se Hazz chegar a enfrentar o clã de Jix, haverá uma intensa guerra e poderei enfrentar meu inimigo de igual para igual em meio à danação.

Alin cumprirá seu objetivo, trará o Bando da Discórdia para nossos muros e iremos enfrentá-los. Muitos morrerão, há grandes chances de que o clã seja destruído, assim como o DRP foi. Mas, contando que eu tenha a chance de enfrentar Hazz, será um preço que estou disposta a pagar.

Vá, Alin, envenene a mente de Jix, cumpra seu objetivo e traga Hazz até mim.

Vá, arauto do caos.

CAPÍTULO 41

OS REIS

De uns tempos para cá, tenho sido tão menosprezado e maltratado dentro de meu próprio clã que passei a ver com outros olhos alguns aspectos. Estou revendo alguns conceitos e tirando novas conclusões. Diferentes constatações se abrem para mim, uma delas é a de que Jix não me deu o valor que eu mereço e, tenho certeza, de que já não é um líder exemplar. Meu irmão não é o que o Rosa do Deserto precisa para continuar sobrevivendo. Se depender dele, estaremos arruinados.

Foi por ser contaminado por estes novos pensamentos e levado por impressões da novata Kaiara que acabei me transformando em um rebelde. Em um ato simbólico, fugi com o precioso prisioneiro Judah e demonstrei o quanto desprezo as atitudes do meu irmão como líder. É por isto que Ber, aquele que tirou toda a glória que me pertencia, foi enviado para me rastrear.

Sei que me tornei uma pessoa ingrata, aos olhos de quem ainda vive sobre a opressão de Jix, eles me odeiam. Sou quase que um vilão no imaginário popular, o vilão Ike.

Mas, o que está prestes a acontecer se chama ironia do destino. Quem diria que na situação em que estou, fugindo com Judah e lutando com Ber, encontraria com o Bando da Discórdia, liderado pelo inescrupuloso Hazz?

Hazz é o, impiedoso, líder de um bando, implacável, que leva caos e destruição a tudo que encontra em seu caminho, No momento este é o Rosa do Deserto. De uma hora para a outra, tenho a chance de ser herói mais uma vez.

Posso confrontar o "Rei dos Reis" e vencê-lo antes mesmo de vir a chegar aos muros de nosso clã. Com minha espetacular vitória sobre o inimigo, serei levado a sério e reconquistarei o lugar que me é de direito e que me foi roubado por Ber. Talvez consiga, mais do que isto, até mesmo a posição do próprio Jix.

Apesar de estar um pouco amedrontado com a ameaça iminente de Hazz, fiquei um tanto satisfeito quando Ber me revelou o perigo. Era a chance que eu precisava.

Sorri, satisfeito, ao meu novo desafeto e não me importei, nem um pouco quando golpeei seu abdome, com minha espada, ainda quando ele estava com as mãos ao alto em sinal de rendição. O sangue daquele que já chamei de amigo banhou o chão de areia e enfeitou a lâmina de minha espada. Ber caiu de joelhos e seus olhos pareciam não acreditar no que estava acontecendo. Era meu momento de glória. A sola de minha bota encontrou, violentamente, seu peito e o arremessou barranco abaixo. O homem que roubou tudo de mim estava morto.

Judah, ao meu lado, pareceu ter ficado perplexo pelo desprezo que mostrei ao outro. Não entendi o motivo por ter se mostrado chocado, afinal, ele mesmo é um vilão sem qualquer honra. Um assassino confesso deveria entender.

Imaginei que iria comigo para encarar Hazz, pois já havia demonstrado ser a favor de boas lutas. Mas, eu me enganei. Assim que enviei Ber para a morte, o arenoso viu uma ótima oportunidade de fuga e se esgueirou pelo deserto como uma cobra. Não me importei, tinha algo muito mais importante a fazer do que enfrentar um reles assassino, iria enfrentar um genocida.

É claro que meu plano era arriscado, mas tive que lançar mão dele. Caminhei até próximo da coluna do Bando da Discórdia com a intenção de chamar por Hazz e confrontá-lo, mas assim que me aproximei, fui emboscado por dois batedores. Surpreendido, nem tive a chance de me defender e fui aprisionado por correntes.

Porém, mesmo que de forma distorcida, meu plano deu resultado. Apesar da inconveniência de ter sido emboscado e aprisionado, após algum tempo me levaram até a presença de Hazz, sem ao menos eu pedir por isto. Sorte? Acho que não. Foi o dedo do destino conspirando para me transformar em um rei.

— Este homem disse que quer lutar com o senhor, “Rei dos Reis” — um daqueles que me aprisionaram me apresenta ao mesmo tempo em que me arremessa ao chão. Acorrentado, sou jogado próximo aos pés de Hazz.

O homem é imenso, muito alto. Gordo, forte, robusto, talvez mais de 2,50m de altura. Peitoral extenso e braços grossos como troncos de madeira. Ele sorri de desprezo ao me ver. Sobrancelhas arqueiam e demonstram o quanto é uma figura horrenda.

Utiliza roupas rudimentares, mas os cinturões trazem duas espadas grandes e curvadas. Em seu pescoço o que me chama a atenção é um colar feito com crânios encolhidos. É uma figura tenebrosa.

— E quem você pensa que é para me enfrentar?

Respiro fundo e sou tomado por uma coragem súbita. Trato de esclarecer quem é seu adversário derradeiro.

— Meu nome é Ike e serei a sua ruína — prometo e logo digo uma mentira que gostaria que fosse verdade. — Sou o protetor do clã Rosa do Deserto e vim interceptar seu ataque.

— Sua coragem nada mais é que uma tolice! Pensa mesmo que é páreo para mim?

— Não apenas sou páreo, como vou matá-lo.

O “Rei dos Reis” ri e coça a espessa e furiosa barba acobreada. Logo, trata de perguntar àquele que me trouxe à sua presença.

— Este miserável tem armas?

O homem que me acorrentou se aproxima e me liberta. Em seguida, ele me oferece a minha própria espada, sou ajudado a me levantar e agora posso encarar meu inimigo.

Hazz me fita com desprezo. Ele é enorme, tenho que olhar para cima para encará-lo nos olhos, mas há um instinto em mim que não dá importância à desvantagem. Sei que se eu vencer serei um herói festejado em meu clã.

Tenho tudo arquitetado, assim que vencer o "Rei dos Reis", levarei sua cabeça comigo até o Rosa do Deserto e reivindicarei um lugar de mais destaque, afinal, Ber também está morto. Com algum tempo, irei aplicar um golpe e também tomar o lugar de Jix. Meu futuro é grandioso.

— Ouçam todos! — o inimigo chama a atenção daqueles que acompanham nosso desafio. — Se este rapaz me vencer, todos vocês estarão livres e ficarão impedidos de atacarem o clã Rosa do Deserto.

Fico feliz ao ouvir aquilo e não me controlo, tenho que provocar.

— Espero que seus homens cumpram suas ordens, pois é exatamente o que vai acontecer.

Ele gargalha. É o início da luta.

Não sou burro, sei que devo esperar o rei atacar primeiro. Sou um homem forte e alto, mas ele é muito mais alto e pode ser mais forte do que eu. Devo esperar que sua vantagem o deixe cansado.

Minha estratégia é básica, o deixarei mais cansado para poder investir de forma mais intensa. Vou permitir que o rei ataque primeiro, irei desviar dos golpes e quando ele já estiver cansado, atacarei com força.

Geralmente, para que essas estratégias deem certo, temos que começar a dissimular e mostrar sinais de fraqueza, mostrar que somos tão inferiores ao ponto de encorajar os primeiros ataques do adversário. É o que pretendo fazer, mostrar que estou com medo, enganá-lo.

Mas, sou surpreendido.

Com esse tal de Hazz nada é tão ortodoxo. Ele é tão confiante que não precisa se sentir seguro para atacar. Quando dou por mim, o gigante já está próximo o suficiente para emanar um ataque com uma de suas pesadas lâminas e por pouco não sou atingido.

Há o som de aço esbarrando em aço. O problema é que o ataque de Hazz é tão forte que não consigo resistir. Minha mão larga o cabo da espada. Perdi minha arma logo no primeiro golpe.

Não tenho tempo para me adiantar ao segundo golpe. A segunda espada do, feroz, líder do bando corta o ar rapidamente e ouço o som de sua lâmina rasgando minha carne. Sinto os ossos do meu ombro se partindo, minha pele queimar, olho para o chão e vejo uma poça de sangue, de soslaio, vejo meu ombro sendo aberto pela espada que corta e avança por meu peito. Estou sendo partido em dois sem qualquer esforço.

Sei que estou sendo trucidado, mas não tenho tempo para sentir dor, meus sentidos se apagam e caio ao chão imediatamente.

Estava tão perto de alcançar a glória...

CAPÍTULO 42

O INESPERADO

Ike foi um louco ao pensar que poderia confrontar Hazz, ainda mais sozinho. Ao longe, consegui assistir ao embate. Agora, muito do que Zzah me confidenciou faz algum sentido. O tal "Rei dos Reis" parece ser mesmo um sujeito implacável. O modo como partiu o adversário ao meio me faz pensar se Kaiara terá chances de um dia alcançar sua vingança. Acho que não.

Às vezes é difícil entender minha própria cabeça e essa é uma dessas ocasiões. Ao ver o que houve com o idiota do Ike, em vez de cuidar de minha própria vida, penso em outra coisa que posso fazer. Algo nobre até, que não é do meu feitio.

Aos pés do barranco, encontro Ber, o virtuoso jovem que tanto orgulha o Rosa do Deserto. O ferimento provocado pela espada de Ike não lhe foi fatal, tampouco sua queda, que poderia o ter matado facilmente. Como que por algum milagre, o rapaz ainda está vivo.

Uso o tecido da própria roupa do jovem para tentar estancar o ferimento de seu abdome. A lâmina rasgou sua pele, mas não foi o suficiente para uma situação irreversível. Não sou qualificado para avaliar com precisão, mas me parece que a queda que sofreu não foi suficiente para um dano mais permanente. Apesar de desacordado, o desgraçado respira sem dificuldades.

Tudo que posso fazer é torcer para que não tenha acontecido nada de grave. Com alguma sorte, Ber terá a chance de chamar a atenção de Jix para o que está para acontecer e, talvez, isso dê à Kaiara a oportunidade de se vingar.

Sei que estou desempenhando o papel de um idiota. Não tenho nada a ver com Hazz, Ber, Jix ou até mesmo Kaiara. Não tenho parte nesta guerra e, pelo que sei, todos me matariam sem pestanejar. Mesmo assim, tomo uma atitude, vai ver, quero apenas saber como irá terminar tudo isso. Não descarto a hipótese de estar fazendo isto movido por algum tipo de curiosidade, ainda que mórbida.

Levanto o jovem virtuoso do chão e o carrego nos ombros.

— Judah? — Ele tem um acesso de consciência e tenta se debater.

Dou-lhe um soco no rosto e informo nossa situação.

— Aquele imbecil do seu amigo foi lutar com Hazz e morreu rapidamente. Observei tudo à distância. Foi tosco demais. O "Rei dos Reis" rasgou o infeliz ao meio como se fosse cartolina.

— Ike? Ike está morto?

Sinto que há algum pesar em seu tom de voz. Acho isto inapropriado.

— Você sabe que ele tentou matar você, não é? Lembra-se disto, herói?

— Ike e eu éramos bons amigos.

— Seu amigo está morto e você não tem condições de fazer nada. Vou levá-lo de volta para o clã, não tem como você se arrastar pelo deserto, sozinho, nas condições em que está.

— Está dizendo que vai me levar até o Rosa do Deserto?

— Precisam evitar que o tal Hazz destrua tudo.

— Quer dizer que está me ajudando? Por que isso, Judah?

Respondo automaticamente.

— Sinceramente, não sei. Apenas aceite minha ajuda, você vai precisar.

— Mas... você sabe que é uma pessoa mal vista em nosso meio. O próprio Jix está disposto a executá-lo. Se chegar aos pés de nossos muros, certamente irá ser aprisionado, talvez alvejado e morto.

— Não sou tão idiota quanto pensa, moleque. Quando estivermos perto de seu maldito clã, vou deixá-lo por conta própria e desaparecer para sempre.

O tal Ber fica calado por alguns segundos, emana um som de insatisfação e pede algo inusitado.

— Lute ao nosso lado, Judah. Sua ajuda seria de grande valia, tenho certeza de que se conversar com Jix poderei convencê-lo e, então, nós poderemos...

— Cale essa boca, filho da puta! — interrompo-o utilizando grosseria. — Já me meti demais em assuntos que não eram do meu interesse. Não faço ideia do motivo de estar ajudando-o e isto já é muito do que posso fazer, então, pare de me encher o saco. Não vou combater em uma luta que não é minha. Não mais.

— Só estou dizendo que seria bom tê-lo lutando contra Hazz.

Caminhamos mais um pouco. Enquanto isso, alguns pensamentos rodeiam minha mente e não posso conter uma curiosidade que se forma.

— O que eu ganho se ajudar vocês?

O outro fica em silêncio.

CAPÍTULO 43

O RETORNO

É uma situação que já vem se tornando rotineira. Quando penso que já estamos prestes a ter momentos de paz, uma nova urgência me chama.

Desta vez, o assunto que merece minha atenção já é um velho conhecido. Mestre Ber voltou do deserto sem fim e trouxe o prisioneiro conhecido como Judah. O rapaz obedeceu às ordens de nosso líder.

Acontece que, segundo me disseram, Ber tem alguns assuntos importantes a tratar comigo e pediu por uma audiência. O local de nosso encontro é a casa de recuperação, a enfermaria.

Alix, recém casada com Ber, passa algumas faixas em seu abdome. Deve ter havido alguma luta contra o selvagem. É o que presumo.

— É bom saber que está de volta, mestre Ber. Soube que trouxe o impiedoso Judah como prisioneiro mais uma vez. Excelente trabalho, devo dizer.

A julgar pelo modo com que Alix me olha, acho que falei algo fora da realidade. Também, é o que deixa claro o próprio Ber.

— Na verdade, não é bem o que aconteceu, senhor Mervil.

— O que houve?

— O que houve é que aquele invejoso do Ike tentou matar meu marido! Ike tentou matar meu marido, Mervil! — Alix se intromete com um tom sério e irritado que nunca testemunhei antes.

— Amor, não precisa se exaltar — Ber tenta incutir algum juízo à esposa.

— O homem cortou o seu abdome e atirou-o de um penhasco, Ber. Tem sorte de ainda estar vivo.

Ouço as palavras de Alix e engulo seco. É bem verdade que Ike vinha tomando atitudes estranhas, comportamentos rudes e grosseiros e até mesmo protagonizou cenas de insubordinação. Mas, chegar ao cúmulo de atentar contra a vida de um amigo?

— Isto é verdade, mestre Ber? — o jovem balança a cabeça de forma positiva e, ao mesmo tempo, pesarosa. Obviamente, o assunto lhe dói. Então, lanço outro questionamento, um que faz todo sentido. — E o que houve com o mestre Ike? Onde ele está?

Ber respira fundo, segura a mão da esposa e começa a relatar.

— Ike foi morto pelas mãos de Hazz, o "Rei dos Reis". Seu corpo foi partido em dois sem qualquer esforço e este miserável está vindo para cá, Mervil. Já deve saber de quem se trata.

Hazz. Ultimamente tenho ouvido muito o nome deste crápula. Jix vem se reunindo com Alin constantemente para elaborar planos de contenção ou de retaliação a um ataque do Bando da Discórdia. Admito que tinha certas dúvidas de que o eminente ataque era real, até agora. Ber é um sujeito acima de qualquer suspeita e seu retorno trouxe à tona uma confirmação.

— Então, é verdade? Hazz vem para o Rosa do Deserto?

— Como assim?

— Recebemos um aquático que chegou do deserto sem fim. Pedindo nossa ajuda e abrigo, dizendo ter informações de que Hazz estava se aproximando.

— Senhor Mervil, eu vi a legião comandada por este homem. Realmente, estão a caminho de nossos muros e não sei se teremos o que é necessário para uma batalha. São muitos, senhor, e precisamos estar muito bem preparados, caso contrário, seremos todos rasgados ao meio, assim como Ike foi.

— A situação é preocupante — externo minha impressão.

— Esse aquático... Diga que vocês não lhe deram ouvidos. O que aconteceu? — existe preocupação no tom das perguntas.

— Jix se reúne com ele constantemente, agora faz parte de uma espécie de conselho de guerra. Devemos mesmo estar preparados para esta luta com Hazz.

— Sim, o confronto é inevitável.

— Infelizmente. Aliás, deverá fazer parte desse conselho montado por nosso líder. Sua ajuda será indispensável, mestre Ber. Sabe bem disto.

— É com honra e muita disposição que aceito este desafio, senhor — ele tenta se colocar de pé, mas é barrado por Alix.

— Sim, mas você ainda precisa se recuperar, amor. Descanse um pouco.

— Aceite as recomendações de sua esposa, mestre Ber — sorrio e lhes dou as costas. Começo a deixar a tenda da enfermaria enquanto ainda parabenizo ao rapaz pelo sucesso em um aspecto de sua empreitada. — Aliás, parabéns por conseguir recapturar Judah. Jix ficará muito satisfeito com isto.

— Senhor Mervil... Sobre isto, há outras coisas que tenho que lhe dizer.

— Outras coisas? — Ber consegue minha atenção novamente.

— Judah foi quem salvou minha vida, tirou-me do deserto sem fim e me trouxe de volta para o clã em segurança.

— Fala sério, mestre Ber? — fico um pouco perplexo.

— Este conselho de guerra, senhor... acho uma boa ideia considerarmos um lugar para Judah em nosso meio.

Sei que Jix não irá gostar da ideia. Eu não gostei.

CAPÍTULO 44

O DESACREDITADO

Mais uma vez trancafiado, como se fosse um animal, em uma condição miserável que já está se tornando frequente demais. Odeio isto e mais ainda de saber que, desta vez, eu me meti nesta jaula por minha culpa. Eu que pedi por esta situação de merda.

Nem sei onde estava com a cabeça ou o que me motivou. Acabei dando uma de retardado e fui trazido, mais uma vez, para as prisões, improvisadas, do clã Rosa do Deserto.

O único diferencial é que o maldito Ber, ao menos desta vez, prometeu-me que iria interceder por minha situação. Eu não devia estar aqui, isto faz sentido.

Ouço o som de passos e sinto um cheiro que já sei identificar de longe. É Jix, o entojado líder do clã que se apresenta. Um homem que impõe algum respeito, mas que me abomina. É em frente a este desgraçado que terei que me manter firme.

— Judah, o assassino. Tudo que ouvi é tão inacreditável que tive que vir aqui vê-lo para acreditar.

— Espero que a visão o agrade, majestade — digo em tom de deboche. A expressão "majestade" sai como uma ofensa.

— Não abuse da boa vontade deste clã, maldito. Guarde suas insolências para si.

— De qualquer forma, só tenho dois assuntos para tratar com você, deve saber bem disso. Seu garoto prodígio disse que é um homem de palavra, então, mostre isto.

Antes de chegarmos ao clã, barganhei minha situação com o jovem Ber. Existem apenas duas condições para mim diante de Jix. Ou ele me aceita para ajudá-lo contra Hazz ou me liberta para sempre. Ser mantido como prisioneiro ou executado não são opções.

— Ber disse que pode nos ajudar contra a ameaça que se aproxima.

— Eu não faço ideia de quantos homens já matei durante o caos, a única coisa que sei é que matar faz parte da minha essência. Na boa, sou muito conveniente de se ter por perto quando se precisa lutar com alguém como Hazz.

— Acha que não estamos preparados com o que temos? Seja sincero.

— Não conheço tão bem suas defesas, homem. Só acho que toda ajuda deve ser bem-vinda e um assassino, como faz questão de me chamar, vem bem a calhar.

O rei parece ficar pensativo com minhas palavras. Se pensar bem, irá chegar à conclusão de que minha ajuda não é algo a se descartar. Tempo depois, decide quebrar o silêncio com uma afirmação que não é novidade para mim.

— Meu povo não gosta de você, todos têm medo.

— Isto não é nenhuma novidade.

— Como vou deixá-lo caminhar livremente em nosso meio sem causar pânico ou estranhamento? Isso sem falar que você é um sujeito extremamente perigoso, instável e incontrolável.

Ele tem razão, ninguém aqui gosta de mim, nem consegue conviver comigo, nem mesmo Kaiara tem este dom. Não posso deixar de convir que eles tenham razão. Não sou um sujeito confiável, sou tudo o que Jix falou, não sou hipócrita, sei disso. Mesmo assim...

— Mesmo assim, posso ser de grande ajuda em uma batalha como a que virá.

Mais uma vez o líder parece sobrepesar os fatores. Deve estar apavorado com a possibilidade de ter que depender de mim e me ver caminhando livremente entre seu povo.

— Tê-lo em nosso meio é como deixar uma serpente rastejar em um ninho de pássaros.

Bato a cabeça com raiva na grade de metal e mostro meus dentes afiados. Encaro Jix com ira, silvo e ameaço.

— Se não tem coragem para aceitar minha ajuda, merece o que está por vir.

— E o que está por vir, assassino?

— Hazz exala morte. Pude sentir de longe sua maldade, ignorância e violência, a mesma violência que fez com que partisse ao meio seu irmãozinho. Sim, Ber deve ter contado a você, mas não pôde falar os detalhes, não é? Hazz partiu seu irmão ao meio como se fosse um nada, apenas com um golpe rápido e brutal. Vi as vísceras de Ike se misturarem à areia e aquilo causou prazer ao "Rei dos Reis". É com este homem que você irá lidar.

— Um homem como você! — Ele tenta me insultar, sem perceber o quanto está sendo ridículo.

— Então, nada mais adequado do que ter uma arma semelhante em seu arsenal. Pense bem, desgraçado, sou sua única chance de fazer frente ao inimigo.

— É muito convencido e insolente, sabia?

— Diga algo que não sei, maldito!

O rei soca a grade de metal e faz um som agudo. Acho que o irritei ainda mais.

— O que Ber prometeu? Refresque minha memória.

— Por acaso é burro?

— Diga o que Ber prometeu a você, animal.

— Seu precioso menininho me deu duas situações prováveis. Ou me aceita como ajuda contra Hazz ou me liberta de vez e nunca mais me aborrece — esclareço. — Por acaso pensa em contradizê-lo?

— Ouça bem para que não alegue ignorância, arenoso. Como líder do clã Rosa do Deserto, estou libertando-o desta prisão. Dois dos meus homens irão escoltá-lo por dois quilômetros, para fora de nossos muros e você voltará a ser um homem livre...

— Mas...

— Nunca mais, está me ouvindo? Nunca mais volte para perto de nosso clã ou para perto de qualquer um dos nossos. Em nosso próximo encontro, haverá sangue. Isto eu prometo.

— Sabe que está sentenciando seu clã à morte, não sabe?

— Não precisamos forjar aliança com um malfeitor como você.

Sequer tenho tempo de lançar mais algum argumento ou disparate contra o maldito líder. Apenas observo sua figura me deixando na penumbra e vagando para fora das prisões improvisadas. Serei deixado de fora desta luta, não poderei provar do sangue de Hazz e isto me deixa irritado.

Faço uma promessa para mim mesmo. Não são as ordens de Jix que irão me excluir desta luta. Eu vou voltar, nem que seja para contemplar seu cadáver.

CAPÍTULO 45

O CONSELHO

Sentado em seu cadeirão, o líder eleva as mãos ao queixo. Nítido que está preocupado com a situação que se anuncia. Alguns batedores enviados por Ber retornaram do deserto com a notícia de que Hazz inicia sua marcha e deve estar aos pés de nossos muros em breve. É o que justifica esta reunião com seu novo conselho de guerra às pressas.

Além de mim, estão presentes Alin, o forasteiro aquático, que acolhemos em nosso meio, e mestre Ber, o virtuoso jovem responsável por nossas defesas.

Ninguém está muito convicto de que iremos conseguir repelir as investidas de Hazz, mas não admitimos nossos temores. Não em público. Sinto que todos neste conselho são orgulhosos demais, algo que pode se mostrar um verdadeiro empecilho.

— O que fazer não há mais. Aproxima-se o inimigo, senhor meu — Alin deixa claro seu ponto de vista, de que não temos mais o que fazer a não ser esperar o ataque.

— Nos últimos dias, nos esforçamos demais nos preparando para esta batalha, senhor. Mas, seria irresponsabilidade dizer que estamos prontos para lutar com o Bando de Hazz.

Ber traz à tona um assunto que se faz tabu diante do líder. Finalmente, alguém assumiu aquilo que todos estão percebendo.

— Está me dizendo que não estamos preparados? — Jix fulmina o jovem com o olhar. — O inimigo bate à nossa porta e você me diz que não estamos preparados?

— Com todo respeito, meu senhor. Somos pessoas de bem, pacíficas, não somos guerreiros.

— Seu comentário chega a me insultar, rapaz!

— Desculpe-me, meu senhor, mas não posso mais ficar calado diante do que vejo e isto me salta aos olhos. Existe um abismo entre o poder de fogo que pensamos ter e o que realmente temos à disposição.

— Tolice aquilo que diz é o que é. Do seu clã as defesas suficientes são para Hazz confrontar — Alin defende uma tese completamente contrária, a tese que sustentou o tempo todo desde que foi recebido em nosso meio.

— E baseado em quê consegue afirmar isto? Você não nos conhece, não sabe quem somos, você não convive em nosso meio, não consegue sentir a angústia que atormenta cada um dos pais de família que estão prestes a lutar nesta batalha em nome do clã.

— Em números me baseio. Vantagem numérica é o que temos.

— Mentira! Senhor, quando testemunhei a horda cortando o deserto, constatei que, inclusive, são maiores em número. Mesmo que assim não fosse, eles são cruéis, coisa que não somos. Estamos diante de um inimigo implacável e nossos melhores homens não são capazes de fazer frente.

— Está subestimando seu povo, Ber? — talvez Jix esteja entendendo errado a posição do jovem.

— Ou de covardia isto seria uma demonstração? — Alin provoca.

— Não vou tolerar provocações deste sujeito, senhor. — o virtuoso rapaz esbraveja. — E não estou subestimando a força da nossa gente. O que quero dizer é que existe uma grande diferença entre os homens de Hazz e nossos homens.

Decido que é hora de deixar de lado a falsa confiança que estou sentindo em nossas defesas e engrossar o coro do único homem lúcido em nosso conselho.

— Peço que não leve para o lado pessoal, mas Ike era um dos nossos melhores guerreiros e foi partido em dois por Hazz. Isto é uma pequena demonstração de que o mestre Ber tem razão no que disse.

— Você concorda com ele, de que não temos o que é necessário para lutar?

— Não foi isto que eu disse, senhor — Ber corrige Jix, uma atitude um tanto audaciosa. — Estou dizendo que não estamos prontos para enfrentar Hazz.

— Concordo com o ponto de vista do mestre Ber — deixo clara minha posição.

Jix bufa, coça as têmporas e lança olhares desafiadores a todos no interior da tenda. Existe tensão.

— Discordar é o que tenho.

— O que você tem a dizer, aquático? — é como se o líder estivesse ordenando.

— Sempre o que digo é o que é. Sabem todos vocês minha opinião. Os muros temos, a vantagem é o que é. Invadir Hazz não vai com facilidade.

— Exatamente — nosso rei aplaude em concordância com Alin. — Nosso plano principal não era defendermos os muros? É isto que iremos fazer, Ber. É tão difícil assim?

— Todos os nossos arqueiros estão bem treinados e em posição desde que minha patrulha de batedores voltou do deserto, senhor. Hazz e seu bando serão recebidos com uma chuva de flechas, mas meu receio é para quando a batalha se tornar corpo a corpo.

— Basta! — Jix brada. — De qualquer forma, é tarde demais para ficarmos discutindo sobre as fraquezas de meu povo.

— Nunca se tratou da fraqueza de nossos homens, meu senhor. Com todo respeito, mas...

— E o que você sugere? Por acaso seria melhor fugirmos para o deserto?

Ber parece constrangido por estar sendo tratado de forma tão dura. Ele me olha, como pedindo apoio, mas não tenho o que dizer. Apenas provoco para que tenha oportunidade de sugerir algo.

— Diga, mestre Ber. Tem alguma ideia?

O rapaz suspira fundo. É o tempo que o aquático tem para incutir um desafio.

— Alternativa claro que não tem.

— Uma luta entre campeões.

— Campeões? — Jix estranha.

— Houve um tempo em que as disputas eram resolvidas por campeões, cada um representava um povo. O povo do que fosse derrotado era morto ou escravizado. Diante de nossas perspectivas, esta é uma opção mais viável do que um enfrentamento direto.

O silêncio paira no ar. Entendo a solução dada por Ber, mas se Hazz é tão implacável quanto os relatos sugerem, não consigo ver com bons olhos a solução. Enfrentar um monstro cara a cara é tão perigoso quanto uma luta em campo aberto. Retomamos o tom da conversa através do próprio rapaz.

— Obviamente, o Bando da Discórdia escolherá o próprio Hazz como campeão e nós apresentaremos o nosso.

— Será qual? — Alin questiona. Já sei qual será a resposta.

— Eu — Ber estufa o peito. — Serei o campeão do clã Rosa do Deserto contra o Bando da Discórdia de Hazz.

Alin ri ruidosamente da solução dada por Ber. Jix coça as têmporas demonstrando nervosismo e resmunga.

— Ficou louco?

— Imprudente é o que é. Não aceitaria Hazz jamais a proposta.

— Asseguro que serei um adversário competente e à altura...

— Já basta, Ber! — a voz de Jix ecoa pela tenda, como um trovão. — Basta de suas loucuras e questionamentos, iremos nos ater aos planos sugeridos por Alin e é só. Aconteça o que acontecer, fizemos o que estava ao nosso alcance e iremos lutar contra Hazz, com tudo o que temos. Espero que estejamos conversados.

— Mas, senhor, deveria...

— Estamos conversados, Ber? — Jix insiste no fim da conversa.

— Sim, meu senhor — o protetor baixa a cabeça, como se estivesse derrotado. Com o punho fechado, bate em seu peito, com sinal de respeito.

— Todos vocês entendem seus papéis?

— Sim, senhor — confirmo.

— Absolutamente — Alin também consente.

— Muito bem — o líder parece satisfeito. — Antes de dispensá-los, preciso saber quanto tempo ainda temos antes que Hazz bata às nossas portas.

— Meus batedores calculam de um a dois dias, meu senhor.

— Estejam preparados.

Uma vez dispensados da presença do rei, Ber se aproxima de mim e trata de desabafar.

— Sei que você também não gostou da minha ideia, mas infelizmente, eu tinha razão, mestre Mervil. Não queria dizer isto e preferia estar errado, mas pelo menos desta vez eu tinha razão.

— Mestre Ber, veja bem, uma disputa por campeões dificilmente seria aceita por Hazz, o homem é um...

— Não é disso que estou falando, mestre Mervil. Judah, ele faria a diferença em nosso time contra Hazz. É a única pessoa que consigo pensar que iria desequilibrar esta luta ao nosso favor. Agora, o senhor e Jix descartaram a ajuda do arenoso, mas dão ouvidos a esse tal de Alin. Não confio nele, Mervil. Há algo nesse aquático que não me cheira bem.

— Entendo sua preocupação, mestre Ber.

— Não, Mervil, o senhor não entende. Esse Alin vai nos conduzir a um massacre e sequer teremos uma peça tão agressiva como Judah em nossas defesas. Queria estar errado, mas não estou.

— Ainda espero que esteja errado, mestre Ber.

Ele sorri, mas sinto que é de nervosismo, encara o vazio e, então, confessa-me um plano.

— No calor da batalha, não sei o que vai acontecer. A única coisa que sei é que teremos que atacar Hazz com força total. Assim que cruzar com ele no campo de batalha, darei o meu melhor. Podemos não ter uma luta entre campeões, mas irei enfrentá-lo cara a cara. Prometo que vou resolver este assunto, vou fazer isso por cada um de nós. Serei o verdadeiro protetor do clã.

CAPÍTULO 46

O ATAQUE

Quando Hazz e seus lacaios chegaram aos pés dos nossos muros, tínhamos a esperança de que conseguiríamos reduzir seus números ou ao menos atrasá-los com uma chuva de flechas. O céu vermelho se tornaria negro e, então, teríamos alguma chance. Era uma espécie de variação do plano elaborado pelo forasteiro Alin. Segundo o aquático, os muros seriam os trunfos de nossas defesas.

Estávamos muito enganados.

O "Rei dos Reis" não encontrou dificuldade para derrubar os muros dos limites. Trouxeram aríetes para a batalha e catapultas improvisadas. Alguns homens utilizando armaduras rudimentares e escudos compuseram a vanguarda e as flechas que utilizamos foram obsoletas.

Foi o início do massacre. Fui capaz de acompanhar os primeiros ataques, as primeiras lutas e ficou claro que estávamos em desvantagem. Não apenas desvantagem numérica, mas também física. Ficou bastante claro como seríamos trucidados.

Talvez o mestre Ber tivesse razão, no fim das contas. Não estávamos preparados e confiamos demais em um sujeito do qual nada sabíamos.

O começo da batalha já dava mostras do que iríamos enfrentar. Vi amigos sendo mortos como se suas vidas não valessem nada. Pessoas com as quais dividi o pão e conversei inúmeras vezes, que fizeram parte da minha vida, foram esmagados e destruídos.

Foi quando Jix surgiu do meio da luta com, o que disse ser, seu plano B. Mulheres, velhos e crianças deveriam se esconder em um lugar mais seguro e me confiou esta missão. Sei que não sou um homem de luta, não sou tão útil durante uma batalha, a função no plano B me caia melhor.

Com o auxílio de Alix, escoltei todos os velhos, mulheres e crianças para os salões subterrâneos. Inspirados nos bunkers mantidos nos desertos, Jix e eu projetamos salões secretos e subterrâneos abaixo do pátio do clã na intenção de nos protegermos de possíveis novos eventos como o Primeiro Dia ou mesmo ataques de grandes inimigos.

Dentro do abrigo, vamos ter que torcer para que a batalha se desenrole ao nosso favor. Caso contrário, de nada irá adiantar ficarmos trancafiados.

Kaiara não é como a maioria das outras mulheres do clã. Existe muita coragem e muita obstinação em seus gestos. Uma mulher forte e destemida, mais impulsiva e aguerrida que muitos homens. Maneja uma espada como ninguém e pode ser muito mais útil durante uma luta do que se ficar confinada.

É com essa propriedade que a moça se recusou a se trancafiar nos abrigos subterrâneos. Nitidamente, pronta para a luta, com roupas justas, ornamentos de proteção em metal e duas espadas a tira colo. Ela iria lutar e desceu ao salão apenas para se despedir do pequeno Diel. Com lágrimas nos olhos, abraçou o garotinho e assim permaneceram por um tempo considerável.

Em seguida, dirigiu-se a mim em silêncio. Percebi preocupação em seu tom de voz, sussurrado, ao me chamar.

— Senhor Mervil, precisamos conversar.

Consenti com um gesto de cabeça, fomos até um canto mais privativo do salão e a mulher começou a confidenciar. Suspirou fundo, segurou minhas mãos e disse com o tom de pesar.

— Existe muita coisa sobre mim, senhor Mervil, que vocês do clã não sabem. Mas, existem momentos em que já não é mais possível esconder.

— Há algo que queira me contar, senhorita Kaiara?

— É um homem que inspira confiança, senhor — sorriu antes de prosseguir o tom soturno. — Antes de bater às portas do Rosa do Deserto e de vagar com meu filho pelo deserto, eu era apenas mais uma mulher tentando sobreviver ao apocalipse da melhor forma possível, tocando minha vida aqui, como se fosse algo a se considerar.

— Não existe mal algum em cultivar um pouquinho de esperança.

— O problema é que a esperança pode ser uma droga perigosa. Sabe, eu pertencia a outro clã, chamávamos de Distrito da Risca Paranaguá, ficava a uma distância considerável daqui, ao sul.

— Distrito da Risca Paranaguá — mastigo as palavras na intenção de trazer algo à memória. O nome não me diz nada de especial.

— O Distrito era como o Rosa, existem muitas semelhanças. Nós prosperávamos e estávamos conseguindo nos manter intactos. Mas acontece que a desgraça bateu à nossa porta. Foi a primeira vez desde o Primeiro Dia que percebi que já não tem como viver em paz. Meu clã foi massacrado, Mervil.

O relato me causa um mal-estar, principalmente porque sei que estamos na eminência de um massacre também, talvez igual ao do clã ancestral de Kaiara.

— Sinto muito.

— Bem, nós fomos massacrados por Hazz, o "Rei dos Reis".

— Hazz?

— Sim, Hazz, o mesmo que está ali em cima trazendo o caos e a destruição. O que o bando fez não encontra descrição, senhor Mervil. Mataram quase todos, homens, mulheres, velhos e crianças. Por muito pouco, Diel e eu conseguimos escapar, mas deixar sobreviventes não faz o estilo de Hazz e seus homens. Já o meu marido, o pai de Diel, foi brutalmente assassinado — ela me encara com olhos pesarosos enquanto segura minhas mãos ainda mais forte. Suspira fundo e, por fim, diz algo que parece cortar sua garganta enquanto externa. — Diel tem sangue nobre. O pai dele era Rifer, o líder do clã da Risca Paranaguá.

— Rifer?

— Rifer foi o melhor homem que já conheci. Uma pessoa nobre, honrada e justa, que teve uma morte horrível pelas mãos desse maldito Hazz

— há lágrimas nos olhos da guerreira. — Rifer, meu marido, pai do meu filho, líder do clã, teve o crânio esmagado pelas mãos nuas de Hazz. Pude ver seu cadáver destruído e essa imagem sempre visita meus sonhos.

— Oh, querida...

— A partir daquele dia, prometi a mim mesma que teria dois objetivos na vida. O primeiro, proteger Diel a qualquer custo. E o segundo, matar Hazz. Acontece, Mervil... acontece que estou disposta a tudo para cumprir meus propósitos.

Fico confuso, o tom de voz de Kaiara sugere que quer me revelar algo grave.

— O que está querendo dizer?

— Alin, o forasteiro aquático, é como um arauto do caos que precede os ataques de Hazz. Ele se infiltra nos clãs, confunde as defesas e leva informações privilegiadas ao mestre.

— Não tem como saber disto, Kaiara.

— Mas eu sei disto, senhor Mervil, porque Alin fez a mesma coisa com Rifer. Infiltrou-se em nosso meio e traiu nossa confiança, o aquático teve papel fundamental no massacre do meu clã, assim como tem importância na destruição do Rosa.

A revelação me surpreende. Fico chocado com aquilo que acabei de ouvir. No fim, quem desconfiou de Alin tinha razão, mestre Ber tinha razão. Como fomos tolos ao aceitá-lo em nosso meio. E quanto a Kaiara? Ela sabia que acolher o forasteiro seria fundamental para o começo de um massacre e não fez nada. Justo Kaiara que, como dizem, está se relacionando com Jix. Isto é traição das graves.

— Não sei o que dizer, Kaiara — balanço a cabeça em tom negativo e fito o vazio após suspirar fundo.

— O senhor tem toda razão em ficar desapontado comigo. Eu poderia ter evitado a chegada de Hazz, poderia contar sobre Alin, alertar Jix sobre os perigos. Mas, se tivesse feito isto, talvez nunca alcançasse minha vingança. Eu precisava ter a chance de confrontar Hazz mais uma vez e de poder vingar a morte de Rifer.

— Mesmo que isto signifique a morte de tantos inocentes?

— Desde que vocês acolheram Alin, evitei ao máximo que ele me visse. Evitei falar com Jix sobre a eminência da chegada de Hazz e me mantive fora das convenções sociais do clã exatamente para disfarçar minhas intenções e apreensões. Sinto muito, Mervil, mas eu... O senhor não entende e nem acho que precisa entender, mas o ódio que sinto... a vontade de fazer justiça, moveram todos os meus atos até aqui. Em meus ombros irão pesar cada uma das mortes causadas pela batalha que acontece sobre nós.

— É um peso árduo a se carregar.

— Um peso que se tornará mais leve se tiver minha vingança.

O modo como Kaiara encara o problema começa a me dar náuseas. É evidente que a mulher sabe que fez algo imperdoável, mas tenta se segurar na justificativa do que julga ser justo. Não sei o que pensar. Provavelmente, estamos mesmo em uma realidade dura e cruel ao ponto de corromper qualquer ser vivo.

As mãos da garota vingativa me soltam. Ela desembainha uma de suas espadas e me instrui.

— Se vocês ficarem aqui, mais cedo ou mais tarde, vão ser encurralados pelos homens de Hazz. O mais seguro é tentar fugir para longe, não importa para onde. Hoje, Mervil, é como o Segundo Dia para mim, o dia de minha luta final, mas a vida deve continuar.

— Jix ordenou que ficássemos aqui.

— Jix é muito cabeça dura, burro demais para perceber os perigos ao redor. Você, Mervil, é um homem inteligente. Diga-me, acha mesmo que estarão seguros aqui?

Não, não estamos seguros aqui. Na verdade, todos juntos em um lugar como este salão só irá facilitar as coisas para o bando quando nos encontrarem.

Olho para trás e vejo o pequeno Diel se divertindo com as outras crianças, alheio aos problemas dos adultos e aos planos de vingança da mãe. À sua semelhança, a infante Kilin também vive na inocência. Se realmente existe alguma esperança, é neles que reside.

Respiro fundo e com o tom mais alto de voz possível, exorto.

— Vamos sair daqui.

Kaiara me toca o ombro e, então, emociona-se.

— Estou confiando a vida do meu filho ao senhor, Mervil.

Mais uma vez de volta à superfície. Não é com prazer que faço isto, mas a jovem Kaiara tem razão. Naquele esconderijo seria questão de tempo até sermos descobertos e assassinados. Por outro lado, em meio ao fogo cruzado, temos chance de sermos atacados, mas também a chance de fugirmos da luta.

Por onde olho vê violência e morte. Tento ignorar o fato de que várias pessoas que conviveram comigo estão caindo ao meu lado e sigo Kaiara, cegamente, pelos cantos daquilo que já foi nosso clã.

Cada um dos adultos ficou responsável por uma criança ou por alguém mais debilitado. Seguro as mãozinhas de Diel enquanto Alix se esgueira cuidando da pequena Kilin, que está em seu colo.

— Cuidado, Kaiara! — Alix chama a atenção para um ataque surpresa que não estava sendo previsto.

De dentro do que já foi a tenda de um de nossos amigos, dois homens, fortes e gordos, surgem com clavas nas mãos. Parecem potencialmente perigosos e tentam acertar nossa guia com golpes desordenados.

Ao mesmo tempo, Kaiara revela seu aço. Logo em uma primeira investida da mulher, o punho de um dos gordos vai ao chão. A jovem gira nos próprios calcanhares e desfere seu segundo golpe. A ponta de sua espada abre a barriga do infeliz e despeja seu intestino que, agora, faz companhia à mão.

O outro tenta atacar, mas Kaiara se desvencilha com uma esquiva e corta sua garganta. Teve uma morte rápida.

— Vamos! — nos instrui e dispara na frente.

Seguimos a guerreira até que um homem de espada nos intercepta. É um rapaz bonito, jovem, o que destoa um pouco com a ferocidade com que nos ataca.

Kaiara e o rapaz começam a lutar, mas as espadas travam uma na outra constantemente. Tenho até a impressão de que o homem é mais habilidoso e leva alguma vantagem. Tanto é verdade que consegue um golpe mais perigoso e fere o braço da garota.

Aparentemente irritada por ter sido alvejada, Kaiara inicia uma série de ataques mais incisivos até que consegue uma brecha nas defesas do adversário e golpeia seu abdome. Em seguida, um golpe certeiro contra o peito. É o suficiente para que o rapaz caia ao chão agonizando.

Mais uma vez seguimos Kaiara pela circunferência do clã até que ela nos revela parte do plano.

— À frente tem um buraco no muro, é por lá que vocês irão escapar.

Alix se precipita com a pequena Kilin no colo. Olha ao longe e constata algo que parece preocupante.

— Consigo ver o que está dizendo, mas parece que tem muitas pessoas lutando ali, Kaiara. Vai ser difícil passarmos sem sermos incomodados.

— Eu sei, Alix. É por isto que vocês irão se esconder na casa de recuperação até que eu consiga limpar a área. Venho buscá-los na sequência.

A enfermaria. Quase não notei que estamos próximos ao barracão em que Alix passava o tempo tentando curar nossos enfermos. O plano é bom exatamente porque a tenda é grande o suficiente para nos abrigar.

Toco a jovem Alix nos ombros e tomo a dianteira para levar nossos pequenos até a enfermaria, onde estaremos seguros até conseguirmos uma brecha para escapar.

Obviamente, estamos em silêncio, não é aconselhável chamarmos atenção. Então, nos mantemos calados, mesmo assim, a preocupação é palpável. É como se nossos medos gritassem.

No silêncio, o barulho das lutas ao longe é ainda mais atormentador. Ouço vozes de comando, de gente morrendo, gemidos de dor, gritos de agonia. Tudo que quero é poder salvar estes pequeninos.

É quando estou divagando em como será nossa fuga e nas possibilidades de sobrevida que percebo cochichos do lado de fora da tenda. Não tenho tempo para cogitar o que está acontecendo. Quando dou por mim, os tecidos já estão sendo consumidos por labaredas.

Desesperados, todos começam a se debater. A ordem de cada adulto cuidar de uma criança não está sendo cumprida. Cada um tenta se safar por si. Vejo que Alix está com mais uma criança no colo, além de Kilin e ainda mais outras duas ao seu redor. Estou apenas com o pequeno Diel e caminho para a saída.

Tento abrir a tenda, mas algo do lado de fora impede a passagem, alguém está fechando a enfermaria e o fogo está se alastrando com facilidade. A secura do ar se mistura à fumaça e fica quase impossível de respirar, os olhos lacrimejam e sinto como se começasse a perder os sentidos.

Diel aperta minhas mãos com mais força e parece estar preocupado. Ouço vozes de pessoas agonizando e olho para trás. O fogo já está fazendo suas vítimas. Há pessoas sendo queimadas vivas, crianças, mulheres e velhos sendo consumidos pelo calor das chamas.

O desespero toma conta de todos e começam a tropeçar uns nos outros. Vejo uma criança ser pisoteada por uma mulher e um velho cair e quebrar a perna. A impressão é que iremos morrer todos.

As chamas estão quase nos alcançando quando as entradas da enfermaria vêm abaixo. Do lado de fora, dois inimigos mortos caídos ao chão e Ber em pé, glorioso tal como um herói.

Mestre Ber apanha as crianças, ampara as mulheres e ajuda os velhos. Somos resgatados.

— O senhor está bem, mestre Mervil? — se preocupa comigo ao mesmo tempo em que me escolta para longe do fogo.

Aceno positivamente com a cabeça, ao mesmo tempo em que tusso. Alix se aproxima do marido, coloca as crianças no chão, abraça ao jovem e o beija. Há lágrimas em seus olhos e vejo o quanto está aliviada pelo salvamento.

Infelizmente, não foi possível salvar a todos. Percebo que muitos rostos não conseguiram se safar das chamas e isto me parte o coração.

Enquanto vejo Alix agradecer ao marido pela interferência no que poderia ser uma tragédia, percebo que um grupo de inimigos se aproxima perigosamente de nossas crianças.

Cinco homens, todos armados. Um deles me chama a atenção por ser muito grande, robusto e forte. Seus gestos são rudes e violentos. Usa uma imensa capa que está banhada em sangue, placa de peito como armadura e um colar feito do que parece ser crânios. Ele tem duas espadas grandes e pesadas em mãos e um semblante carrancudo por trás da barba espessa e eriçada. Só pode ser Hazz.

Não tenho forças para gritar e alertar Ber, Alix e os outros. Até tento, mas emito um som descompassado e baixo, imperceptível em meio ao caos da batalha.

Assim que o bando se aproxima, inicia-se a carnificina. Não há dó, não há compaixão. Hazz parte um velho ao meio com uma de suas espadas ao mesmo tempo em que os outros quatro avançam como loucos contra os nossos. Ber é o único na cena que pode oferecer alguma resistência, está em terrível desvantagem.

Todos irão morrer.

Com um sabor amargo na boca, apanho o pequeno Diel pelas mãozinhas. Estamos a uma certa distância e poderemos nos salvar.

Mas, então, sinto alguém me puxando com força. Encontro como chão poeirento e vejo as botas de Alin. O aquático está em pé, com os olhos azuis brilhando e um sorriso maldoso nos lábios. Tento me levantar, mas seus pés encontram meu peito e caio mais uma vez.

Diel se aproxima, como se quisesse me salvar, mas basta um tapa do forasteiro para que o menino caia e bata a cabeça contra uma pedra, ficando desacordado.

Alin repousa a sola da bota em minha cabeça e força contra o chão. Consigo ouvir sua voz direcionada a mim.

— Ver o massacre da gente sua é o que vai.

Não, não quero ver. Fecho os olhos, mas algum tipo de curiosidade faz com que os abra novamente.

Mestre Ber está lutando corajosamente, em desvantagem, contra dois lacaios de Hazz. O líder está surrando, com as mãos nuas, uma de nossas mulheres e os outros dois bandidos cercam os demais para que não fujam da morte que se mostra certa. Enxergo Alix que se colocou de cócoras na intenção de proteger Kilin e outras três crianças com o próprio corpo. É desesperador.

Em um ataque técnico, que muitas pessoas sequer conseguiriam pensar em executar, Ber se desvencilha de um dos adversários e consegue uma investida mortal contra o outro que lhe faz frente. O sujeito cai ao chão sem vida.

Não consigo conter minha euforia e sorrio. Ao ver minha alegria, o aquático pisa mais forte sobre meu rosto.

A mulher que estava sendo espancada pelo rei é atravessada de fora a fora com um soco. Não acredito na brutalidade da cena, tenho vontade de vomitar. Aparentemente entediado, Hazz caminha entre os sobreviventes e não demonstra qualquer remorso. Com golpes mortais e brutais de suas espadas, parte ao meio quem quer que fique em seu caminho. Não consigo acreditar, quando dou por mim e percebo aonde Hazz quer chegar, ele caminha em direção à Alix, Kilin e as outras crianças.

Ele quer matar a doce princesa!

Reúno forças do meu interior, minha voz surge como a ira de um trovão e rasga minha garganta.

— BER!

Ber ouve minha súplica. Consigo chamar sua atenção para o que está prestes a acontecer com sua esposa. Ao mesmo tempo, recebo um chute na boca por parte de Alin, mas não me importo. Volto o rosto para a cena.

O virtuoso guerreiro consegue se desvencilhar daquele que contra ele se opõe. Com uma investida rápida, corta o pé do adversário, que urra de dor.

Ber corre em direção a Hazz para impedi-lo, mas os outros dois capangas interceptam o rapaz. A luta entre os três me parece truncada demais e o que mais temo acontece.

Como se Alix pesasse menos que uma pena, o "Rei dos Reis" a apanha e a puxa pelo cabelo. A moça é arremessada para trás com selvageria, deixando as crianças indefesas. Mestre Ber, ainda atrasado pelos inimigos, parece observar tudo à distância com apreensão.

Hazz escolhe uma das crianças para seu massacre impiedoso. Sua mão gigante apanha uma cabecinha e a ergue aos céus que começam a acumular nuvens. Posso ver seu cabelinho, seu rostinho de medo. A garota chora e começa a chamar pelo pai. Quando percebo que se trata de Kilin, entro em desespero. A pequena rosa não, minha princesa, a preciosa Ki.

Em um ato de medo e movido por meus instintos mais primitivos, tendo me debater, livrar-me da pressão de Alin para poder salvar minha querida flor do deserto. O aquático parece se divertir com o fracasso de meus esforços. Ri ruidosamente e me desafia.

— A garota salvar pensa mesmo que conseguirá? Inútil é.

— NÃO! — grito com todas as forças da minha alma quando vejo Hazz arremessar o corpinho de Kilin contra o chão violentamente.

A pequena cai e seus bracinhos parecem se partir com a queda. É uma imagem forte, especialmente pela forma como que sua cabecinha quica contra o terreno. O líder do bando não tem piedade alguma e pisa com força contra o corpinho frágil da menina. O som que ouço é de ossinhos se partindo, um barulho estridente e até baixinho, mas que faz meus pelos se arrepiarem no mesmo instante.

O pé do gigante afunda no peito de Kilin e transforma seu corpo em uma ruína. Desespero-me e começo a chorar a praguejar. O maldito matou nossa princesinha, nossa esperança, nossa mais querida criança.

Em resposta ao meu choro descompassado, recebo um novo chute de Alin, cuspo sangue, não me importa se eu morrer agora. Tento ficar em pé, mas o aquático não deixa. Recebo mais um chute na boca.

Consigo perceber que a cena do corpo de Ki se despedaçando causa comoção em todos. Alix, em um ato de coragem, levanta-se do chão e corre em direção ao gigante, como se contra ele pudesse fazer frente.

— Desgraçado! — a médica avança contra o rei com os punhos cerrados.

— Alix, não faça isso! — Ber se desespera ao perceber que a esposa caminha para o inimigo.

Apavorado com a possibilidade de ver sua mulher ser assassinada, o jovem consegue acertar um de seus oponentes, mas falta o segundo.

Alix pula nas costas de Hazz e começa a socá-lo, mas o vilão parece nem se importar com os golpes. Como se não fosse nada, o rei consegue puxar a moça e a arremessa ao chão, sobre o cadáver da pequena Kilin. Tenho a impressão de que sua intenção é esmagar o peito dela, assim como fez com a criança. Mas, eu me surpreendo.

— ALIX! Saia daí! — Ber grita, ao mesmo tempo em que fere mortalmente seu segundo inimigo.

Quando o pé de Hazz desce em direção à Alix, a moça rola no chão e consegue evitar o mesmo destino de Ki. Respiro aliviado, ainda mais por ver Ber se aproximar com a espada em mãos.

Segurando o cabo da arma com as duas mãos e com um semblante furioso, o jovem guerreiro investe contra o inimigo gigante. Hazz está com as espadas embainhadas, tenta se defender com os braços e é atingido pelo golpe. Estranhamente, a lâmina de Ber não faz um corte profundo. É como se os braços de Hazz fossem revestidos de uma couraça. Sua pele não é rasgada, mas apenas arranhada. Sequer verte sangue do ferimento.

Parecendo não acreditar no que vê, Ber arrisca mais um golpe e outro. Hazz se defende usando os braços em todas as investidas e não sofre mais do que pequenos arranhões. A próxima tentativa do defensor de nosso clã encontra a palma da mão do inimigo.

Hazz ampara o golpe de Ber segurando a lâmina de sua espada e parece não se incomodar com o sangue que verte de sua mão. Com um gesto seco, o vilão apanha a espada do herói e a arremessa para longe. Em seguida, desfere dois socos no rosto de Ber e o derruba ao chão.

Alix continua caída e o "Rei dos Reis" se aproxima. A garota é apanhada e levantada ao céu. O golpe é rápido, seco e bruto. O corpo de Alix desce a uma velocidade impressionante e suas costas encontram os joelhos de Hazz. O monstro parte a coluna da valiosa mulher como se fosse um graveto.

A cena é tão violenta que tenho vontade de vomitar mais uma vez. Alin gargalha ao ver o que aconteceu e Ber se desespera.

— Seu maldito!

Ao perceber que o rapaz retomou sua espada e parte para a luta, Hazz também revela suas lâminas e se prepara para receber o ataque. Percebo que Ber está lutando com raiva, sem inteligência. Seus golpes encontram a resistência do oponente.

— Você é um monstro, desgraçado!

Hazz não se importa com os insultos, para ele, devem ser como elogios.

Estou chocado demais com tudo o que aconteceu e não consigo parar de chorar. A morte de Kilin foi algo traumatizante.

Acompanho a luta, sei que Ber é um guerreiro virtuoso, mas não acredito que tenha sorte contra o vilão. Mesmo assim, torço por um milagre.

Os golpes de Ber seriam mortais para qualquer outro adversário, mas Hazz consegue evitá-los. Quando uma investida escapa da defesa, a ponta da espada do rapaz encontra a placa de peito do outro. Um golpe inútil, mas que se mostra fatal.

Fatal para Ber.

Encontrando a placa de ferro, a ponta da espada escapa para baixo. É a única coisa que Hazz precisa para ter tempo de cravar suas duas espadas no peito do rapaz. As lâminas despontam pelas costas e o sangue se mistura à areia. Em seguida, o "Rei dos Reis" puxa as espadas para fora e empurra o corpo.

Ber cai ao chão ainda consciente. Ele me olha de longe e tudo que consigo ver são seus lábios se mexendo. Não sei o que quis dizer, mas quero crer que suas últimas palavras tenham sido heroicas, assim como sua vida.

Não sei mais o que fazer, dou-me por vencido assim que começo a ouvir os sons de zombaria de Alin e começo a ser violentamente pisoteado pelo aquático. Tudo está arruinado. Vejo a tenda da enfermaria queimando, os cadáveres no chão.

Alix... Ber... Diel... Kilin... Todos mortos.

Sinto uma dor forte no coração ao assumir para mim mesmo. O sonho foi destruído. O clã Rosa do Deserto foi duramente desolado pelo Bando da Discórdia de Hazz, o único "Rei dos Reis".

CAPÍTULO 47

O CONTRAATAQUE

Cheguei tarde demais, tive tantos contratempos tentando abrir passagem para a fuga das crianças que acabei perdendo tempo. O que aconteceu aqui foi um massacre impiedoso contra os mais frágeis habitantes do clã, mais uma demonstração do quanto Hazz pode ser cruel.

A tenda da enfermaria, ao que parece, foi passada no archote. Corpos mutilados de crianças, velhos e mulheres pelo chão. Alguns eu reconheço, outros não faço ideia de quem são.

Mas, por outro lado, houve alguma luta, houve resistência. Também há sangue dos inimigos, corpos de nossos rivais. Poderia até apostar que foi Ber quem ofereceu o contra-ataque. O corpo do jovem guerreiro está dilacerado, é o único aqui que poderia ter oferecido algum combate.

Uma cena chocante, em particular, chama a minha atenção. O corpinho infantil da pequena Kilin, filha de Jix. Seu peito está esmagado, seus ossos aparentes, assim como seu interior. Ajoelho em sinal de respeito e pesar ao seu lado. Pobrezinha! Era uma menina tão pura, tão cheia de vida... Meu instinto materno fala mais alto e lágrimas percorrem pelo meu rosto. Este mundo é cruel demais para os pequenos, não é justo que presenciem e sejam vítimas de tanta brutalidade.

A violência da cena é impactante. Seria demais cogitar que o próprio Hazz fez isto? Acho que não. Sei bem o que o "Rei dos Reis" é capaz de fazer e esse massacre tem a assinatura dele.

Deixo o cadáver da princesa e começo a ter uma ideia preocupante que me consome. Não vejo Diel em lugar algum. Meu filho, meu pequeno...

Procuro por entre as desgraças, mas não o encontro. Não sei o que pensar desta situação. Não sei se teve o mesmo destino que seus amigos ou se conseguiu escapar. Também não consigo ver o velho Mervil. Mervil era quem estava cuidando de Diel. Será que escaparam?

Sinto minhas botas enroscando em alguma coisa. Olho para o chão e vejo um moribundo do Bando da Discórdia que está sem pés. Chuto sua cabeça, ajoelho e apanho seu cabelo.

— Quem fez isto com as crianças?

— Misericórdia. Por favor.

— Misericórdia... Vocês tiveram misericórdia de nós? Tiveram misericórdia das crianças?

— Foi Hazz. Eu... eu não fiz nada, moça. Minha função era apenas dar apoio, juro que não matei ninguém.

Como eu já imaginava. O maldito esteve aqui e tratou de massacrar com as próprias mãos nossos pequenos. Desgraçado!

— E você? Quem o feriu?

— Um rapaz, o único que pôde fazer algo para defender os outros.

Ber, com certeza foi ele quem ofereceu a resistência. Minha tese se sustenta.

— Me ajude... você pode me ajudar, você não é como os outros. Por favor, moça... tire-me daqui.

— Estou procurando um menino franzino, pequeno de cabelo loiro e um senhor alto e magro, um velho de pele escura, cabelo e barba brancos. Você os viu?

— Não me lembro.

Seguro a cabeça do homem e bato com força conta o chão. Repito mais três vezes até dar-lhe uns bons tapas na cara.

— Você os viu?

— Espere... eu me lembro de ter visto um velho negro, mas eram tantas crianças que não sei quem está procurando.

— E este velho? O que aconteceu com ele?

— O velho estava nas mãos de Alin, um aquático extremamente cruel. Quando o vi, tinha a cabeça do ancião sob os pés.

Alin. Não pode ser, Mervil foi subjugado por Alin, o aquático que deixei se infiltrar perigosamente no clã. Isto é uma ironia do destino. O velho está em perigo graças à minha negligência.

— Esse Alin fez algo com o velho?

— Eu não sei, moça. Todos foram para aquela direção — o sujeito aponta para um lado. — Agora, por favor, ajude-me.

Ofereço a lâmina de minha katana à garganta do infeliz. Pode parecer uma atitude miserável, mas é o mais próximo de misericórdia que posso dar.

O sobrevivente do bando apontou para o lado onde a batalha se adensa. Até cogitei que poderia ser uma armadilha me mandar para o lugar mais perigos da luta, mas não era isso.

Ao longe identifico Hazz. O homem é muito grande, impossível não o reconhecer à distância. Homens do bando lutam contra homens do clã. É o centro da disputa final.

Tenho o impulso de ir ter contra Hazz impedido por um sussurro logo atrás de mim.

— Kaiara, de Rifer a esposa.

A sensação que sinto é um misto de raiva, dor e refrigério. Desembainho minha espada e a seguro firmemente, é o momento do acerto de contas com Alin.

Assim que me viro, ordeno.

— Me chame de Zzah, maldito.

Os olhos do aquático brilham. Às suas costas, vejo o corpo de Mervil caído ao lado do corpinho de Diel. O que ele fez? Com a mão que lhe resta, Alin mostra um machado de curto alcance.

Parto para cima do inimigo, motivada pela raiva e urrando. Poupei a vida dele uma vez, mas não vou ser tola em cometer o mesmo erro novamente.

Minha lâmina enrosca no machado e recebo um chute na canela, o que me faz quase desequilibrar. O aquático sorri e me empurra. Caio ao chão, mas tenho tempo de rolar para o lado antes de receber a machadada que me destina. Com um gesto rápido, corto os tendões do calcanhar do adversário. Ele grita de dor ao mesmo tempo em que despenca.

Com um novo golpe, corto o punho que resta. O machado e a mão caem na poeira ao mesmo tempo. Pulo sobre o corpo de Alin e cravo minha espada dezenas de vezes em seu peito e abdome até ter certeza de que sua alma se foi. Mesmo morto, seus olhos azuis me encaram e não tenho dúvidas, ao arrancá-los e enfiá-los no bolso de minha calça. Um gesto simbólico. Alin jamais será o arauto do caos mais uma vez.

Chego próxima ao corpinho de Diel. Está frio, apático, não reage, não consigo sentir sua respiração. Entro em desespero, coloco meu filho morto no colo e choro compulsivamente. Relembro todos os momentos que passamos juntos, a esperança que me invadiu o peito algumas vezes, o pássaro branco que voava pelo céu laranja. Meu filhinho, tudo o que eu tinha neste mundo, tudo pelo que lutei até hoje, morto. Não quero acreditar, não quero aceitar. É tudo muito injusto.

Falhei no meu objetivo principal, em mantê-lo seguro. Tenho vontade de enfiar a lâmina da minha katana na minha barriga, mas a fome por vingança fala mais alto.

Em um instinto que pertence à Zzah e não à Kaiara, eu me coloco de pé e sacudo a poeira. Deixo o corpo do meu filho repousar e observo meu alvo de longe. Hazz deve morrer. Juro baixinho que este será nosso confronto final.

O centro da batalha é pujante. Terei que dar cabo de muitos miseráveis até chegar ao meu objetivo principal. Isto não importa, desde que eu consiga pôr as mãos em Hazz. Aliás, o “Rei dos Reis” enfrenta uma série dos homens do nosso clã sem nenhuma dificuldade. Impressionante observá-lo em meio à batalha, ainda que com certa distância.

Um homem forte, alto e horrendo se apresenta para lutar comigo. Traz um pesado martelo de guerra que maneja de forma quase exibicionista. Gira a arma no ar como se fosse pesada como um galho. Eu deslizo pelo chão por baixo de suas pernas e finco a katana por sua virilha. O gigante despenca. Foi fácil demais.

Dois outros se apresentam com bastões. Enquanto um deles investe contra mim, desvio e encontro o outro com a guarda baixa. É o suficiente para fazer com que minha lâmina encontre seu crânio. Assustado com a morte do amigo, aquele que me atacou levanta as mãos em rendição. Idiota. A ponta de minha espada entra por sua barriga e aponta nas costas.

São poucos os que conseguem fazer frente a mim e, um por um, vou abrindo espaço para chegar até o meu rival. Quando já consigo ver Hazz com mais precisão, algo me chama a atenção. Não é o "Rei dos Reis", mas quem contra ele luta.

Jix está enfrentando Hazz e parece ser uma luta de igual para igual.

Apesar de qualquer pessoa estar em desvantagem contra o vilão, por conta de seu físico monstruoso, Jix não aparenta se intimidar e investe com propriedade contra o adversário. Segura sua arma com firmeza e permite golpes curtos e estratégicos.

Com duas espadas em mãos, Hazz parece estar tendo dificuldades para se defender de Jix. Isto é excitante. Quero ajudá-lo, mas outro adversário se coloca em meu caminho.

Começo a lutar, mas sem desviar as atenções da disputa entre os dois reis. Então, algo preocupante acontece, a espada de Jix se enrosca com uma das de Hazz, com a outra arma livre para o ataque, o vilão investe contra o braço do adversário. O golpe é forte.

Tenho a impressão de que o braço de Jix apenas não foi decepado por estar envolto em uma proteção de aço. O golpe rasga o metal e rasga a carne. Debilitado pelo golpe sofrido, o líder do clã baixa a guarda e recebe a ponta da espada de Hazz que perfura a armadura que usa, entra pelo peito e ressurge nas costas. É um ferimento fatal.

Jix cai no chão com força, quase inconsciente e ensanguentado. O gigante coloca o pé em cima da ferida aberta, sorri e prepara para mais um golpe mortal. É o fim do líder do clã Rosa do Deserto.

CAPÍTULO 48

O HERÓI

O desgraçado pensou que era bom o suficiente para dispensar minha ajuda, não é? Esnobe! Pensaram que a elite do clã poderia fazer frente a um monstro. Idiotas! O que não sabem é que, somente, um assassino é capaz de enfrentar outro.

Sim, eles precisavam de mim e não se deram conta. O perigo bateu à porta e não tinham como se defender de um ataque. Sorte desses filhos da puta que eu adoro um desafio, salivo com uma boa luta e me sinto pleno com o sangue de outros, salpicando minha fuça.

Com prazer vejo o arrogante Jix ser humilhado por Hazz. Fez papel de imbecil, assim como o irmão Ike daquela vez.

Não posso negar que sentiria prazer ao ver o líder do clã sendo morto dessa forma tão ridícula, mas ainda mais prazeroso será contemplar seu rostinho ao perceber que fui eu quem o salvou. Ele parece ser tão orgulhoso quanto Ike. A vida mesquinha do miserável está em minhas mãos.

Hazz levanta a arma para o ataque final. No chão, ensanguentado e imóvel, Jix arregala os olhos em desespero. Posso sentir seu medo. É o medo que todos os homens sentem da morte.

Corro em direção àquele a quem chamam de "O Rei dos Reis". Surpreendo-o com um ataque fulminante em suas costas. Lanço um golpe vertical com tanta força que parto em dois a armadura que usava para proteger o peitoral. A força do impacto também corta as suas costas.

O desgraçado grita e vira para me golpear em um movimento automático. Agacho e finco a ponta da minha espada em uma de suas coxas. Ele grita mais uma vez e tenta me acertar com a espada. Desvio e invisto contra a parte de trás da mesma coxa que golpeei segundos atrás.

Levanto e consigo dar um soco em seu maxilar forte. Depois outro e outro até que ele solta uma das espadas, segura meu braço e me joga para o lado com violência. Corre em minha direção e sinto a ponta de sua bota atingir meu queixo. Dói.

Logo depois, ele sobe em mim e começa a me socar o rosto. Tento me soltar, mas não consigo. Começo a socar sua barriga em resposta, mas acho que não estou alcançando nenhum resultado. O homem coloca as mãos sob meu rosto e faz uma força descomunal, sinto como se os ossos do meu crânio fossem ceder a qualquer momento. Em um lance de sorte, viro o rosto e consigo morder um dedo dele até arrancá-lo. Isto deixa o monstro com mais raiva, mas então mordo sua mão até roer os ossos, ao mesmo tempo em que meu joelho encontra um ponto fraco e consigo me soltar.

Hazz está de cócoras no chão. Corro em sua direção e pulo sobre sua cabeça, fazendo com que o rosto encontre o chão com selvageria. Então, pisoteio-a com força e ódio. Apanho Avassaladora e preparo um golpe final contra o monstro.

A ponta de minha arma desce com rapidez em encontro à nuca da besta, mas sou surpreendido com um solavanco, Hazz levanta-se do chão sem qualquer dificuldade e me derruba. Apanha um dos meus pés e me arremessa como se fosse uma, pequena, pedra para longe.

Meu corpo encontra o chão com violência e vejo a figura descomunal de Hazz que, a essa altura, baba de raiva. Os golpes que lancei contra sua cabeça esfolaram sua face, ele está horrendo, com o tecido muscular à mostra e os olhos esbugalhados.

Sinto alguém me amparar com a finalidade de me colocar em pé. Quando olho para cima, vejo-a. Seu rosto, antes belo, está distorcido pela ira e seus olhos focam no adversário. Não é Kaiara, é Zzah.

CAPÍTULO 49

A RAINHA

— Chegou a hora da minha vingança final, esperei tempo demais para colocar minhas mãos em você.

Hazz me encara com ar de desafiador. Ergue o queixo e lança um disparate.

— Todos querem colocar as mãos em mim, mas não sou um adversário tão fácil assim, a ponto de ser derrotado por uma mulherzinha como você.

— Esta mulherzinha, a quem se refere, nutre um ódio mortal pelo "Rei dos Reis" e prometeu que não iria descansar até ter sua cabeça pendurada em uma corrente. Eu sou sua danação, Hazz, sou sua punição, seu castigo, seu acerto de contas. Se você diz que é o "Rei dos Reis", eu sou a "Rainha da Vingança", a "Rainha da Destruição".

— Você é uma mulher muito estúpida, isso sim — ele sorri esbanjando maldade. — Vou matar você e estuprar seu cadáver fresco.

Giro a espada que já foi de Rorl e avanço contra o inimigo carregando toda a raiva que consigo sentir. Corro em sua direção com a força de todos que passaram em meu caminho. O Distrito da Risca Paranaguá, meu amado Rifer, o Rosa do Deserto, Ike, Ber, Alix, Kilin, Mervil, Jix e... Diel.

Lanço um golpe perpendicular para enganar Hazz. Quando ele tenta se defender, desembainho minha espada, jogo meu corpo para a esquerda e consigo cortar seu peito.

— Isto é por meu marido, Rifer.

Logo em seguida, giro sob suas costas e encravo a arma de Rorl em sua costela, o gigante grita de dor. Utilizo a espada enterrada como degrau, subo em seu pescoço, chuto sua jugular e arranho sua cabeça com minha arma. Descendo meus pés ao chão, puxo a lâmina que está enterrada para mais um golpe.

— Este foi por todos os mortos do Distrito da Risca Paranaguá.

O vilão oferece as costas das mãos ao meu rosto. Baixo a guarda e recebo um pesado chute no peito, recuo, mas não desequilibro. Judah surge para me ajudar e começa a lutar.

O arenoso e o rei se enfrentam em uma luta violenta de espadas onde não consigo determinar quem leva vantagem. Apesar de Hazz ser muito maior que meu aliado, demonstra dificuldade em se defender dos golpes brutais do arenoso.

Volto a participar da luta. Com duas espadas, Hazz tem dois adversários. No fundo, ele já deve ter percebido que Judah e eu formamos uma boa dupla. Tento encontrar uma brecha nas defesas do gigante e as investidas, pesadas, do sobrevivente rendem ótimas oportunidades de ataque em conjunto.

Judah gira o corpo e faço o mesmo. Nossos ataques sincronizados confundem o inimigo. Hazz não sabe de quem se defender, até tenta bloquear com as espadas, mas atacamos tão forte que até o, bruto, líder do bando tem dificuldades em se manter firme. Minha katana encontra o lado esquerdo do corpo do inimigo e a lâmina Avassaladora de Judah corta seu lado direito.

Levanto a espada de Rorl no mesmo ritmo e encontro o cotovelo de Hazz. A lâmina crava nos ossos, mas forço até que consigo decepar seu braço. O sangue quente lava meu rosto. Sinto a plenitude da vingança.

Ao mesmo tempo, um golpe forte de Judah encontra os tendões do calcanhar do inimigo, ele se arqueia e desaba sob os joelhos. Finco a espada de Rorl em seu peito e encosto a ponta da minha lâmina em seu pescoço.

— Sabe quem eu sou, maldito?

— Uma louca!

— Eu sou a esposa de Rifer, o líder do clã Distrito da Risca Paranaguá. Um homem que você assassinou esmagando o crânio.

— Nós vivemos em um mundo tenebroso e cruel. Muitas pessoas morreram por minhas mãos e, se não fosse por mim, morreriam pelas mãos de outros. Não adianta lamentar.

— É um homem desprezível.

— Mas honesto. Pessoas como você se enxergam tão superiores, como se estivessem fazendo algum tipo de justiça. Quer vingar seu marido, mas não percebe que se me matar, estará agindo da mesma forma que eu.

— Como você mesmo disse, Hazz... Este é um mundo cruel.

Com força, reviro a espada cravada em seu peito. Hazz cospe sangue ao mesmo tempo em que ri ruidosamente.

— Este mundo é pura perfeição, é como se fosse o paraíso.

Puxo a espada que foi de Rorl para perto de mim e a coloco no pescoço daquele a quem chamam de "Rei dos Reis". Duas lâminas em seu pescoço formando um X. Tenho sua vida em minhas mãos, finalmente consegui minha vingança.

— Quando você chegar ao inferno, Hazz, diga ao diabo que Zzah, a "Rainha da vingança", que mandou você. Hoje é o Segundo Dia para você, maldito.

O pescoço de Hazz é grosso, forte e gorduroso. Não é com facilidade que consigo decapitá-lo. Preciso de sete violentos golpes até que sua cabeça role pela areia do deserto. O sangue do bandido esguicha em mim e impregna minhas espadas. O bizarro colar de crânios usado pelo rei também cai ao chão.

Todo o campo de batalha paralisou para ver a derrota de Hazz por minhas mãos. Jix, gravemente ferido, parece não acreditar no que está vendo. Judah sorri e lambe os lábios ressecados, como se estivesse particularmente satisfeito com a cena brutal. Os homens do bando me encaram com medo e os que restaram do clã estão perplexos.

Ouço trovões e olho para o céu. Durante a luta, sequer percebi que o tempo havia mudado drasticamente. Nuvens negras se juntam e encobrem o céu vermelho. Faz muito tempo que não testemunho esse fenômeno, venta forte, levantando poeira do chão.

Caminho lentamente deixando o corpo moribundo de Hazz e me aproximando de sua cabeça. A expressão do rosto é estranha, como que agonizando, olhos abertos e boca mostrando os dentes. Apanho a cabeça pela barba eriçada e ergo-a ao céu.

— Hazz, "O Rei dos Reis", está morto!

Grito bem alto, urro com a força de uma mãe que perdeu o filho, de uma esposa que perdeu o marido e com a raiva de uma pessoa que perdeu as esperanças.

Ao contemplar seu líder morto, os homens de Hazz ajoelham e levantam as mãos como sinal de rendição. Não são muitos os que restaram de nosso clã, na verdade, são pouquíssimos. Mesmo assim, recebem minha ordem final.

— Matem todos.

Um trovão anuncia a chuva que cai torrencialmente sobre nós instantaneamente, encharcando nossas roupas e lavando o sangue que nos impregna. Caio de joelhos, com a cabeça de Hazz em uma mão e a espada que já foi de Rifer na outra.

Judah se aproxima de mim, toca meus ombros enquanto lágrimas escorrem dos meus olhos. Consegui minha vingança, matei meu rival, mas me sinto vazia.

CAPÍTULO 50

A DESPEDIDA

— Acabou, Kaiara.

O lugar cheira a morte, cadáveres por todos os lados, pessoas desmembradas, moribundos, tendas incendiadas e terra arrasada. Os últimos do clã matam os últimos do bando. Para ser firme contra seu maior inimigo, Zzah não pôde se permitir ser misericordiosa.

Com o tempo, passei a admirar Kaiara. Sei que tivemos diferenças no passado, mas a vadia tem seu valor. Mesmo para uma mulher, há força em seus ideais.

Ela se coloca em pé, ainda com lágrimas nos olhos que se misturam às gotas de chuva, encara-me e agradece.

— Obrigada, Judah — sem esperar por isso, sou abraçado. Ouço seu choro irregular e soluços enquanto se debruça em meu ombro esquerdo.

— Você fez o que era preciso, deteve Hazz, conseguiu sua vingança.

— Mas a que custo? Muitas pessoas boas morreram hoje para que eu pudesse ter minha vingança.

— Deixe os mortos cuidarem dos mortos, Kaiara — tento usar uma frase semelhante à passagem, do livro perdido, que ela mesma utilizou tempos atrás.

Ela me encara com tristeza, seus olhos se enchem de lágrimas mais uma vez. Baixa a cabeça e revela.

— Meu filho está morto.

O filho de Kaiara, uma das razões pelas quais a moça lutou tanto até hoje, o motivo de sua sobrevida, está morto. Isto explica muito de suas atitudes. Não tenho nada a dizer quanto a isso, nem mesmo sei entender seu sofrimento.

A mulher seca as lágrimas com as costas das mãos e tenta se mostrar forte mais uma vez.

— Mas, agora, Hazz está morto. Como você disse, acabou.

— Acabou.

— O que vai ser de você agora, Judah? Mostrou ser um homem de valor e...

— Minha natureza é diferente da sua, sabe disso — Interrompo. — Viver em um grupo, um clã ou um bando não faz meu feitio. Lido melhor com os desafios sozinho.

— Não sei... Foi muito nobre de sua parte voltar para salvar Jix.

Olho para o lado e vejo Jix sendo socorrido por dois homens. A situação do líder deve ser crítica, a julgar pelo golpe que sofreu. Fiz isso apenas por orgulho, para mostrar superioridade e por não fugir de uma boa briga.

— Jix pode muito bem se *foder*. Não dou a mínima.

Kaiara ri da minha sugestão. Balança a cabeça de forma negativa e apanha minhas mãos.

— Mais uma vez, obrigada por ter me ajudado a encontrar meu filho, por não me matar quando teve chance, por voltar e por lutar contra Hazz ao meu lado.

— Não costumo fugir de uma boa briga.

— Não mesmo.

— Vou voltar para meu buraco no deserto e viver como antes — olho para o céu e sinto os pingos de chuva lavar meu rosto. É uma sensação nova para mim, um tanto incomum, mas boa. Um pensamento estranho e um pouco perturbador invade minha mente. Seria bom ter alguma companhia para variar. Sou movido pelo impulso e chego a convidar: — Venha comigo, tente algo diferente desta vez.

A mulher suspira. Seus olhos encontram Jix.

— Ele precisa de mim.

— Deve precisar mesmo, seu namorado não consegue se cuidar sozinho. É um traste inútil.

Mais risadas e um novo abraço. Em seguida, Kaiara me encara no fundo dos olhos.

— Acho que isso é um adeus, não é?

— Adeus, Kaiara. Cuide-se.

— Você também, meu amigo.

— "Deixe que os mortos enterrem seus mortos." — Ele diz, enquanto se distancia e emana um sinal de despedida.

CAPÍTULO FINAL

O NOVO

A chuva que caiu logo após minha luta final com o impiedoso "Rei dos Reis" serviu como uma espécie de demonstração de que mudanças estavam por vir, um novo destino se anunciava. Iríamos escrever nosso futuro nas páginas de um livro em branco.

Até agora, não sei dizer direito se os novos rumos serão bem-vindos e se irão apagar tudo de ruim que aconteceu até hoje. A única convicção que eu tinha em mente era a de ter a chance de colocar as mãos em Hazz e acabar com ele. O líder, daquele cruel Bando da Discórdia, foi eleito como o grande mal no mundo, o vilão que arruinou a minha vida ao destruir tudo que eu tinha de importante. Mas, por algum motivo que não consigo identificar, matá-lo não aliviou em nada, pois ainda sinto um vazio muito grande no peito, ainda maior do que antes.

Meu Rifer, um homem tão bom, honesto e corajoso, um líder nato e honrado, foi brutalmente assassinado. Isto foi o que mais me doeu. Foi como que um recado de que pessoas boas não têm uma vida muito longa neste novo mundo. Este acontecimento mudou drasticamente meus objetivos e minha personalidade.

Em busca da minha nova obsessão, caminhei dias a fio pelo deserto sem fim. Sem opção, levei meu filho à tira colo, por todo lado. Pensando bem, não foi uma atitude muito prudente da minha parte, que tipo de mãe leva um filho pequeno para uma jornada de vingança? Mesmo assim, eu tinha que levá-lo a um lugar melhor. Ter perdido o rastro de Diel em meio ao deserto foi uma prova de como agi de forma irracional.

Meu pequenino poderia ter morrido e tive que confiar meu destino a um crápula reconhecidamente desonrado. Judah teve um papel importante em toda minha trajetória em busca de justiça para Rifer.

E depois, quando estive prestes a ter uma vida um pouco melhor, mais uma vez, quando fui recepcionada por Jix e Mervil, deixei com que minha sede por vingança falasse mais alto. Bastou ouvir o nome de Hazz, para permitir que os meus demônios aflorarem e meu bode expiatório foi Alin.

Sim, a sobrevida do Rosa do Deserto estava em minhas mãos. Eu era a única pessoa que sabia o que a chegada do aquático significava para os planos de Hazz e fiquei calada. Dormi ao lado de Jix, abracei-o, senti a dor de sua angústia com a eminência do ataque do Bando e fiquei quieta. Nunca disse uma palavra sequer para alertar alguém sobre os verdadeiros perigos que todos estavam correndo.

No fim, quem foi o grande vilão? Hazz ou Zzah? O comportamento destrutivo do rei já era esperado, um padrão, algo anunciado. Mas e o comportamento da rainha? Eu estava tão obcecada para vencer o meu rival que coloquei em risco centenas de pessoas, boas, que apenas tentavam sobreviver ao apocalipse.

Com certeza Rifer não apoiaria minhas atitudes e não confabularia de minhas negligências.

A ironia é que tentando vingar a morte do meu amado, acabei perdendo a maior razão de minha própria existência. Meu pequeno, meu filhinho... meu inocente Diel. O destino foi cruel comigo ao deixar com que Alin o assassinasse friamente. O forasteiro que deixei entrar e não fiz nada para impedir. Ele foi o carrasco do meu pequeno.

A dor de uma mãe que perdeu o filho é indescritível, mesmo em um mundo destruído como este. Fiquei desesperada, incapacitada, perplexa. Procurei por seu corpinho por todo o arredor do clã e não consegui encontrá-lo. Diel tinha sangue nobre, era filho do homem mais bondoso que já conheci, merecia um funeral digno de um príncipe, assim como o da pequena Kilin, que foi um funeral de princesa. E isto não pude lhe dar.

Por isso, fizemos, apenas, um funeral simbólico, foi algo muito triste de se presenciar. Enterramos um caixão rudimentar cheio de pedras. Outros desaparecidos, como o próprio Mervil, tiveram uma homenagem póstuma semelhante.

Jix até tentou me convencer sobre a possibilidade de ainda estarem vivos, foragidos ou raptados por alguém. Impossível, eu mesma vi Diel morto, sem vida, sem respiração e sem pulso. Também vi Mervil agonizando após ter sido duramente espancado por Alin. Isto para alguém na idade dele é mortal.

Não adiantaria de nada ficar me enganando com uma falsa expectativa. A verdade é que não existe mais esperança para nós, nem falsa nem verdadeira, é um luxo que não nos pertence.

Passei semanas de luto, chorei todos os dias, comi mal, queria poder morrer, mas me mantive em pé por Jix. Poderia ter tomado qualquer rumo na minha vida, poderia até ter ido viver com Judah, mas decidi ficar por ele. Depois de tudo que fiz, de ter deixado seu clã morrer, o mínimo que eu podia fazer era ficar ao seu lado, mesmo depois de todos os sobreviventes do Rosa terem ido embora.

O líder do clã foi castigado por Hazz durante a batalha, mas o maior golpe sofreu depois que a poeira baixou e contabilizamos os danos. Todos acusaram Jix de negligência, muitos louvaram Ike dizendo que ele sim seria um bom líder durante o confronto. Usaram a imagem de Jix como motivo primordial da morte de vários inocentes.

Eu não poderia tê-lo deixado sozinho, pela última gota de honra que me resta, fiquei ao seu lado. Cuidei de seu grave ferimento e fiz o papel de sua guardiã e mulher. Devia isto a ele, mas tem uma coisa que não posso que é fazê-lo voltar a sonhar. Eu matei seu sonho.

Cada dia que passamos em meio aos escombros que já foram o glorioso Rosa do Deserto nos mata um pouquinho mais. Todos se foram, mas nós continuamos aqui, como fantasmas defendendo o nada.

Na verdade, não temos para onde ir, qualquer lugar é perigoso e uma jornada pelo deserto sem fim, nas condições em que Jix está, poderia ser fatal.

Mesmo assim, o destino parece querer colocar seu dedo imundo em nossas percepções.

Sim, a chuva que caiu depois da batalha foi o anúncio de que as coisas mudariam.

Sobre os escombros dos muros que guardavam o clã, consigo ver ao longe, nuvens negras se acumulando no horizonte em contraste com o céu vermelho. Era uma paisagem rara, até semanas atrás, mas que se tornou comum após o massacre. Como eu disse, mudanças estão por vir. Só não sei se são bem-vindas.

— Todos os dias, nuvens negras se acumulam no sul, não é?

— Jix? — Ele se aproxima sem camisa, o abdome definido e rígido, contrasta com a horrenda cicatriz que traz no peito, herança da luta contra Hazz. Ainda em recuperação, usa uma bengala para se locomover.

— Sabe, havia muitas pessoas no nosso clã que vieram do sul, de onde parece chover quase todos os dias.

É impossível para ele não tocar no assunto, qualquer conversa, por mais desconexa que pareça, acaba chegando a este lugar comum. Também, não poderia ser diferente, o massacre foi marcante demais.

Olho para o sul com certo saudosismo. Sei que o Distrito da Risca Paranaguá ficava naquela direção, talvez para lá de onde agora chove quase todos os dias. Nunca falei para Jix detalhes sobre Rifer ou sobre o meu antigo clã. Não acho que seria saudável para nós começarmos essa conversa. Além do mais, se falasse sobre isto, teria que mencionar Hazz e acabaria revelando quem realmente sou. Não posso deixar com que Jix se decepcione comigo.

Uma ideia me vem à mente e sinto que devo compartilhá-la.

— Antes, diziam que onde há água, há vida.

— É verdade, Kaiara — ele suspira e me abraça por trás. Olhamos na mesma direção e sentimos uma leve brisa. — Você sabe o que tem lá? No sul?

As ruínas do Distrito da Risca Paranaguá, o túmulo de Rifer. Uma lágrima se anuncia em meus olhos, mas não quero demonstrar minha tristeza para não gerar perguntas ou revelações impertinentes. Em vez disso, prefiro mentir.

— Não.

— Curumim — Jix responde com uma voz estranhamente grossa —, uma metrópole que era muito pujante antes do Primeiro Dia. Hoje, transformou-se no símbolo do mundo cruel em que vivemos.

Não acho saudável pensar na vida antes do Primeiro Dia e, conscientemente, perdi o interesse por quase tudo que vivi até lá. Mas, existem algumas memórias que não me deixam. Eu morava em uma pequena cidade chamada Umurã próxima a Curumim, cidade do meu primeiro amor, um sujeito que conheci exatamente no dia do apocalipse.

Depois, ouvi muitas histórias do que Curumim havia se tornado. Fico curiosa para saber a versão de Jix e pergunto.

— Por que diz isto?

— As pessoas deixaram o pior aflorar em Curumim, após o que aconteceu, homens devoraram homens. Eu vi tudo e saí de lá a tempo. Surgiram hordas de vampiros e a dominou, hoje, Curumim é um lugar maldito e indesejável, além do deserto sem fim.

Impressionante como Jix sabe de tudo isso. Confesso que olhando para longe, pensei que poderíamos nos dirigir até lá.

— Talvez as chuvas estejam mostrando que as coisas mudaram por lá.

Jix beija meu rosto com carinho e toca meu cabelo. Em seguida, ele me vira de frente, beija minha boca e acaricia minha bochecha, enquanto olha em meus olhos e questiona.

— Kaiara, você ainda acredita que poderemos ser felizes?

Mais uma vez, lágrimas invadem meus olhos.

— Nós dois perdemos muito, Diel e Kilin se foram. Não sei se conseguiremos...

— Mervil era um homem que vivia dentro de um bunker até ser encontrado por mim e Ike. Juntos, construímos o Rosa do Deserto, mas, o que pouca gente sabe, é que nos espelhamos em uma lenda para erguemos nossos muros.

Estranho o tom da conversa. Quando estava relembrando Diel e Ki, fui interrompida, de súbito, por uma lembrança que me pareceu inapropriada para a ocasião. Uma divagação inconveniente. Mesmo assim, para não decepcionar meu novo amor, finjo interesse no que se desenha.

— Como assim? Espelharam-se em uma lenda?

— Você já ouviu falar em Kanaã?

Outra lembrança que não consegui deixar foi o fanatismo religioso do meu pai. Pastor, sempre ensinava lições do livro perdido. Canaã, pelo que me lembro, era tida como a terra prometida do povo israelita.

— Canaã, a do livro perdido?

— A ideia é quase a mesma. A lenda de Kanaã diz que existe um lugar, além do deserto sem fim, onde as pessoas se respeitam e vivem em harmonia. A natureza não foi tocada pelo Primeiro Dia ou pelo aquecimento global. Dizem que é possível viver com dignidade.

— Jix, nós não podemos nos iludir com falsas esperanças. Lendas... em tempos como estes...

Ele me olha como uma criança. Sempre foi um sujeito sério e carrancudo, dificilmente o vi com este brilho no olhar.

— Você tem razão. Nós perdemos muita coisa, mas um pensamento esteve me perturbando nos últimos dias. Ki e Diel eram inocentes, crianças que não mereciam presenciar uma realidade tão brutal como essa. Hoje, o sofrimento deles acabou.

É um pouco perturbador deixar um pensamento desse falar alto. Eu mesma pensei assim algumas vezes, mas procurei não dar seguimento. Na verdade, é um modo de encarar a morte de forma menos traumática. Jix não está errado ao pensar assim.

— E devemos seguir em frente.

— Devemos. Ki não iria gostar de me ver deprimido e se eu não sair daqui e me deixar contaminar por uma esperança de começar algo novo, morrerei.

— Desculpa... não consigo ter esperança. Não mais depois de tudo.

— Então, faça isto por mim. Dizem que Kanaã fica do outro lado do deserto sem fim, longe daqui, à leste. Eu não posso ficar mais aqui, Kaiara. As ruínas do Rosa do Deserto irão nos matar.

Consigo ver o quanto está chateado. Eu sei o quanto será prejudicial ficar aqui, mas também tenho medo de me envolver mais uma vez, de apostar no novo, ter esperança e me decepcionar.

Olho mais uma vez no fundo dos olhos de Jix, sobrepesando todos os fatores, estou pronta para lhe dizer um "não". Mas, então, ouço o piar de uma ave.

Olho para o céu e em contraste com o vermelho, um pássaro branco emite seu voo majestoso. O mesmo pássaro que Diel seguiu para manter sua esperança viva. Muitas lembranças me vêm à mente, lembro-me do meu pequenino correndo esperançoso pelo deserto, seus cabelinhos pulando, o sorriso em seu rosto. A inocência perdida.

Suspiro fundo, sorrio ao meu querido Jix, assinto com a cabeça.

— Vamos em busca do novo, amor, precisamos disso. — faço um novo juramento que iria agradar tanto a Rifer quanto a Diel. Prometo que sempre que me sentir vazia, triste e desolada, irei me lembrar com saudade dos meus queridos e imaginar como seria a liberdade do pássaro branco. Não deixarei de ter fé e esperança, jamais. Respiro fundo e traduzo em palavras o que acabei de sentir.

— Vamos para Kanaã. É mais um suspiro de esperança, tudo o que posso oferecer.

EPÍLOGO

A ESPERANÇA

O Primeiro Dia mudou drasticamente a interface do Planeta Terra e o transformou em um lugar brutal, ainda mais perigoso e implacável. Os humanos que sobreviveram tiveram que se adaptar e retroceder milênios de avanço cultural e social para enfrentar um tempo mais duro e severo.

Sobreviver ao apocalipse; habitar um esconderijo no deserto por anos; construir um novo lar buscando uma sociedade justa; ser o braço direito de um líder teimoso e seu fiel conselheiro; ver seu clã ser esmagado por um massacre violento; testemunhar centenas de mortes, entre elas a de uma princesa pura e inocente; conseguir fugir do conflito. Ninguém apostaria em um velho cansado e de idade avançada para realizar tais façanhas, mas foi exatamente o que o ancião, rebatizado como Mervil, fez.

Dia após dia, o idoso sobrevivia e superava as expectativas até dos mais otimistas. E cada um de seus obstáculos foram transpassados com grande esforço, pesar, suor e lágrimas. Apesar de tantos ferimentos em seu corpo, em seu coração e em sua alma, Mervil apenas sobrevivia. Viu o inferno de perto, encarou a fúria de homens maus, mas ainda assim se manteve vivo.

Agora, o velho tentava superar mais uma de suas grandes provações.

O clã Rosa do Deserto, o qual ajudou a fundar ao lado do teimoso Jix e do soberbo Ike, era parte de um sonho. O sonho de que a humanidade poderia resgatar algo que se perdeu após o início do fim, uma fagulha de esperança em meio ao caos. No Rosa, as pessoas iriam tentar reaver os laços perdidos, reencontrar o avanço, prosperar e ter uma vida, no mínimo, digna.

Enquanto os homens se enfrentavam a troco de nada lá fora, dentro dos muros do clã só haveria espaço para a convivência pacífica, para a paz e para a harmonia. Um sonho.

Mas, como uma sociedade se manteria depois de presenciar tamanha danação?

Qualquer um que superou o Primeiro Dia deixou para trás muitas coisas. Isso não poderia ser reconquistado. As tristezas, mágoas, angústias e saudades deixaram cicatrizes aos sobreviventes. De um modo ou de outro, os sentimentos ruins se faziam presentes no dia a dia, talvez, por isso, era tão difícil ver as pessoas sorrirem ou se divertirem.

E mesmo assim, apesar de todos os encalços, Mervil mantinha uma pequena chama dentro de si. Foi isso que o deixou motivado por tanto tempo. Para o velho, o futuro do Planeta estava nas mãos das crianças, daquelas que já nasceram em meio ao terror.

Aos pequeninos, uma missão das mais importantes e valiosas: construir uma nova Terra. O líder que assumiria o posto de salvador não viria a ser um dos que estiveram no Primeiro Dia, mas sim alguém que ainda haveria de nascer.

Esta era a ideia secreta que o ancião guardava apenas para si. Mantinha em segredo uma de suas maiores convicções e apostas. Para Mervil, era importante manter as crianças a salvo, pois dentre elas nasceria um escolhido, um líder, um herói, um salvador.

Por isso, quando a pequena Kilin, filha de Jix, nasceu o velho não teve dúvidas de que estava diante daquela que iria traçar o próprio destino e também o destino da continuidade da raça humana. Seguraria a frágil criança nos próprios braços e a tomaria pela mão. Tornou-se seu tutor particular.

Então, quando se sentia seguro e pleno, convicto de que alcançaria seu sonho de ver o mundo ser transformado, tudo começou a desmoronar de dentro para fora, por uma implosão.

A chegada anunciada do Bando da Discórdia mais temido, aquele liderado por Hazz, o qual se denominava "O Reis dos Reis", significava a destruição de qualquer clã. Uma tragédia que poderia ter sido evitada se Mervil soubesse antes das verdadeiras intenções de um espião que se infiltrou no Rosa do Deserto.

Kaiara, a andarilha acolhida pelo clã, sabia de tudo desde o início e não fez nada para impedir o ataque, movida pelo sentimento de vingança contra Hazz. A postura daquela mulher, ao deixar com que todo o povo sangrasse somente para alcançar uma espécie de revanche, foi extremamente desumana, egoísta, cega e que resultou em um massacre. Aquilo não estava certo.

O ancião testemunhou, com muita tristeza, a destruição quase total de seu clã, de seu sonho, de sua esperança e o momento mais cruel foi presenciar a morte da, pequena e pueril, Ki pelas mãos do rei do caos. Uma cena chocante e significativa que irá se perpetuar em sua memória.

Naquele instante, chegou a quase perder a fé.

Então, negando-se a ceder à própria morte e apesar de gravemente ferido, tomou uma importante decisão.

Enquanto a luta entre Hazz e Kaiara ainda se desenhava, Mervil aproveitou uma brecha para fugir das ruínas do clã. Contudo, não iria enfrentar uma jornada de sobrevivência à toa. Haveria de manter acesa a chance da esperança.

Uma criança sobreviveu ao massacre, um pequenino com sangue nobre, filho de um homem forte e honrado chamado Rifer e da obstinada Kaiara. Neste garotinho residia a última esperança.

Kaiara, preocupada com seu plano de vingança, não conseguiu avaliar com precisão a condição do filho e deixou-se enganar pelas primeiras impressões. Diel não estava morto como sua mãe supôs. E, por outro lado, não seria sábio deixar uma criança tão indefesa e inocente sob a guarda de uma mulher louca e obcecada por assuntos tão imorais como a vingança. De certa forma, afastar o pequeno de sua mãe, seria um ato de humanidade.

Agora, o destino da humanidade dependia de Diel e cumpria a Mervil conduzi-lo para longe das ruínas do clã Rosa do Deserto e também de sua mãe, caso esta tivesse sobrevivido ao enfrentamento final, para que ainda houvesse alguma chance de uma vida melhor.

O velho acordou assustado, uma situação que já estava se tornando comum. Pesadelos o atormentavam com constância, desde que deixou as ruínas do Rosa do Deserto. Foi assim também logo após os eventos do Primeiro Dia. Temores e aflições se traduziam em sonos ruis e incertezas que aterrorizavam seu momento de descanso.

Já avançavam na antiga madrugada quando abriu os olhos semicerrados de terror. Coração palpitante, respiração ofegante, suas mãos tremiam. Levantou o corpo como que em um pulo e chamou por um nome:

— KILIN!

Mas, Kilin estava morta. A princesa do Rosa havia sido massacrada brutalmente pelo "Rei dos Reis". Não havia o que se fazer, a esperança estava perdida.

Por alguns momentos, ficou em silêncio, ouvindo o som dos próprios batimentos cardíacos. Precisava fazer grande esforço para não deixar a angústia falar mais alto do que a razão e entrar em desespero. Não podia ceder aos horrores das vozes que sussurravam em sua cabeça.

Somente começou a se acalmar quando olhou para o lado e o viu. O pequeno Diel dormia tranquilamente, coberto por alguns trapos. Aquele pequeno príncipe deveria ocupar o lugar que seria da princesa, para a restauração da raça humana. A última chance da humanidade dormia ao lado do ancião.

Era uma incumbência de muita responsabilidade, cuidar e proteger alguém que não tinha condições de se manter sozinho. Mervil sabia. Apenas torcia para que, no caminho, não encontrassem algum tipo de empecilho intransponível.

O velho não era nenhum guerreiro, por isto tinha medo de encontrar algum perigo na jornada incerta. Houve uma época em que Mervil se manteve em um bunker e, naquela ocasião, chegou a enfrentar ameaças. Porém, dessa vez, era diferente.

Agora, deveria cuidar da vida de Diel e mantê-lo em segurança. Não era a sua própria vida que estava em perigo, era a vida de uma criança que seria um último suspiro de fé. A missão que Kaiara chamou para si, mas falhou miseravelmente por causa de sua ambição vingativa.

O que faria caso fossem atacados por um daqueles repugnantes mortos-vivos? Ou se fossem alvo de um vampiro? Uma fera selvagem ou um caçador? E pior, se eles tivessem que enfrentar um dos perigosos arenosos, como Judah.

Aquele ancião não seria páreo para um inimigo implacável. Sabia disto e temia pelo dia em que um confronto seria inevitável. Apesar disso, mantinha por perto um pesado bastão que utilizava também como cajado. Era a única arma que dispunha.

Também, sentia-se desconfortável com o fato de nem mesmo ser um caçador. Há dias que não comiam. Não poderiam enfrentar o deserto sem fim com alimentos precários.

Eram tantas preocupações que rondavam sua mente que não conseguia parar de pensar e conjecturar. Cogitou várias vezes em desistir.

Aquela ideia de proteger uma criança para que crescesse como um salvador, talvez, não fosse algo a se manter em mente e Diel poderia não ser o redentor que pensava, no fim das contas.

Mas, sempre que tais pensamentos o atormentavam, tratava de afastá-los. Em uma realidade tão cruel, alguém precisava ao menos tentar fazer a diferença. Esta seria a última tentativa de Mervil, seu lampejo final de esperança.

Foi movido por estes motivos nobres que se levantou de sua cama improvisada. Caminhou até o menino e ajustou o cobertor sobre seu corpinho. Acariciou as madeixas aloiradas da pequena criança e suspirou profundo. Achava graça na inocência da infância.

Deixou o buraco que os abrigou durante a noite e percebeu que o sol começava a emanar seus primeiros raios, começando esquentar a superfície da areia e a avermelhar o céu que estava um breu.

Mervil tinha uma convicção: deveria atravessar o deserto sem fim em direção ao sul, para onde Kaiara, se estivesse viva, jamais retornaria.

A mulher confessou ao idoso que vivia no clã Distrito da Risca Paranaguá e que depois do massacre de Hazz, fugiu pelo deserto levando seu filho. Então, se havia um lugar pra onde Kaiara jamais retornaria seria para as ruínas daquele clã.

Era ali que o pequeno Diel ficaria seguro das loucuras da mãe. Havia algo nobre e admirável em sua alma obstinada, mas, ao mesmo tempo, esta característica era extremamente prejudicial ao garoto. A cega intenção da mãe em se vingar quase matou o filho.

Doía, mas Mervil tinha a convicção de que deveria manter Diel longe daquela que se considerava sua protetora.

Uma vez transpassando o deserto, poderiam encontrar algum lugar mais tranquilo para viver e, ali, o ancião serviria de tutor ao garoto, ensinando-lhe as lições que precisaria para se tornar um grande, poderoso e carismático líder, que levaria a humanidade para um novo e glorioso futuro.

Este era seu projeto de redenção.

Mas, na prática as coisas se complicavam bem mais que na teoria. Não seria tão fácil assim atravessar aquela imensidão alaranjada e sua barriga roncava deixando clara a sua incapacidade de manter-se.

Aquilo era desanimador. Além do mais, estava com dores que percorriam todo seu corpo. Apanhou tanto de Alin, durante a batalha ocorrida semanas atrás, que ainda não havia se recuperado totalmente. Não tinha ânimo, nem força necessários.

Suspirou longamente e sentiu o ar seco invadir seus pulmões. Baixou a cabeça em tom pesaroso, fechou os olhos e os abriu novamente.

O céu já se avermelhava e era hora de acordar ao petiz para seguirem em frente pelo deserto. Mais um dia iria começar, a jornada se seguiria e as incertezas dominavam sua mente.

Um som peculiar foi ouvido cortando o ar. Mervil olhou para o alto e viu um pássaro com uma envergadura majestosa pairando. Suas penas brancas o encheram de esperança. Foi quando ouviu uma voz se anunciar de trás.

— Aqui estamos nós. Se você pensa em atravessar o deserto, vai precisar de um guia mais experiente e forte do que você, velho imprestável. O moleque não pode ficar sem proteção.

Nem mesmo precisou olhar para trás para saber. Sua espinha gelou assim que imaginou os olhos amarelados o fitando e os dentes serrilhados se entrelaçando para um sorriso ameaçador.

— Agora me diga, para onde vamos?

PLANETA
BRUTAL

"A destruição ou manutenção da humanidade depende do próprio homem."

Raphael Miguel

CONTEÚDO EXTRA

O conteúdo a seguir pode conter revelações sobre o enredo. Aconselha-se que seja acessado somente após a conclusão da leitura do livro. Considere o alerta.

FATOS RELEVANTES

- Os efeitos do aquecimento global estavam se intensificando por anos e modificaram radicalmente o clima, décadas antes do Primeiro Dia.
- A violência generalizada antes do Primeiro Dia batia recordes, assim como a criminalidade. A Lei da Sede e a Lei da Sobrevivência foram tentativas dos últimos governos terrestres de conter a onda de caos que se alastrava.
- Raças de humanos com habilidades especiais foram descobertas pela ciência décadas antes do Primeiro Dia, tais como os aquáticos, arenosos e vampiros.
- O Primeiro Dia foi um evento de proporções globais que dizimou a população do Planeta Terra, reduzindo drasticamente seus habitantes.
- O núcleo da Terra foi afetado pelos acontecimentos do Primeiro Dia e a anomalia no campo magnético inutilizou todo e qualquer mecanismo movido à eletricidade ou com peças de metal no funcionamento, por exemplo, todo tipo de tecnologia e armas de fogo.
- Após o Primeiro Dia, a atmosfera terrestre, que já sofria com o desaparecimento da camada de ozônio, foi danificada e passou a uma coloração que variava do alaranjado ao avermelhado.
- Muitos animais entraram em extinção, outros desapareceram por completo.
- Algumas pessoas se mostraram tão sensíveis aos acontecimentos que entraram em uma espécie de transe coletivo e passaram a vagar pela face da Terra sem rumo e agindo de forma violenta e irracional, estes eram reconhecidos como mortos-vivos.
- Quase todos os sobreviventes usaram um novo nome após o Primeiro Dia, demonstrando que se iniciava uma nova era.

- O tempo já não se estava contando, visto que muitos se recusavam a utilizar as mesmas contagens de outrora.
- Nos dias seguintes ao Primeiro Dia, a economia mundial entrou em colapso e os governos ruíram.
- Por anos após o Primeiro Dia, déspotas se levantaram tentando impor governos únicos, autoritários e mundiais, mas todos foram assassinados antes de alcançar o poder.

PLAYLIST

TRILHA SONORA

- Brutal Planet – Alice Cooper
- Skyfall – Walkways
- The King of Kings – Motorhead
- Seven Nation Army – The White Strippes
- Cochise – Audioslave
- Do The Evolution – Pearl Jam
- Titanium – Sia Feat. David Guetta
- Hurricane – 30 Seconds To Mars Feat. Kenny West
- Madagascar – Guns N Roses
- Believer – Imagine Dragons
- The Pretender – Foo Fighters
- God's Dead? – Black Sabbath
- Symphony of Destrution – Megadeath
- In The End – Black Veil Brides

CAPÍTULO FINAL (ALTERNATIVO)

A CULPA

A chuva cai, torrencialmente, desde que a batalha nas imediações do Rosa do Deserto terminou. Existe algo de simbólico nisto, é como que o anúncio de que os tempos estão mudando, de que um novo destino está surgindo, começando a ser escrito nas páginas de um livro em branco.

Observo a água verter por toda a vastidão dos arredores do deserto sem fim e coloco minha vida em perspectiva. Acho que somos parecidos com a chuva, somos levados de um lado para o outro do céu, sem darmos conta de que um dia iremos cair fortemente contra o solo e, na queda, espatifarmos.

Em um ímpeto, saio do abrigo onde estou e levanto meus olhos ao céu. O alaranjado deu lugar a um cinza escuro. É belo, mas também trágico. Deixo com que as gotas da água molhem meu rosto e me tragam alguma paz. Isto não acontece. A luta final com o impiedoso "Rei dos Reis" deixou mais sequelas do que as que eu estava cogitando que deixaria. Estou ferida fisicamente, mas o que mais me dói é a alma.

Consegui o que queria, um dos meus maiores objetivos nesta nova realidade foi atingido. Matei Hazz com minhas próprias forças, vinguei Rifer e trouxe justiça ao mundo, mas posso dizer que perdi muito mais do que ganhei. De certa forma, sei que perdi o restinho de humanidade que ainda vivia em mim. O preço a pagar foi alto, a conta não fechou.

Aquele clã fazia jus ao próprio nome, Rosa do Deserto. Realmente, era um alento aos olhos cansados de quem vagou por um tempo considerável em meio à areia e ao sol escaldante. Um lugar bonito, que crescia e prosperava, algo que se assemelhava a um sonho bom. Naquele local viviam pessoas de bem, homens, mulheres, crianças e até animais que se relacionavam com harmonia.

Agora, o que restou?

Eu deixei com que o demônio invadisse os muros do clã. Permiti que Alin enganasse a todos, inclusive ao próprio Jix, que abriu as portas para o ataque fulminante e brutal de Hazz. Permiti que a cena que testemunhei no Distrito da Risca Paranaguá se repetisse com incríveis riquezas de detalhes. Uma atitude vergonhosa de minha parte, admito.

E se fiz isto como poderia ser classificada? Não sei mais do que sou digna. A tristeza e a angústia apertam meu coração há dias e fico indefesa diante disto.

Nem posso fechar os olhos, pois sempre que o faço, sou assombrada pelo rostinho do meu próprio filho a me acusar. Volto ao passado e revivo aquele momento horrível em que o tomei pelos braços e constatei que Diel já não estava vivo, não tinha pulsação e nem pude sentir sua respiração. Meu pequeno foi morto em um lugar onde deveria ser mantida a paz, assassinado por minha negligência e imprudência. Aquele garotinho era a minha vida!

Ainda tentei me permitir alguma esperança. Procurei por meu filho após a luta, mas não encontrei o seu corpinho sequer para lhe garantir um enterro simbólico. Muitos dos nossos desapareceram, assim como o ancião Mervil, que também foi morto durante o ataque. Nem consigo imaginar quais tipos de profanação fizeram com seus corpos. Aquilo me desmontou. Deixar de enterrar seu próprio sangue é humilhante e desonroso.

Talvez, tirando um pouco os olhos da situação, até poderia desviar a culpa, mas não adianta negar os fatos ou disfarçar o que realmente aconteceu. Eu fui a culpada pela morte de Diel, eu e mais ninguém. Isto dói, fere, rasga o meu coração e corrompe a minha alma.

Poderia carregar o peso da extinção de toda a raça humana nas costas, mas o fardo de ter matado meu filho? Isto é pesado demais mais mim. Deve ser pesado demais para qualquer pessoa.

As lágrimas escorrem da minha face ao mesmo tempo em que as gotas da chuva se intensificam. Sinto a forte pancada descer do céu, como se fossem milhares de agulhas a me punir. Meu pai costumava pregar as palavras do livro perdido e era muito temente a Deus. Se realmente há um ser superior, ele deve sentir o maior desprezo por mim. Já não sei no que acreditar, mas sinto que qualquer entidade teria prazer em me punir. Nem mesmo, o bondoso, Rifer iria me ver com bons olhos agora, não depois do que fiz ao filhinho dele, ao nosso filhinho.

É com esta certeza e consumida pela agonia que insiste em se alimentar de minha alma que venho pensando seriamente em deixar tudo de lado, me livrar de vez deste Planeta Brutal em que sobrevivo. Meus dedos, que sempre deslizaram involuntariamente para o cabo de minha espada para ferir inimigos, hoje deslizam na intenção de me ferir. Enfiar a katana direto no peito não seria má ideia. O tormento acabaria, a dor se extinguiria e o mundo não precisaria mais conviver com um ser tão repugnante.

Enquanto sobrepeso os fatores, ainda embalada pela chuva e mergulhada nestes pensamentos malignos, automaticamente, apanho firme o cabo da minha arma. Seguro com a propriedade de quem usará o instrumento pela última vez. Chego a puxá-la para fora da bainha, caio de joelhos na lama e, em meio às lágrimas, preparo o golpe que será mortal. Ouço um grito pavoroso no mesmo instante em que a lâmina encontraria meu tórax e cancelo o movimento.

— NÃO!

Ao contrário do que poderia ser, não é um grito em oposição ao que eu estava prestes a fazer. Sei que é apenas mais um ato delirante, mas que me fez perceber o quanto minha atitude demonstraria ainda mais egoísmo. Não me contenho e deixo com que minhas lágrimas e lamentações se tornem risos, que, por sua vez, se tornem gargalhadas, quase debochadas e insanas. Gargalho até quase perder o fôlego. O destino é engraçado.

Recuperada do leve surto, levanto do chão lamacento e vejo a ruína que me tornei. Nunca tive a pretensão de ser a mais bela do apocalipse, mas gostava de ser minimamente vaidosa. Agora, nem isto me era permitido. Estou suja, encharcada e maltrapilha. Lamento esta condição, apesar de saber que pouco quanto a isto posso fazer. Acomodo a espada na bainha e decido que passei tempo demais em meio a esta tempestade que apenas se intensifica. Adentro a caverna ao som de um trovão que faz tremer a terra.

A fogueira ainda queima e isto me deixa satisfeita. Penduradas na parede, as espadas que já foram de Rorl, Hazz e de Jix, armas lado a lado. Minha coleção particular dos mortos que deixei pelo caminho. Dois deles foram enviados ao inferno por mim e já devem ter apodrecido, o outro, está prestes a experimentar esta condição. Contemplando a coleção particular de espadas, permito-me um pensamento que me assombra e me é recorrente. Perdi a chance de pendurar uma das armas mais icônicas que já conheci, a Avassaladora, a infame lâmina de longo alcance, cheia de serras, utilizada por um dos mais letais guerreiros do fim do mundo, o arenoso Judah. Nós nos tornamos aliados inusitados, mas para uma pessoa como eu, matá-lo não seria nada demais em minha conta. Ter Avassaladora em minha coleção seria irônico.

Deitado bem próximo ao fogo, àquele que já foi o orgulhoso e respeitável líder do clã Rosa do Deserto arde em febre e delira compulsivamente. Já faz três dias antigos que está na mesma posição e experimenta as mais pesadas confusões proporcionadas por uma mente próxima do fim. Além de proferir coisas inteligíveis, fala bastantes "nãos", chama com frequência pela filha Kilin e parece reviver sua luta com Hazz.

Retiro minha jaqueta encharcada e a torço deixando com que pingue o excesso de água no chão. Aproximo-me de uma bacia improvisada e apanho o pano que mantenho úmido. Levo até Jix e faço com que sorva do líquido. Em seguida, testo sua febre com a palma das mãos, somente para tirar qualquer dúvida sobre a temperatura. Realmente, está fervendo.

Sento-me próxima a ele e encaro as chamas. O que aconteceu com esse homem também é culpa minha e, como se não bastassem meus próprios demônios gritando em minha mente, sou obrigada a conviver com a ruína que lhe causei. Cada vez que emite "Kilin", acompanhado do estranho som que tenta reproduzir o nome da filha, é uma facada que recebo diretamente no abdome. A pequenina era a verdadeira Rosa do Deserto e foi brutalmente esmagada. Outra alma inocente que recai sobre minhas costas.

E o que dizer da danação pessoal do próprio Jix? Gravemente ferido após a luta com Hazz, foi obrigado a receber severas críticas de um a um dos sobreviventes do Rosa. Logo ele, o idealizador do refúgio, o homem que os liderou, alimentou e protegeu. A maioria foi rude e o responsabilizou pelo massacre. Alguns chegaram a citar Ike, diziam que ele sim seria um líder a se seguir. Ao lado de Jix, ouvi cada uma das críticas, todas as acusações, sem dizer uma palavra, sem o defender e sem assumir qualquer tipo de culpa pelo que houve.

Ao mesmo tempo em que estava ferido e sendo tratado, precariamente, por mim através dos poucos remédios que encontrei naquelas ruínas, teve que lidar com a perda da filha e ouvir palavras grosseiras de pessoas ingratas. Durante a segunda noite após o massacre, sofreu até mesmo um atentado, quando um dos seus homens de confiança se aproximou com um punhal. Só não aconteceu o pior com ele porque eu intervi e acabei matando o infeliz.

Não demorou muito para que os últimos remanescentes nos abandonassem. Um a um se debandaram das imediações daquelas ruínas e todos, sem exceção, fizeram questão de nos deixar um praguejo de maldição.

Ali não havia mais nada para nós, a não ser morte e carnificina e, cada segundo que permanecíamos nos escombros do lugar que se tornou maldito, nos matava um pouquinho mais. Apesar de bastante fragilizado, Jix ainda estava consciente e me revelou o que seria uma espécie de último desejo. Mencionou um lugar lendário chamado Kanaã.

No mesmo instante, me lembrei das lições palestradas por meu velho pai, em que falava sobre uma Canaã que, segundo o livro perdido, era a terra prometida aos israelitas. Achei graça na referência e Jix me disse que era esse o motivo de Kanaã herdar aquele nome. Segundo o próprio Mervil dizia, a tal Kanaã ficava relativamente longe do clã, em direção à leste. Lá a humanidade ainda prosperava. Não haviam sido tocados pela destruição do Primeiro Dia. O próprio Rosa do Deserto foi construído através de uma inspiração naquela lenda.

Na ocasião, aquilo não me soou bem, ou verossímil. Lembrei-me dos anciãos do Distrito, que gostavam de contar histórias fantasiosas de lugares que não haviam sido destruídos pelo Primeiro Dia e tudo me parecia um tanto infantil. Mas aquele homem precisava de mim e tinha o desejo de ver a tal Kanaã com os próprios olhos.

Sem opções de ficar por ali e reconhecendo que estava em dívida com ele, o carreguei em direção à leste. Agora, estamos parados nesta caverna há dias. A condição de Jix piorou consideravelmente e já fiz tudo o que eu podia para tentar mantê-lo vivo. É frustrante perceber que nem nisso consegui obter êxito. Ele sucumbe à febre e de seu ferimento verte pus. Dói em mim saber que uma sucessão de erros que eu cometi nos trouxe até aqui.

Jix tinha defeitos, muitos por sinal, mas era um bom homem. Não merecia um final tão triste e dramático como o que experimenta. Nenhum deles merecia. O virtuoso Ber, a prestativa Alix, o sábio Mervil. Eles não mereciam.

— Ki... Kilin... onde... — mais uma vez ele começa a sussurrar. Está sendo, novamente, atormentado por delírios febris.

Com o pano úmido, volto a refrescar sua testa. Não é o suficiente para aliviar sua tensão.

— Onde você está... Kilin... onde você está?

Olho para ele com apreensão e curiosidade. Até agora, Jix não havia conseguido completar um raciocínio, apenas tem vivido em seu mundo sem sentido, balbuciando coisas desconexas.. Essa foi sua primeira frase compreensível e quer saber onde está a filha, a menininha morta do cabelo cor de mel.

Assumo que fiquei curiosa. Adoraria saber o que se passa em sua cabeça doente e, somente movida por esta morbidez, resolvo tentar provocar um pouco mais de reação. Afino minha voz, na intenção de se assemelhar ao timbre infantil e respondo.

— Estou aqui, papai.

Por alguns segundos, imagino o quanto posso estar sendo cruel tentando prorrogar seu sofrimento. Ao menos, ele não entrou em meu jogo. Mas assim que desisto de exercer a curiosidade, sou surpreendida.

— Não! Você não pode... não pode ficar ai... Ki... Kilin... volte... volte para cá...

— Para onde, papai? — não aguento, forço a continuidade da cena.

— Fique... perto de mim, filha. Está muito perigoso...

Jix pode estar revivendo um dos episódios mais marcantes de sua vida. Especulo até mesmo que esteja voltando ao dia em que perdeu a filha, o clã e o respeito. Lágrimas brotam dos meus olhos ao mesmo tempo em que decido que irei até o fim, já que me propus a isto.

— Por favor, me proteja.

— Vou... vou te prote... cuidado! Cuidado, Kilin! — Jix começa a se retorcer na cama que eu improvisei para ele. Seu subconsciente deve estar muito atormentado.

— O que está havendo?

— Os homens maus invadiram! Eles... eles mataram Mervil... mataram... mataram seu tio... e os... todos os outros... Ele... ele vem vindo... Cuidado! Ele vem vindo! Ele vem vindo!

— Quem? — Meu nervosismo aumenta no mesmo ritmo em que aumenta suas convulsões.

— Hazz. É ele... o rei...

Então, Jix começa a choramingar. A cena é de cortar o coração. Na realidade alternativa em que está ele viu a morte de cada um de seus queridos, pelas mãos de Hazz e, agora, tenta salvar a filha do destino cruel que a aguarda.

Admito que gostaria de prosseguir com aquilo que me propus. Queria ver até onde iria sua insanidade, por onde a sua mente pode divagar. Mas, por outro lado, me peguei extremamente comovida pela situação. Sem falar que sei que estou sendo cruel ao induzi-lo a reviver este pesadelo.

Decido que a tortura já durou tempo demais e me aproximo com o pano encharcado mais uma vez. Limpo sua ferida, que verte pus, faço alguma pressão e, na sequência, trato de acalentá-lo.

Aos poucos, Jix vai retomando o tom sereno pertencente aos doentes e inconscientes. De certa forma, até sinto uma pontinha de inveja desta condição. Quem me dera estar alheia a tudo que se passa, livre de pensamentos ruins e da culpa.

Acontece que meu companheiro não está alheio à culpa. Como há tempos não fazia, abre os olhos, encarando-me com ar de espanto e pergunta.

— Kaiara, onde estamos?

— Em uma caverna. Já faz alguns dias que estamos aqui.

Em um ímpeto, ele tenta se levantar. O resultado é muito aquém das intenções. Volta a se deitar e queixa-se com um gemido. Amparo-o ao mesmo tempo em que ouço uma dúvida advinda de notória confusão.

— Onde estão os outros?

Será que perdeu a memória e não se lembra do que aconteceu? Não sei se tenho coragem de dizer o que houve. Pode ser um choque. Ao invés disso, tento fazer com que ele se acalme.

— Deite-se, não vai te fazer bem ficar sentado.

— Estou machucado — ele chega á conclusão após passar a mão no ferimento em seu peito e emitir outro gemido. — Eu... eu que fiz isto.

— Não foi você, Jix — argumento na sequência.

— Sim, fui eu. Todos morreram por minha culpa, só minha.

— Querido, não foi você...

— Cale a boca! — sou interrompida com grosseria. — Acreditei naquele aquático, abri os muros de meu clã para o inimigo e Hazz entrou com força total. Deveria ter ouvido os conselhos de Ber, mas fui arrogante demais para isto.

— Os conselhos de Ber? — eu estranho.

— Ele me disse... — lança um urro de dor, pausa por alguns segundos e retoma. — Ber me alertou para não confiar em Alin, um forasteiro que não conhecíamos. Como Ike sempre disse, eu sou arrogante demais para assumir que outra pessoa tem razão.

Inexiste surpresa ao saber que Ber desconfiava de Alin. Aquele jovem era diferenciado, havia uma espécie de aura em volta de seu corpo. Como poucos, sabia muito bem o que fazia e daria a vida para proteger o clã, tanto é verdade que foi exatamente o que fez. Muito da minha vitória sobre Hazz se deve às virtudes de Ber.

Para fugir um pouco do campo de lamentações, utilizo o mesmo jovem como exemplo.

— Ber foi um grande homem.

— E está morto por minha causa, todos eles estão.

— Não é sua culpa, você fez o que um líder tinha que fazer, Jix.

— Fui negligente.

Se vir o líder do clã em sua situação de inconsciência já me doía a alma, vê-lo assumir a culpa por algo que eu causei, destrói todo e qualquer resquício de orgulho e honra que ainda me resta.

Engulo seco e desvio o olhar, não consigo encarar seus olhos. Os meus, por sua vez, se enchem de lágrimas. Não sou burra ou ignorante, sei que Jix não vai durar muito mais. Não sei dizer se terá minutos de vida, horas ou dias, mas sei que já está em seus momentos finais.

Talvez, ele deva saber a verdade. Talvez, ele merca ao menos isso, descansar e saber que não teve culpa no ataque promovido por Hazz. Com lágrimas nos olhos e encarando o chão, respiro fundo e tomo coragem para revelar o irrevelável.

— Jix, você foi enganado por Alin, isto é verdade. Poderia ter dado ouvidos a Ber, mas decidiu seguir seus instintos e a um homem estrangeiro sobre o qual nada conhecia. Mas, acontece que... eu não sei por onde começar... preciso dizer a você uma coisa.

— O que foi, Kaiara? — percebendo minha tristeza, ele se preocupa.

— Prefiro que me chame de Zzah.

— O quê?

— Quero que me chame de Zzah, Jix. É o meu terceiro nome, aquele pelo qual quero que meus inimigos me chamem.

— Não diga bobagens!

— Vai me ter como inimiga assim que eu lhe disser tudo o que fiz.

— Está me preocupando.

— Matei o seu clã, destruí o Rosa do Deserto e acabei com o seu sonho. Todos os que você conhecia estão mortos por minha causa e vou ter que viver com isto pelo resto de minha vida. Eu só peço que... — permaneço em silêncio por alguns segundos, há um nó em minha garganta que me impede de prosseguir sem sentir náuseas —, peço que me perdoe pelo que fiz. Eu conhecia aquele aquático. Alin era um homem de Hazz infiltrado e eu sabia disto desde o início.

— Como? Acho que não entendi.

— Entendeu — decido omitir vários detalhes sobre os fatos, minha vivência com Rifer, a paternidade de Diel, a própria existência do Distrito da Risca Paranaguá. Avanço direto ao ponto que interessa. — Eu conhecia o plano de Alin desde o começo, sabia que ele te enganaria e antecederia o ataque de Hazz. Eu sabia que seu clã seria esmagado e não fiz nada, Jix. Fiquei parada observando aquele aquático, nojento, desfilar pelo Rosa, como se fosse um de seus habitantes. Dormi com você, fizemos amor, enquanto eu sabia que poderia te perder assim que o "Rei dos Reis" invadisse nossos muros. Poderia ter impedido todas as mortes que aconteceram naquele dia, mas não fiz isto. O sangue de cada um dos que respiravam no Rosa está em minhas mãos.

Desabo em lágrimas. Cachoeiras escorrem dos meus olhos, enturvando a visão e lavando meu espírito. De modo estranho esta confissão me traz algum alento, perco metade do peso em minhas costas. O silêncio é quebrado por Jix.

— Minha ilha morreu naquele dia, Kaiara!

— Meu filho também — retruco.

— Como você pôde? Por que fez isto?

— Fiz entorpecida pela vingança. Hazz era meu grande rival e eu queria ter a chance de combatê-lo. A única forma de poder lutar seria aguardar que o perigo batesse à nossa porta. Esperei, pacientemente, pelo meu inimigo. Eu sabia que muitos morreriam para que eu alcançasse esse objetivo e... quer saber? Não me importei.

— Você é um monstro!

— Sou — assumo. — Sou louca, insana. Matei todos naquele dia e, sabe de uma coisa? Pode relaxar e deixar com que eu carregue toda a culpa pelo massacre do Rosa do Deserto e do Bando da Discórdia. Matei Hazz e matei você. É um morto-vivo, Jix. Nenhum de nós tem motivos para continuar vivo.

— Eu... eu não quero mais você aqui... vá embora!

— E para onde vou, Jix? Ou melhor, o que você fará sem mim? — ouço um forte trovão que sacode a terra, então, aproximo-me do moribundo e, sem pensar muito, desembainho minha katana, mostrando o aço que cintila á luz da fogueira. — Eu errei muito, mas estou prestes a consertar ao menos um deles.

— O que está fazendo?

A culpa me consome neste momento. Fecho os olhos e não vejo apenas o rostinho de Diel a me julgar, mas também de todos os outros que já passaram por mim, desde o meu pai até o próprio Jix, incluindo Rifer, Hazz e Judah. A dor que sinto é insuportável, o fardo é pesado demais. Sei que matei muitas pessoas e sonhos, mas deixei de matar a mim mesma.

Acontece que Kaiara não pode mais viver. A sobrevivência nesta realidade a fez mal, destruiu-a e a destroçou por inteiro, restou apenas uma figura sem alma, para contar a sua história. A maldade personificada, insana, mesquinha e destrutiva. Restou apenas Zzah.

Chegou o momento de consertar um dos erros mais avassaladores que já cometi. Vestirei de vez a armadura da culpa e do amargor. Ao som de um poderoso trovão e iluminada por um relâmpago que se propaga pela caverna, minha mão esquerda repousa no ombro de Jix, eu me aproximo de sua testa para um ósculo de carinho, ao mesmo tempo em que a mão direita se encarrega de encravar a katana pela ferida aberta por Hazz. Ele geme de dor e me encara com um olhar de descrença e tristeza. Sorrio em resposta, tentando amenizar a situação, enquanto forço a lâmina até que desponte pelas costas e perfure seus órgãos vitais que ainda não haviam sido atingidos.

É como se eu pudesse sentir sua vida se esvaindo e passando por mim, sua essência deixando o corpo, a alma pesando contra o chão. Seu sangue escorre em uma coloração estranha, ele realmente estava em seus últimos momentos, então, precisei deixar correr o inevitável.

Poderia dizer infinitas palavras nestes momentos finais de Jix, mas de tudo o que me vem à cabeça, a única coisa de relevante escapa pelos meus lábios.

— Meu nome é Zzah.

Uma afirmação que resume tudo o que me trouxe até este momento. Instantes atrás, cogitei enfiar a espada no meu próprio peito para tentar parar meu sofrimento e alcançar a morte, mas foi quando percebi que Kaiara já estava morta há algum tempo, assim como Ester que sucumbiu antes dela. Tão somente vagava pela Terra arrasada como aqueles estranhos mortos-vivos, sendo tão repugnante quanto. Ela morreu e deu lugar à Zzah, sem notar, deixou com que seu instinto mais primitivo sobrevivesse. Agora tudo faz sentido. Ver Jix sucumbir corta de vez o último laço de Kaiara para se manter viva. Não existe motivo algum que a prenda aqui, então, é hora de renascer.

A partir de hoje, serei apenas Zzah. Vejo o sangue de Jix banhando minha katana e penso em como a ironia do destino chega a ser engraçada. Um dia, esta arma já teve um nome, o qual foi dado por Rifer. Nunca ousei pronunciá-lo, não achava que seria aconselhável ou apropriado e, tampouco, me permiti rebatizá-la. Hoje tudo é diferente. A katana matou com sangue e honra, fez jus ao seu primeiro nome, mas chegou o momento de ter uma nova alcunha: "Culpa", um predicado inédito, mais do que apropriado. Um novo juramento me vem à cabeça e não consigo mantê-lo só para mim. Em voz alta, profiro como a iniciação de um pacto.

— Este Planeta Brutal irá conhecer a minha ira.

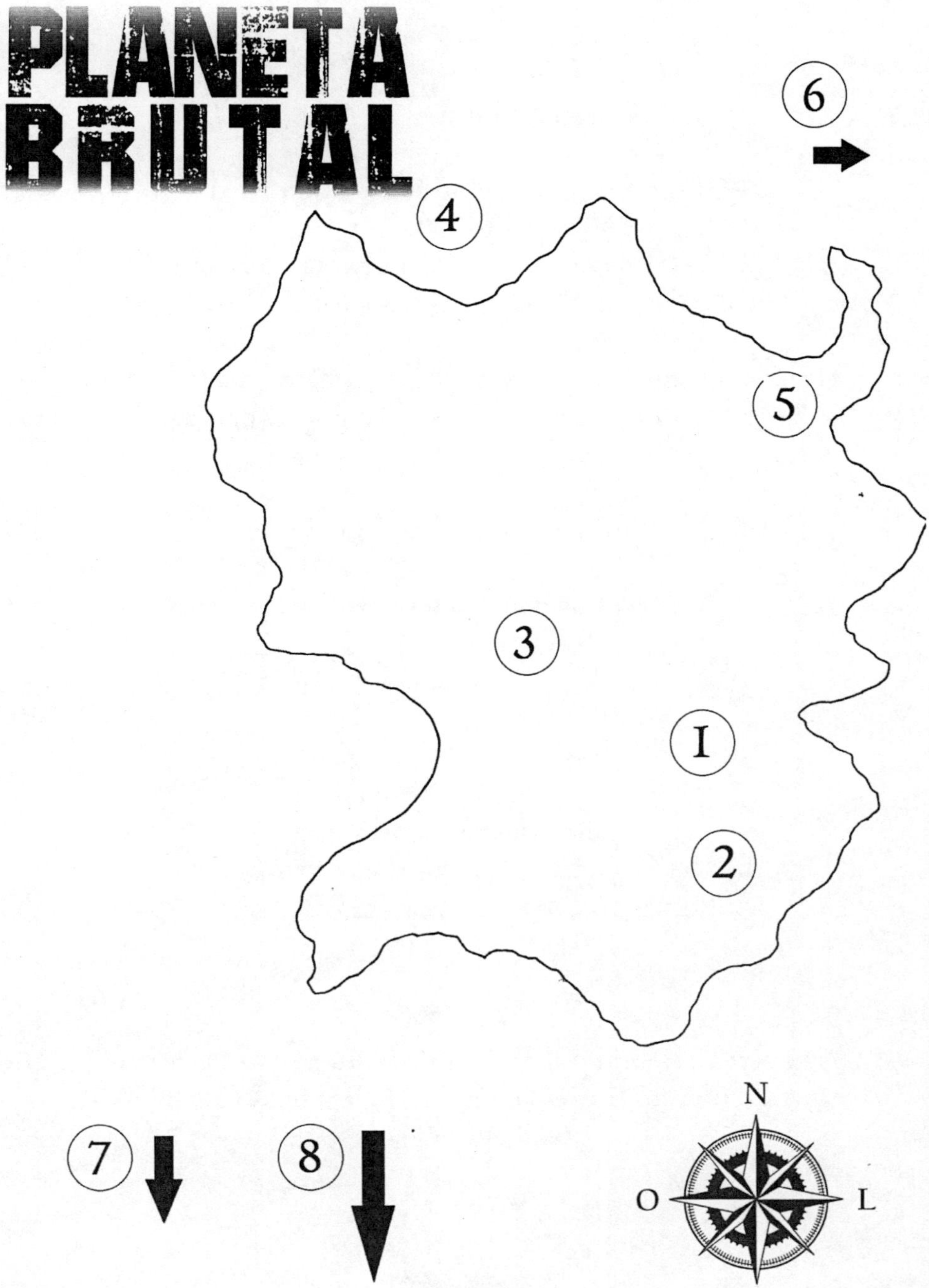

1 – Refúgio de Judah; 2 – Olho D'Água; 3 – Clã Secreto dos Aquáticos; 4 – Clã Rosa do Deserto; 5 – Cordilheira Mar de Pedras; 6 – Kanaã; 7 – Distrito da Risca Paranaguá; 8 – Ruínas de Curumim.

INFORMAÇÕES SOBRE A COERÊNCIA

Para saber mais sobre os títulos e autores da
EDITORA COERÊNCIA,
visite o site **www.editoracoerencia.com.br**
e curta as nossas redes sociais.

Além de informações sobre os próximos lançamentos, você terá acesso a conteúdos exclusivos e poderá participar de sorteios, promoções e eventos.

www.editoracoerencia.com.br

facebook.com/editoracoerencia

@editoracoerencia

Editora Coerência
Rua Pinhancó, 12A
Parque São Rafael — SP — Cep . 08320-350
E-mail: lilian@editoracoerencia.com.br
Tel.: (11) 2011-3113

Não perca a oportunidade de realizar o sonho de se tornar um escritor(a). Envie seu original para o nosso e-mail e publique conosco.